JN228450

異世界スクロール職人は ジョブを極めて無双する

Komenuka
著 米糠
Okishiro
ill. 冲しろ

目次

第一章　お払い箱になった件

「キル！　これは君のためでもあるんだよ」

魔物が跋扈《ばっこ》する世界で、人々はその魔物と闘いながら生きていた。魔物の襲撃に備えて村の周りには柵がめぐらされ、大きな都市は城壁で守られている。ここパリスもベルゲン王国にあるそんな城塞都市の一つだ。魔物を退治するために大抵の都市には冒険者ギルドという組織があり、そこに所属する冒険者達は、剣と魔法を武器に魔物を狩って暮らしていた。

冒険者ギルドでは十三歳から冒険者登録が認められる。春になってパリス冒険者ギルドでも周囲の村々から新人冒険者になろうと若者達が集まりだしていた。そんな中、昨年冒険者になった三人組がパーティー解散の危機を迎えていた。

「『カリナ村の光』は今日で解散だ。そして俺とバンはクラン『大地の護《まも》り手』に加入する」

冒険者ギルドの掲示板の前で、ちょっとやんちゃそうな少年ケラに厳しい顔でそう言われているのは、グレーの髪に青鼠色《あおねずみ》の瞳をした気の弱そうな少年、キルだ。

一年前、キルは幼馴染《おさななじみ》のケラ、バンと一緒にカリナ村（近くの小さな村）から、ここパリスの街に出てきた。そして三人は冒険者ギルドで憧れの冒険者登録を済ませ、パーティー『カリナ村の光』を結成したのだった。それは去年の春、春は魔物達が活発に動き出す季節だった。

キル達三人は、たくさんの新人冒険者が誕生するこの季節に、Fランクのパーティーとして、たくさん誕生したパーティーの一つとなった。Fランクは見習いレベル、登録スタート時のランクである。そして実績を積みながら、E、D、Cと上がっていく。Bランク以上は全体の一割程度だ。Aランク、Sランクともなれば街に数人、国に数人というレベルである。

そして一年後の今、新人パーティーのうち七割が、稼ぎが足りずに辞めてしまったり、あるいは怪我や死亡によって消えていったりするなかで、キル達のパーティー『カリナ村の光』はわずかに残った三割のうちの一つになっていた。

その間にキル達は、個人としてもパーティーとしてもEランクに昇格した。

そのうえで、将来を有望視された『カリナ村の光』は、パリスの街でも指折りの大規模クラン『大地の護り手』にスカウトされたのだ。

クランとは、拠点となるホームを持ち、傘下に多くの冒険者やパーティーより一回り大きな団体のことだ。冒険者ギルドはこういったクランをいくつも抱えている。

『カリナ村の光』のリーダー・剣士のケラ、槍使いのバンはともに戦闘職のギフトを持っていた。しかしキルは剣で戦っていてもギフトは非戦闘職のスクロール職人だった。

ギフトは十二歳の時に教会で行われる成人の儀で与えられ、貴族も平民も全ての人にそれぞれに合った一つの才能が示される。詳しく知りたい金持ちが教会に多額の寄進をすれば、ジョブの星の数（数が多いほど高い才能がある）まで教えてもらえるが、平民にそんな財はない。そして世間では、ギフトと同じ職業ならば能力が伸びやすいと信じられていた。ギフトと同じ系統のスキルも生えやすい。おそらく発現する生来のジョブを教会で簡易鑑定され、そういう才能があると判定し、告げられているのだろう。

戦闘職、生産職という区別は、戦闘に向いている職業かどうかで分けた冒険者の間で広まっているおおざっぱな分け方に過ぎない。生産職でも戦闘職と変わらぬ戦闘力を持てないわけではないのだ。

しかし、多くの冒険者が思っているように、『大地の護り手』では戦闘職のギフトを持たない者に冒険者は務まらないし、強くなれないと考えていた。つまり将来性のない奴をメンバーに加えるつもりはないし、加えれば任務についてこられず、早晩死ぬか辞めるかだというのがクランの総意なのだ。

確かに冒険者という仕事は楽なものではない。

足手まといを連れてできる仕事ではないと言えばその通りである。

『カリナ村の光』を勧誘した『大地の護り手』だったが、メンバーのギフトまで詳しく調べた結果、戦闘職の二人はメンバーとして迎えて良いが生産職の俺・キルはクランに必要ないと言ってきた。

今はそれほど二人に戦闘力で引けを取らないが、戦闘職のギフトを持たないキルは今後二人の成長についていけなくなるだろう。

(このまま三人でやっていくことは、二人の成長の妨げになるかもしれない)

キルは暗い顔をして俯《うつむ》く。

大規模クランに加入できることは、それだけでもホームに住むことを許され、多くの先輩の指導を受け、今よりは安定した生活を保証されることでもある。

去年は何とか生き残れたが、決して余裕のあるものではなかった。だからキルが身に着けている防具も武器もチープなものだ。

(これから三人でやっていって、来年もパーティーとして生き残れるのか？　その確率は低いだろうなあ。俺がこれから、本当に強くなれないのだとしたら……)

生産職は、みんなが言うように強くなれないのだろうかという不安に押し潰されそうになる。

キルは両の拳を強く握りしめた。

「キル、すまないな。俺も三人でやっていきたいよ。でも俺たちだけでやっていても冒険者として生き残れると思うか？」

真剣な表情のバン。キルの青みがかったグレーの瞳に失望の色が浮かぶ。

「俺は冒険者としてもっと上に行きたいんだ。三人でやっていたのでは俺もバンも上に行けない。クランに入れば俺たちはもっと強くなれるし生活も楽になる。お前にはすまないと思っている」

(俺はやっぱりお荷物なんだな……。そりゃあ俺より向こうを選ぶよな……)

キルは眉根を寄せて俯く。確かにケラとバンの言う通りなのだ。冒険者という仕事はそれほど楽に稼げる仕事ではない。

キルは、冒険者を始めたての頃は宿代すら稼ぐことができず、野営を繰り返していたことを思い出した。今でこそ宿代くらいは稼げるようになったが、それでも誰かが怪我でもすれば、稼ぎが減って野営をしなければならない羽目に陥るだろう。

大きなクランに入ってそのホームに住むことができるということは、それだけでもありがたいことなのだ。それを思えば俺から二人に、クランへの加入を考え直してくれとは言えなかった。

「それに、お前はジョブに合った仕事に就いた方が良いんじゃないか。そしたら今よりだいぶ良い暮らしができるよ。死ぬ心配もないしな」

キルはしばらく下を向いて気持ちの整理をした。そして明るい笑顔を作って二人に告げる。

「確かにバンの言う通りかもしれないな。俺はあとで生産者ギルドにでも顔を出してみるよ。冒険者の仕事も、生産職が軌道に乗るまではしばらくやるけどな」

「そうか、お前がそう言ってくれると俺達も気が楽になるよ」

バンの表情がいくぶんか和《やわ》らぐ。

「やっぱり生産職のギフト持ちは生産者ギルドに入るべきだよ。何かと助けてもらえるらしいぜ。そこで一人前の生産者を目指してくれよ」

この世界には『冒険者ギルド』、商人達のネットワーク『商業ギルド』、生産者達の互助会組織『生産者ギルド』の三種類のギルドが存在する。

「ところでお前のギフトって何だっけ？」

「……スクロール職人」

三人は顔を曇らせた。スクロールがこの世界では非常にいかがわしいものとして認識されていたからだ。うたっている効果のない偽物があまりに多く出回っているために、スクロールはろくでもないものだと思われている。

「珍しいジョブなんだな」

「レアなジョブって良いかもしれないぞ」

ケラとバンが引きつった顔を見合わせる。心にもないことを言って慰めてもキルにはお見通しだ。

逆に不安が募るばかりだ。

「スクロールってあれだよな」

「紙の巻物で魔法とかが発動したりするやつ？」

「魔法が出ない不良品も多いみたいだけどな、はは！」

「キルならちゃんと魔法が出るやつを作れるよ。はは」

二人は引きつった笑顔で続けた。

「それに、けっこう高いらしいじゃないか。あれ」

「そうそう。一個売れればかなり儲《もう》かりそうだぜ。良かったな」

「頑張って良い職人を目指せよ。俺達は用があるからこれで」

「元気でやれよ、困った時には声をかけてくれ。俺達もまずは目先のDランクを目指して頑張るからよ」

二人は背中を向けて掌《てのひら》をヒラヒラしながらギルドから出ていった。

十四歳の春、周りには新人冒険者が溢《あふ》れかえっていた。キルは集まる周囲の視線にも気づかず、ただ一人立ち尽くし呟《つぶや》く。

「一人ぼっちか……」

集団の中の孤独。

周囲にキルと親しい者はいない。頼りにできる者など一人もいないのだ。一人になると人間淋《さび》しくなるものだ。グレーの髪を掻《か》きながら、さてこれからどうしたものかと考える。

二人は『大地の護り手』のホームにでも行ってしまったのだろう。

冒険者ギルドの片隅でキルはしばらく考えた後、重い腰を上げバンの言ったように生産者ギルドに顔を出すことにした。

スクロールを買おうとすればそれなりに高い。一つ売れればけっこう利益が出る商品だろう。だが、商品としての信用度が低すぎてあまり売れているとは思えない。事実『カリナ村の光』ではスクロールを買ったことなどないのだ。

魔法スクロールは威力が製作者や自分の能力に影響されるといわれている。そのため、偽物を売り

つけて自分のステータスが低いからだなどと言い訳をする露天商が多いのだ。偽物が簡単に作れるのも悪用される大きな原因だろう。とにかく、まともに使えないスクロールが出回りすぎていて、そんな不確かなものを戦いの場で使う、つまりは命を託す……そういう気にはなれないのだ。

「はあー」

キルは大きなため息をついた。

はたしてスクロール職人になって生活が成り立つのだろうか？　などと考えながらキルは生産者ギルドに向かった。

（スクロール職人ってどうやったらなれるのかな？　スクロールを作ったことなんて一度もないし作り方も分からない。生産者ギルドに行ったら聞いてみるか）

やることを見つけて、いくぶん気がまぎれたのか、キルは生産者ギルドを目指して重かった足取りをわずかに早める。

生産者ギルドは冒険者ギルドから一ブロックほどのところにあってそれほど離れているわけではない。キルはすぐ生産者ギルドに着いた。

その建物は、冒険者ギルドの建物と比べて小さくて古ぼけている。間口も狭い。登録している生産者が少ないのだろうか。生産者ギルドを通さず、商業ギルドに品物を卸《おろ》している生産者も少なくないのかもしれない。

中に入っても冒険者ギルドほどの賑《にぎ》わいは見られない。キルの他には、二人の職人らしき客と、二つある窓口の片方に受付が一人と、奥に数人職員がいる。

客の一人が帰っていき、残るもう一人が窓口で話をしている。キルが順番待ちをしようと彼の後ろに並ぶと、奥にいたオッサン職員が声をかけてくれた。

「どうぞこっちへ。なんの用かね？」

キルは空いていた窓口に呼ばれてオッサンの前に行く。

オッサン職員の不審そうな視線が「なんだこのガキ！　何しに来たんだ？」と言っていた。

「実は自分、ギフトが『スクロール職人』なんですけど、スクロール職人ってどうしたらなれるんでしょうか？」

「『スクロール職人』？　ギフトとしては珍しいな」

頭の禿《は》げた小太りのオッサン職員が、しかめっ面になりながら答える。

「うちに職人は一人しかいないんだ。変わり者だがそいつのところに行って弟子にでもしてもらえば良いんじゃねーか？　なんのジョブを持っていようと、とにかくスクロールが作れればスクロール職人なんだ。売り物になるスクロールが作れればな。スクロールを納品すれば、職人として登録できるぞ」

そう言うとオッサン職員は後ろを振り返り、中で作業をしている職員に声をかける。

「ゼペック爺《じい》の工房はどこにあるか知ってるか？　あいつ時々スクロールを納品するよなあ？」

「すみません。ゼペックさんの工房の場所までは、ちょっと。奥の名簿を見れば……」

うら若い女性の声が答える。

「そうか、そうだよなあ」

キルの方を向き直ると、バツ悪げに禿げた頭を掻く。

「わりーな坊主。ゼペックてえ爺がスクロール職人なんだが、工房の場所は一応記録にあるはずだけど、今すぐには教えてやれねーわ。調べておくからまた今度来てくれや」

「そうですか、無理を言ってすみません」

キルが、がっくりと肩を落としていると、横にいた職人と思われる髭《ひげ》もじゃで背の低いガッチリした体つきの老人が声をかけてきた。

「ゼペックの爺のところなら俺が知ってるぜ。帰り道だからついてくるかい？」

「助かります。ぜひ、お願いします」

キルは諦めかけていたところに光明がさした思いで即答した。するとその男は冷めた顔で続けた。

「だけど、ゼペックの爺に弟子入りするのは考えもんだぜ。あいつは変人の上に怠け者だから、弟子なんてとらないと思うし、取っても何も教えてくれねーと思うぜ。ましてスクロールなんて作ってもそうは品物が捌《さば》けねーしな」

男は視線をそらしながら忠告した。

「そうですか。でも会うだけ会ってみようと思います。案内してもらっても良いですか？」

「じゃあ、俺についてきなよ」

「ありがとうございます」

キルはこの男にゼペック工房まで案内してもらうことにした。案内を頼んでおきながら、職人の言ったことが気になり悩み出す。

（え～、変人で怠け者の爺に弟子入りしないといけないのか～）

キルは髭もじゃの頑固そうな爺職人の後についていった。

「俺は鍛冶師をやっているバッカスってもんだ」

「俺はキルと言います」

「ハズレギフトにはこだわらねー方が良いと思うぜ。ゼペックを師匠にしようなんて場合は特にな。なんなら他の街に行った方がまだマシってもんだ」

歩きながら後ろも見ずにバッカスが言った。

（ハズレギフトって言った！　今、ハズレギフトって言ったよこの人。マジかよ、俺のギフトって生産職の中でもハズレかよ）

キルはがっくりと肩を落とし、黙ってとぼとぼとバッカスの後ろについていく。

（スクロールはあんまり売れる商品じゃない……か。そうだよなぁ～。誰が買うんだろう？　例えばファイアーボールのスクロールがあったとして魔法使いは買うわけがないし、剣士がもしもの時のために買うかというと買わないだろう。少なくとも試し撃ちして威力が分からないと、いざという時の頼りにはしづらいし、試し撃ちするには値段が高すぎる）

バッカスの足元を追いながら、キルはうだうだと考える。

（どこまで行くのかな？　職人街も、もう外れの方だぞ）

職人街は、商店街に隣接する様々な職人達の工房や店舗が集まっている一画の通称だ。

顔を上げると周りの景色が変わってきている。

職人街も外れの方になると建物がまばらだ。鍛冶師の工房は騒音がひどいため職人街の外れにあるものだ。向こうにバッカス工房の看板が見える。

「ここがゼペックの店だぜ」

突然横を指差されてキルが視線を向けると、彼の指差す先には不気味でボロい小さな家屋があった。よく見ると小さくて目立たない看板も出ている。これがゼペック工房らしい。

（うわー、なんか今にも壊れそう）

振り返るとキルを見る爺職人の目に哀れみの色が浮かんでいる。抑えていた不安が大きく膨らむ。

だがキルはその不安を顔には出さず、ここまで案内してくれたバッカスに笑顔で礼を言う。

「案内してくれてありがとうございます。今度剣を買う時はバッカスさんのところで買います」

「そうかい。俺の剣は高いから無理するなよ。じゃあな」

バッカスはそう言うとキルを残してスタスタ歩いていってしまった。彼は本当にキルが買いにくるとは思っていないだろう。バッカスが行ってしまうのを見送った後で、キルは怪しげなボロ小屋の前で一人たたずみ、その入り口をじっと見つめるのだった。

工房の前で覚悟を決めようとする。でもここにきて中に入る踏ん切りが、なかなかつかない。ボロボロで何だか薄気味悪い、まるで幽霊が住んでいるかのような雰囲気を醸している工房には、誰しも足を踏み入れるのに勇気がいる。

（ここまで来たんだ、ここで帰ったら無駄足になってしまう。ダメならダメ、とりあえず入ってみないことには始まらない）

キルはなけなしの勇気を振りしぼった。

そっとドアを少しだけ開けて中を覗《のぞ》き見る。中は思いのほか薄暗い。

「ごめんください、ここはゼペックさんの工房で良かったですか？」

小さな声でキルは声をかけた。なんの反応も無い。もう少しドアを開けて半身を入れる。

「ごめんください……、誰かいませんか？」

やはり反応は無い。キルはそろそろと中に入り、いつの間にかしっかり全身を店の中に入れてしまっていた。

「ゼペックさんはいませんかー」

キルはさっきより少し声のボリュームをあげると同時に、恐る恐る暗い部屋の中を見回してみる。

「ヒエー！」

後ろに飛び退《との》いてドアに背中をぶつける。

奥の机に突っ伏している人影。

（死体？　死んでる?!）

キルはゴクリと唾を飲む。恐怖に顔が引きつり冷や汗が流れる。

「ゼペックさ～ん、ゼペックさんですか～？」

小さな声。

震える手を前に出しながら恐る恐る近づき、生死の確認をしなくてはと思う。人の死体を見ることは何度もあったが、暗闇の中というのは恐怖心を大きくするものなのか、それとも骸骨のようにガリガリに痩せた腕や体が、ミイラのように見えるから恐怖しているのか。

キルの手が触れようとしたその瞬間、寝ていた骸骨が頭を上げた。

「ヒエー！」

再び飛び退き拳を握った両腕で顔を守るように防御の態勢を取る。

「ナンジャイ。あんた誰？」

骸骨、いやガリガリに痩せた男性が声を発した。生きていたのだ。ただの老人である。キルの恐怖心がすうーっとゆっくり消えていった。

「あ、あの、俺はキルといいます。生産者ギルドで聞いて――いや、ギルドに居合わせたバッカスさんに聞いてやってきました。ここがゼペックさんの工房で良かったですか？」

「ああ。ワシがゼペックじゃが？　スクロールを買いにきたのかえ？」

不審そうにゼペック爺さんが聞いた。ぼさぼさの白髪頭に無精髭、眉間に刻まれた深いしわと吊《つ》り上がった眉毛、鋭い鉤鼻《かぎばな》、目は怒っているかのようにコーヒー色の瞳がぎらぎらしている。

どう見ても悪人顔だ。

「いえ……俺、スクロール職人のギフトを持っていまして。それでスクロール職人になろうかなあと思ったんですけど」

キルは怖そうに消え入りそうな声でオドオドと返事をする。

「生産者ギルドでこの街でスクロール職人はゼペックさんだけだと聞いて、それで……弟子入り……したいかな……なんて」

「アハハハハ！」

ゼペック爺さんは突然大声で笑い出した。

「スクロール職人になんて、なってどうするんじゃ。食っていけんぞ。作ってもスクロールなんて全然売れないんじゃからな！　在庫は溜《た》まるわ、材料費が工面《くめん》できんわ、弟子なんてとったら破産じゃぞ！」

下から見上げながらゼペック爺さんは続ける。その目つきは鋭い。

「お前、それでも弟子になりたいのかえ？　物好きな奴じゃのう」

「はい。弟子になりたい……です」

小さな声で伏し目がちになりながらキルは答えた。その声は少し震えている。

「弟子になっても自分の食い扶持《ぶち》は自分で稼げよ、食わしてはやれん。ついでにワシの言う仕事は文句を言わずにやれよ！　工房の掃除とか使いっ走りとか。それでもワシの弟子になりたいかえ？」

キルをじっと睨《にら》むような目つきで見つめるゼペック爺さんは、下顎をさすりながら返事を待つ。

その瞳はキルの内面を見破ってやるぞと構えていた。

「しかしワシと同じ『スクロール職人』とはのう。可哀想な奴じゃ」

（この人、見た目と違って優しいかも？）

キルの本能がそう告げる。

キルから視線を外し、横を向いたゼペック爺さんに、キルが今度は力強く明言した。

「はい！　やります。弟子にしてください」

「ほーう……」

ゼペック爺さんは意外そうな表情でキルに視線を戻した。

場の雰囲気で抵抗できずに条件丸呑《まるの》みで返事をしてしまってから、キルは後悔し始める。

（あれ～、これで良かったのかな～。この人ロクデナシって言われてたんじゃなかったっけ？　端からロクデナシ感漏れ出ているような？　ロクデナシじゃなかったか、変人で怠け者って言われてたんだ）

「じゃあ、カーテンを開けて早速部屋の掃除をしてくれや」

「は、はい。分かりました。え～と道具は～」

キルはカーテンを開けて掃除道具の場所を確認した。小さな窓のカーテンを開けると暗かった部屋にパッと光が差し込む。ゼペック爺さんは無言で掃除道具の場所を指差す。キルはその道具で掃除を始める。

「腹が減ったのう」

ゼペック爺さんはそう呟くと、また奥の机に突っ伏した。眠りだしたようだが、時々目を開けてキルをチェックしている。腹が減っているのでエネルギーの消費を抑えているのかもしれない。

キルはてきぱきと掃除を終わらせる。十四歳。キルは指示されたことはそれなりにきちんとできるが、自分から考えて行動するタイプではない。言われたことしかやらないし、言われたことは深く考えずにとりあえずやる。良い言い方をすれば素直、悪く言えば考え無しで流されやすい。

事なかれ主義で、自身の欲や正義感から、わざわざ行動したりしないし、他人にそれをさせようとは思わない。どちらかというとリーダーについていくタイプだ。今は――いや、いつも生きるために仕事をしようとしているだけなのだ。深く考え、計画的な行動を取るのは得意ではないし、そういう習慣は身についていない。人によってはおバカな子という評価をくだすだろう。まだ十四歳、キルの成長はこれからである。

掃除を終えたキルを見て、仕事は真面目《まじめ》にやりそうじゃのう……と品定めをしたゼペック爺さんが話しかける。

「お前、今まで何をして食ってきたんじゃ？　田舎《いなか》から出てきたばかりなのかえ？」

「去年の春にこの街に来て冒険者をしていました。他のパーティーメンバーが大きなクランに加入するためにパーティーが解散になり、俺はソロの冒険者になりました」

「フーン。何人でやってきたんじゃ？」

「三人パーティーでした。二人が移籍して俺だけできなかったんです」

キルは少しだけ情けない表情をする。

「三人で一年続いたってことはなかなかやるのう。新人冒険者の三分の二は、一年足らずでいなくなると聞いておるぞい」

「はい。自分達の同期もそんな感じでしたね」

「しかも大規模クランに移籍できるとは才能があるんじゃないのかのう？」

慰めなのかゼペック爺さんがおだてる。

「二人は戦闘職のギフト持ちだったので……俺は違ったし、冒険者をやっていたらいずれは……」

俯くキル。このまま冒険者をやっていればいずれは死ぬか大怪我をするとみんなに思われているのは分かっている。そんなことないと否定してもそれが客観的評価なのだし、実際生産職のベテラン冒険者を見かけないのも事実だ。

下顎を撫《な》でながら眉根を寄せてゼペック爺さんは言った。

「この仕事なんて続けられた奴はこの街でワシだけじゃ。冒険者より厳しいぞい。お前はこれから仕事を覚えるにしても冒険者をやって食い繋《つな》ぐんじゃのう。それしかないじゃろう。ワシにはお前を食わせてやれるほどの稼ぎはないのじゃから」

「はい」

当面清掃とか力仕事とかで食い繋ごうと思っていたから状況は変わっていない。

それよりゼペック爺さんがキルに冒険者もやれと言ってくれたことが、なんだか冒険者としての自信になったような気がする。

「来られる時はここに来て、掃除と使いっ走りをしておくれ。それからスクロール作りは見て覚えるのじゃ！　在庫が捌けぬうちはあまり作ることもできないんじゃから、冒険者にスクロールを売ってきてくれると助かるのう。個別の卸値と売値はあとで教えてやる、卸値で卸してやるぞえ。とりあえずはそんなところじゃな。まあ頑張りなされ」

（確かに材料の仕入れもままならないと言っていたし、在庫が溜まっていても仕方ないし、生活費も必要だ。売ってこいというのは当然かもしれないけど、さてどうしたら買ってもらえるのかな……）

考えても良いアイデアなんて浮かびそうもない。まず手始めにキルは品揃《しなぞろ》えを教えてもらうことにした。

「あの、どれがどんな働きをするスクロールなんですか？」

「そうじゃなあ、商品が分からなくては売れぬよのう、見せながら教えてやるぞえ。こっちに来な」

ぶっきらぼうにそう言うゼペック爺さんに招かれて、キルはスクロールが入っている棚の方に歩いていく。棚は机の向こうにいるゼペック爺さんの背中の後ろにあった。キルは机を回り込んで彼の隣に移動した。

「まず、生活魔法のスキルスクロール。ワシが作れるのはこの三つじゃ」

三つのスクロールを取り出して並べて見せるゼペック爺さん。

スクロールには大きく分けて三つの種類がある。一つは一番なじみが深くスクロールといえば誰もがこれを思い浮かべる《魔法スクロール》だ。これは使うと魔法を発動できるというもので、様々な魔法に対応しているが一回使いきりだ。何回も魔法を発動できる魔法スクロールは存在しない。

二つ目が《スキルスクロール》で、これは魔法やアーツ（剣などの武器を用いた戦闘スキル。主にエネルギーポイントを消費する）などのスキルを身につけることができる。魔法やアーツは訓練を繰り返しているうちに自然に生える（身につく）か、スキルスクロールを使って身につけるしかない。一度身につけた魔法はＭＰがあれば何度でも使える。

そして三つ目が《ジョブスクロール》だ。これはその名の通りジョブを身につけられるスクロールだ。この世界のジョブは十二歳の時に神から授かると信じられている《ギフト》によるものか、ジョブスクロールを使って身につけたものだけだ。

今、ゼペック爺さんが出してきたのは、このうちの《スキルスクロール》である。

「まずこれがライトの《スキルスクロール》じゃ。生活魔法は誰でも間違いなく覚えられるのは知っておるのう。ライトの魔法は魔力五を使って三十分間光の球を自分の側《そば》の出したいところに出しておける魔法じゃ。コイツの売値は五万カーネル（小銀貨五十枚＝大銀貨五枚）、卸値は基本的に売値の半額じゃ」

スクロールを広げると、そこには独特な魔法陣が描かれていた。スクロールは蝋皮紙《ろうひし》という蝋と皮を用いて作られた羊皮紙のような紙に、魔石の粉で独特の紋様が描きこまれたものだ。キルは傷つけてはいけない高価な貴重品を見るように少し遠くから覗き込む。スキルを覚えられるスクロールは、今までに売られているのを見たことがなかった。

「売れたらすごい儲けですね」

「そんなに売れぬのが悩みの種なんじゃよ。簡単には壊れんからそんなに怖がらんでも平気じゃぞ」

キルの様子をうかがいながら、ゼペック爺さんが痛そうに膝をさすった。

「次にこれがファイアーの《スキルスクロール》、ファイアーは魔力二で指先に五秒間小さな火を灯《とも》せる。まあ種火をいつでも出せるってことじゃな。コイツは四万カーネル。そしてこれがクリーンの《スキルスクロール》。クリーンは魔力十を使って半径一メートルの球体の範囲を綺麗《きれい》にする魔法じゃ。コイツは八万カーネルだったかのう」

ゼペックはさっきと違う紋様が描きこまれたスクロールをキルに見せた。

「スキルスクロールって高いんですね」

「そうじゃな。じゃがそれでスキルが身につくと思えば安いものじゃぞ」

高いと認めるゼペック爺さん。だが彼の言うように、それで能力が身につくことを考えれば安いのかもしれない。ただ、みんな金がなくて欲しくても買えないのだ。

「あとは魔法スクロールじゃな。コイツを使えば一度魔法が発動して、それで終わりじゃ」

「よく見かけるやつですね」

キルはジョブスクロールや、スキルスクロールは見たことがなかったが、魔法スクロールはいかがわしい露店で何度も見たことがあった。スクロールの悪い噂《うわさ》を聞いていたので、買おうと思ったことはなかったが……。

安い種類のスクロールだと思いながら、キルは顔をスクロールに近づけてまじまじと見つめる。

「コイツの良いところは魔術師でなくても魔法が使えるところじゃな。長い詠唱も必要ない。レベル1の威力の魔法がさまざま、ファイアーボール、エアカッター、ヒール、ウォーターボール、ストーンショット、変わったところではステータスとかかのう。これらは全部三千カーネルじゃな。とりあえずはこのくらいじゃ。これらを売ることができれば、儲かるしワシも在庫が捌《は》けて次のスクロールを作ることもできるからのう」

口の端を吊り上げたゼペック爺さんが、悪徳商人のような表情を覗かせた。

「まずは働いてスクロールを仕入れる軍資金を作ってくるのじゃ。頑張って稼ぐのじゃぞ」

そう言いながらキルの背を押して工房から追い出した。

第二章　ソロ冒険者の生活

工房を追われるように追い出されたキルは、日銭《ひぜに》を稼ぐためにまた冒険者ギルドに向かった。

「ふー」

工房での出来事を思い出しながらキルは、これからのことを考える。

スクロールが売れないとゼペック爺《じい》さんはスクロールを作らない。スクロールを作らなければ作り方を見ることができない。つまりはスクロールを仕入れて売らなければスクロールを作れるようにはならないということだ。

（生活費も稼がなくちゃいけないし、とりあえず冒険者ギルドで依頼を探そう）

キルは冒険者ギルドに着くと掲示板を覗《のぞ》いてみる。

依頼を探すには時間が遅いために、めぼしい依頼は取られているが、キルができる依頼とかぶっているわけではない。キルができる依頼は人気のないものなのだから。人気のない街の掃除の依頼を掲示板から剥《は》がし、空いた窓口にいた受付嬢のケイトに手続きをお願いする。ケイトは艶《つや》のある栗色の髪に黄金の瞳、メリハリのあるスタイルで端正な顔立ち、パリス冒険者ギルド一の美人受付嬢だ。男性冒険者だけでなく、その面倒見の良さから女性冒険者達からも姉妹のように慕われている。

「ソロになられたのですね。清掃の仕事を受け付けましたのでこちらに向かってください」

ケイトはキルに地図を渡しながら続けた。

「どこかのパーティーに加入なさらないのですか？　ソロだと討伐依頼は危険でしょう？　Eランク冒険者のキルさんなら新人パーティーは喜んで入れてくれると思いますよ」

「そうですか……もし良いパーティーがいたら紹介してください。それと明日の仕事のうち、一人でもできる手取りの多い依頼があったら、きつい仕事でも良いので教えてください」

スクロールを仕入れるために、まとまった金が必要だ。恥ずかしい話だが、キルはたいした貯《たくわ》えを持っていない。

神妙な顔で頼むキル。

「そうですねー」

手持ちの資料をめくりケイトはすぐに希望に合った依頼を見つける。

「力仕事だと……開墾現場の木の根の掘り起こしの仕事ですかね？　これはかなりの肉体労働なので人気が無い分、手取りは良いですよ。一日一万カーネルです――」

「その手続きをお願いします」

春先は冬場よりも雑多な仕事が多く余っている。魔物が動き出すため討伐に向かう冒険者が多いからだ。新人もこういう仕事から始めるが、薬草摘みとかの討伐に近いものの方が、街中の掃除の仕事や開墾の現場労働より人気がある。とはいえ、新人の多いこの時期は、仕事をキープしておくことは大切なのだ。キルは、ケイトに感謝を伝えて街の清掃現場に向かった。

「見た目は悪くないけど、いつも二人の後にくっついていたから、ちょっと頼りないのよねー。一人でやっていけるかしら。あんまり物事を考えないタイプみたいだし……」

ケイトはため息をつきながら、心配そうにキルの背中を見送った。

＊　＊　＊　＊　＊

ケイトから受け取った地図の示す場所に着いたキルは、現場責任者にチェックをもらい清掃範囲を指示される。その範囲のゴミを拾ったり、汚れを落としたりして現場責任者にチェックをもらえば仕事は完了だ。綺麗《きれい》になっていなければ駄目出しされたところを再度綺麗に掃除する。

汚れの酷いところは数ヶ所で、そういうところを集中的に綺麗にしておくことが合格のポイントだ。チェックさえ通れば時間が早くても仕事は終わりにできたりもする。

キルは掃除をしながら先ほどのスクロールのことを思い浮かべた。

（直径二メートルの球状の範囲を生活魔法のクリーンで綺麗にできたら、この仕事がとても楽になるんじゃないだろうか？）

清掃の仕事は八時間ほどかかり、八千カーネルの賃金がもらえる。けれども早ければ五時間くらいでもチェックが通ることもある。早く終わらせれば他の仕事もやる時間ができそうだ。

クリーンのスキルスクロールは卸値《おろしね》で四万カーネル。五回分の清掃業務の代金で買える。

（うーん、ゼペックさんに話して前借りできないかな？）

清掃業務は人気が無く、いつでも最後まで掲示板に残っている仕事だ。

クリーンを使えば労力が半減しそうな気がする。

（虫の良いお願いだけど聞くだけ聞いてみようか？）

腕組みをして、難しそうな顔をする。

キルは夕方までかかって清掃を終わらせ、小銀貨八枚を受け取った。服も汚れがちなのがこの仕事の人気が無い理由の一つでもある。それにそれほど高い報酬をもらえているとも言い難《がた》い。

その足で晩飯の調達にパン屋と惣菜《そうざい》屋と肉屋を巡り、パン三個四百五十カーネル、惣菜二百カーネル分、味付き焼肉一切れ四百カーネルを買って宿屋に戻った。宿屋ではケラとバンが引っ越しの荷造りをしながら待っていた。……待っていてくれたと思いたい。

「ちょうどよかった。俺達はこれからホームに引っ越すことになるから、この部屋を出ていくぜ。お前もずっと三人部屋を借りてるわけにはいかないだろうから、この部屋を出る準備をした方が良いんじゃないか」

「確か三日後までの部屋代を前払いしてあったと思うから、それまでにどうにかした方が良いぜ」

「わかったよ。ぼちぼち用意するよ」

気がつかなかったがケラとバンの言う通り、一人で三人部屋の部屋代を払い続けるのは辛《つら》い。一人部屋に移らなくてはいけないだろう。キルは頭を掻《か》きながらケラとバンの忠告に素直に従うことにした。

「ところでスクロール職人にはなれそうなのか？」

「うん……まあね……」

キルの歯切れの悪い返事にバンは状況が良くないことを察した。だがそれを、キルは言いたくないのだろう。

「そうか……それならよかったよ。稼げるまではしばらくかかりそうだな。その様子だと清掃業務をしてきたんだろう？　少し臭いぜ」

バンはさりげなく話題をそらした。

「しばらくはこういう仕事がメインになりそうかな」

右肩に鼻を当てて臭いを確かめながら、キルは工房でのことを恥ずかしそうに二人に話し始める。

キルの話を聞いたケラとバンは少し怒ったように顔色を変えた。

「そりゃ厳しいな！　スクロールを売ってこいってなんだよ」

「なかなか売れねーだろう。俺買ったことないし。使えるのかね？　スクロールって」

二人は正直なのか聞いているキルの表情が曇る。ズケズケと言ってしまってから二人は、我に返った。

「金が貯まったら一つは買ってやるよ」

慌ててケラがフォローを入れる。

「俺も買うからな。それに親しい先輩ができたら買ってくれるよう頼んでみるよ。地道に頑張れよ」

バンも焦りながらキルを慰める。

「ありがとうな。多少は安く売っても許してもらえると良いんだけどその辺確認してみるよ」

二人にスクロールを買ってもらいたいとも思うが、頼ってはいけない、迷惑はかけられないという思いの方が心の大部分を占めている。ただ、『買ってやるよ』という上から目線の言葉がとても嬉《うれ》しく感じられた。上から目線の扱いはいつものことだ。三人のカーストは、ケラ、バン、キルの順なのだから。

「それじゃあな。俺達は荷物を運ぶから、今度はホームを訪ねてきてくれよ。歓迎するよ！」

「途中まで運ぶの手伝うよ」

「いいって、いいって。お前、飯買ってきたところなんだから、俺達のことは気にせず温かいうちに食っちゃえよ。じゃあな！　キル」

二人はそう多くない荷物を背負って部屋を出ていった。部屋に取り残されたキルはなんだか淋《さび》しくなってくる。キルは急いで食事をとると、工房にもう一度行ってみることにした。

明日は朝から開墾の仕事だ。今日のうちに頼みごとをしておこうと思う。

暗いゼペック工房に入りゼペック爺さんを呼ぶ。机の方から爺さんの声がした。

「ナンジャイ。また来たのか？　すきっ腹に響くから大声を出すんじゃないわい」

キルはゼペックの声で淋しさが消えるのが分かった。

（やっぱり一人は耐えられない。ゼペックさんとでも、一緒に暮らせたら淋しくないのかな？）

「ゼペックさん、腹減ってるんですか？」

晩飯を買ってくる約束をしていたので、今買ってくるべきかを確認する。

「朝から何も食っとらんわ」

なんとゼペック爺さんは、朝から何も食っていないという。どうりでがりがりの骸骨姿なわけである。一体何日食べていないのか？　スクロール職人って貧乏なんだなと、改めて驚かされた。

「ちょっと待っててください。パン屋に行ってきます」

この辺りの主食はパンや麺だ。小麦に似た作物が取れるが、米のような作物が取れるのはもっと南の暖かい地域なのだ。食物は農業生産だけでは全然足りてはおらず魔物の肉も重要な食材だ。小麦も生えないもう少し北方に住む蛮族は、遊牧が主体で食物が足りず、食物を奪うために攻め込んでくることすらある。彼らはそれを、生きるための当然の行為だという認識を持っている。北に行くほど食料を調達するのは難しいのだ。

キルは弾丸のように外に飛び出す。急げばまだパン屋は開いているはずだ。

パン屋に飛び込むと、もうパンは二つしか残っていなかったので全部買う。肉屋でも最後の味付き焼肉を買って工房に引き返した。

「ゼペックさん、買ってきました」

ハアハアと息を切らせながらキルはパンと焼肉をゼペック爺さんに渡した。爺さんはむくりと起き上がると肉とパンを食べ出した。

「向こうにコップがあるから取ってきておくれ」

口の中が満タンで聞き取りづらい声でゼペック爺さんが言った。

キルがコップを探してきて渡すと、ゼペック爺さんは生活魔法のウォーターでコップに水を満たし飲み出した。

（魔法だ！）

キルはその様子を内心驚きながら見つめる。

「ふー、生き返ったわい」

ゼペック爺さんは腹をポンポンと叩《たた》きながら満足そうに大きく息を吐く。

「お前、なかなか見どころがあるな。もう二度と来ないと思っておったのにのう」

「あの……実は折り入ってご相談したいことがありまして」

「ダメじゃ！」

怖い顔のゼペック爺さんが間髪を入れず答え、唖然《あぜん》とするキル。

「まだ何も言ってないんですけど？」

「言わんでも分かるわい。前借りじゃろう」

ズバリ言い当てられたキルは、一瞬わずかに身をのけ反《ぞ》らし表情を変え、目をまん丸にしてゼペック爺さんの目を見つめ続ける。

（魔法か？　言う前から分かっちゃうなんて……）

「どうして分かったんですか？」

「昔もそういうことがあったからじゃい。ワシがああ言って戻ってきた奴の言うことは決まってそれじゃもの」

（なるほど、今までに何度もこういうことがあったのか……）

てっきり魔法かと思ったがそうじゃなかったのかと納得する。でも、貸してくれない理由にはならない。

「どうしてダメなんですか？」

ゼペック爺さんは嫌なことを思い出したかのようにそっぽを向いた。

「貸したっきり帰ってきた奴なんておらん。百パーセント持ち逃げじゃ」

キルはゼペック爺さんが貸してくれない理由を理解すると同時に、過去の悲しい経験がゼペック爺さんを人間不信にしたことを知った。

「俺は違いますよ」

なんてひどい奴らだ……と怒りを感じながら、自分はそんなことをする人間じゃないのに……と疑われたことに傷つく。

「証拠がない」

思いがけない一言を言い放ったゼペック爺さんは、キルを睨《にら》むような怖い目で見ていた。

（こいつも俺をだますのか？）

その目はそう言っているようにキルには感じられた。

「ですよね～、ゼペックさんから見れば俺なんか信じられませんよね～」

よく考えてみれば、会ったばかりの自分を信じられなくても当然だ。断られても仕方がない。

これ以上ゼペック爺さんの心の傷に触れない方がこの場は正しい。それにしつこく頼んでも、ゼペック爺さんは決して貸してはくれない。

(かわいそうだなあ)

だまされて裏切られ、持ち逃げされたゼペック爺さんと、信じてもらえない自分。

やりきれない思いが駆け巡り、キルの心は沈んでいく。

「ふん、スクロールは高価なものなんじゃぞ。おいそれとは持たせられんな。……しかしお前臭いな、清掃の仕事でもしてきたのかえ？」

そう言うとゼペック爺さんはキルにクリーンを唱えた。キルが光に包まれて綺麗になる。

「臭くてやりきれんからの。さて、もういいじゃろう。帰れ！」

臭いからクリーンの魔法をかけてくれたかのように言っているゼペック爺さんだが、すぐにキルが帰れば魔法をかけなくても臭くなくなるはず。

(ゼペックさんってやっぱり優しい？)

キルのゼペック爺さんに対する好感度が一段あがった。

「もう一つお願いがあるんですけど……」

「なんじゃい!?」

ゼペック爺さんは呆《あき》れながら嫌そうに言った。

「実は、ここで住み込みの弟子にしてもらうわけにはいきませんかね？　晩飯は俺が稼いで買ってきますから！」

食糧事情の良くないこの世界では、朝食を食べる者もいれば食べない者もいる。稼ぎの少ない者は一食しか食べない者も多い。重労働の者（冒険者も）は三食食べるのもいるが、全体としては二食が多数派で、キルも朝は食べない派だ。ゼペック爺さんも見た感じで食べない派だと思われた。昼飯は一緒にいないだろうから約束はできない。だからキルは晩飯だけを用意すると約束したのだ。

キルはゼペック爺さんと一緒に住めば、彼の人間不信が直るに違いないと感じていた。

それほどこじれた感情ではない。それにゼペック爺さんは顔に似合わず優しいのだ。

「住み込みと言っても寝る場所なんてないぞ。ワシだってこの机と椅子《いす》で寝ているんじゃもの」

ゼペック爺さんは狭い工房の中を見回す。扉と机の間にはほんの少しの床があるだけで、ベッドを置くスペースなどどこにもないし、置けば店舗の体裁をなさない。ゼペック爺さんの背中の壁にはスクロールを入れた棚があり、奥の部屋は調理場兼食堂で竈《かまど》と作業台と水瓶《みずがめ》があるだけだ。ここにもベッドを置くスペースなどない。

「そこの隅っこで寝てもいいでしょうか?」

キルは扉と机の間の床を指差した。床にじかに寝ようというのだ。

(野営をするつもりならどこでも眠れる……狭いといっても座って眠れないほどではない。むしろ外より断然良い)

「本気か!　お前、本当に貧しいんじゃな」

ゼペック爺さんは驚いてキルの顔をまじまじと見た。

「いえ、そうでもしないと仕入れの金が貯まりそうにありませんので」

キルは頭を掻きながら照れ笑いをした。

「仕方ないのう。晩飯はちゃんと買ってくるんじゃな!　絶対じゃな!」

「はい!」

念を押すゼペック爺さんにキルは明るい顔で言った。

「わかったわい。そこの隅で寝ても良いぞい」

「じゃあ、明後日からここに引っ越してきますのでよろしくお願いします」

キルは嬉しそうにゼペック爺さんに微笑《ほほえ》んだ。

＊　＊　＊　＊　＊

今日は朝から開墾の手伝いだ。城塞都市を出て北に少し行ったところにある森が開墾現場だ。新しい農地を作るためには森の木を切り倒し、その後で残った木の根を掘り起こして取り除く。そして土だけになったところの小石などを取り除き、水路を整備して農地にするのだ。

開墾の手伝いといってもいろいろな部署がある。キルの仕事は木の根を掘り起こして取り除く作業だ。実はこれが一番力のいる作業で、特に木の根を取り除く仕事は力がないとできやしない。

一人で引っこ抜ける木の根はましな方で、ロープをかけて数人がかりで引かねば取れない木の根がほとんどだ。

そういうわけでハードすぎるこの仕事は、人気がなく賃金も割と高い。昼飯付きで午前三時間、午後三時間の六時間で一万カーネルもらえる。もっとも六時間もこの作業をすれば、へとへとになってしまうのだが。

仕事の後は服も泥だらけになってしまうので、ここでもクリーンの魔法が使えるとありがたい。

開墾の現場に魔物が出るのは、森の木を切り倒している現場が多く、一面が見渡せるようになっている木の根除去の現場には、魔物は現れにくいものだ。警備の仕事があるのは木の伐採現場の方だ。

警備の仕事の方が楽なために賃金も安い、一日八時間で七千カーネル。清掃作業より手取りが少ないが、暇で楽なために人気は高く早い者勝ちの仕事だ。

キルは厳しくても金になる仕事をしているというわけだ。

武器や防具は一時置いて薄着になって朝から木の根と格闘し、昼休みにはみんなで昼飯を食べる。大きな鍋で煮込まれたスープと大きめのパン。高級な柔らかめのパンなど庶民の口には入らない。スープで柔らかくしながら食べる固いパンはそれなりに美味《おい》しい。昼飯が付いているのは地味にありがたいことなのだ。

昼飯を食べながら世間話をするのも気晴らしになる。

「兄ちゃん、若いのにこの仕事を選ぶとは渋いね！　若いもんはあんまりやりたがらねーのになぁ」

いつもこの仕事をしているらしい筋肉隆々《りゅうりゅう》の優しそうな親父《おやじ》が、なれなれしく話しかけてくる。一緒に力を合わせて木の根を引き抜いていたうちの一人だ。早くも仲間意識が芽生えている。

「ハハ、きついけどお金にはなりますからね」

苦笑しながらキルは答えた。何もやりたくてやっているわけではない。パーティーが組めれば討伐任務も安全にこなせる。そういうノウハウを少しは身につけてきたつもりだ。ただソロでの魔物狩りは、もしもの時にどうにもならない。下手《へた》をすれば怪我《けが》で動けず死ぬまで助けに出会わないことだってあるのだ。

「金に困っているのか？　兄ちゃん。大変だなあ、借金か？」

「いえ、買いたいものがあるんですよ」

「へー、何がそんなに欲しいんだい？　言えないものなら言わないでもいいんだけどな、よかったら教えてくれよ」

人が欲しいというものは、何か良いもののように思えて気になるものだ。優しそうな親父が身を乗り出して熱い視線を向ける。この場をつぶす話題としては、持ってこいというものかもしれない。

「別に教えても構いませんよ。《スキルスクロール》です。今はクリーンが欲しいですね」

キルは何の気無しにスキルスクロールの話を始めた。

「へー、それはそんなに良いものなのかい？」

周りの視線がキルに集まる。

「ええ。クリーンの魔法が使えるようになるんですよ。そうすれば一発でどんな汚れもものすごく綺麗になるんです。ちょうど今は泥だらけじゃないですか、これが新品にも引けを取らないくらい綺麗になるということですよ。良いでしょう？」

キルは泥と汗で汚れた服に視線を向ける。

「良いねえ！　魔法ってのは、そんなにすごいのか。生活魔法にそんなのがあるってのは聞いたことがあるよ。そのスクロールってやつを使うとその魔法が使えるようになるってのかい？」

筋肉隆々の親父がワクワク顔で聞き返す。

「そういうことです」

「いったいいくらなんだい？　そのスクロールってやつは」

キルが答えると隣にいた親父が食い気味に聞いてきた。

「えーと、確かー、定価は八万カーネルするんですが、いくらか安く手に入るつてがあるんです」

まさか半額とは言えないのでキルは言葉を濁す。

「八万かー、そりゃ高すぎるわ」

食い気味だった親父がいっきに引いた。そりゃそうかもしれない。

「でもなあ……その魔法、一回五百カーネルでならかけて欲しいよなあ。うーん。ここの奴らにその魔法をかけてやる商売をしたらかなりボロ儲《もう》けかもしれねーな。八万カーネルってことは百六十回か？」

　腕組みをしながら考え込む親父。

（この親父、計算が早えーな！　人は見かけによらないとはこのことだ。ていうか、掛け算とか割り算みたいな高等な計算ができるって、かなりのインテリだぞ）

「もうちょっと安ければなあー」

　親父の結論は高すぎるということで落ち着いたようである。キルはちょっと残念そうに目をそらす。

初めての営業活動は失敗のようだ。

「さて！　午後の部の始まりだあ……」

　みんなが仕事を始めるためにわらわらと動き始めた。午後も午前と同じく木の根と格闘を始める。

力と力の勝負だ。

「そーれ！　……そーれ！」

　掛け声とともに全力で綱を引く。そして三時間が経《た》ち一日の仕事が終わった。

　キルはもうクタクタだ。この仕事をちょくちょくやっている親父達は余裕のようだったが、キルにはそういう余裕はない。この仕事は労働時間が短いため、街に帰るのも早い。体力に余裕があればもう一仕事しても良いのだが、キルには無理だった。キルは革鎧《かわよろい》を身に着けるとおとなしく街の方に歩きだした。

（あの親父達、すごい体力だな。全然疲れてなさそうだったぞ。毎日やってるのかな）

　疲れ切って街に戻ってきたキルだったが、明日も同じ仕事ができたらやりたいと思っている。もう少し続ければ四万カーネルを貯めることができそうだからだ。

　実は元々、わずかだが何とか二万カーネルほどの貯えは持っていた。昨日と今日とで一万八千カーネルを稼ぎ昨日食費で約二千カーネル、今日の食費も同じくらいかかるとして約一万四千カーネルは手元に残る計算だ。

キルは帰りにギルドに寄って明日も同じ仕事ができるか聞いてみた。

受付のケイトは大丈夫だと答える。そもそも求人が集まらない仕事のようだ。キルはあと二日続けて開墾の仕事を請け負った。

宿屋に戻ってベッドに横になり一休みするキル。この宿とも明日でお別れだ……そう思うと少し淋しくなる。三人で過ごしてきた思い出が脳裏をよぎる。

十五分ほど休むつもりがいつの間にか寝てしまったらしい。気づくと一時間ほど経っていたようで、もう日が暮れかかっている。

（やばい！　ゼペックさんの夕食に間に合わない）

キルは急いで買い出しに出かけた。二人分のパンと惣菜とメインの肉料理を買い揃えて工房に急ぐ。

ゼペック爺さんは店の前で椅子に座り、ボーっとしていた。ガリガリに痩せたゼペック爺さんが入り口の前にいると、まるで幽霊屋敷のスケルトンのようだ。

「ゼペックさん！　晩飯持ってきましたよ」

キルが明るく元気に声をかける。その声でキルに気がついたゼペック爺さんは、ゆっくりと立ち上がりキルが近づくのを待った。

「入るか」

ゼペック爺さんの言葉に従い、後についてキルは家の中に入っていく。

「今日は開墾の手伝いで木の根撤去の仕事をしてきたんですよ」

フーンという顔でゼペック爺さんは黙って話を聞いた。

「木の根を撤去する時って結構泥だらけになるので、終わってからクリーンが使いたくなるんですよね」

「そりゃそうじゃろう」

相槌《あいづち》を入れるゼペック爺さんは、あまり興味がなさそうだ。

「五百カーネルでクリーンをかけて欲しいって言う人がいて、これってなかにはクリーンのスキルスクロールを欲しがる人が出てくるかもしれませんよ」

冗談交じりのキルの言葉はスルーして、有料で魔法をかけて欲しい人がいたという事実にゼペック爺さんは着目した。

「ほう！　クリーンが使えれば五百カーネル稼げたのにのう。四万カーネル持っとらんかい？」

緩んでいたゼペック爺さんの目がギラリと光り悪徳商人顔になる。

(この人は商売には向いていなさそうだ)

「明日の現場仕事で二万稼いだら四万カーネル貯まりますよ」

「ほう……そうかそうか。なるほどのう」

下顎を撫《な》でるゼペック爺さんの顔がさらなる悪巧《わるだく》みを考えているように見える。

「キルさんや。その職場の人たちに、五百カーネルでクリーンをかけて欲しそうな人は、ぎょうさんおるのかい？」

一段高い声で『キルさんや』と呼び、妙な喋《しゃべ》り方になるゼペック爺さんに、キルの背中がゾクゾクっとした。

「それなりにいるかもしれません」

キルは迷いながら引きつった笑顔で答えた。

「なるほどのう。キルさんや、今三万カーネルくらいは貯まったということじゃなあ」

ゼペック爺さんの眉毛が吊り上がりギロリとした目がキルを睨む。

「はい。三万は貯まりましたけれど」

「昨日前借りがどうのと言ってたのう」

悪い骸骨のようなゼペック爺さんは、どす黒いオーラを纏《まと》っているような感じだ。

「はー、はいー?」

キルは、なにを言い出されるのか不安になる。

「一万貸しといてやるから、クリーンを身につけんか?」

クリーンをできるようになりたいと思っていたキルの表情がパッと明るくなり、渡りに船とばかりに返事をする。

(これで清掃の仕事が楽になるぞ!)

「昨日、それを頼みたかったんですよ。もちろん、お願いします」

キルにはクリーンを覚えてその魔法で金を稼ぐなどという発想は浮かんでいなかった。そんな助け合いの精神に反することをするのは、キルの中では悪事である。

「それでのう、キルさんや。そのクリーンで稼いできなされ。一回五百カーネルで、その稼ぎの半分がワシの取り分じゃ」

「えーと。今日クリーンを覚えさせてくれる代わりに、明日職場で稼いだ分の半分をゼペックさんに渡すということですか? クリーンをかけるだけで五百カーネルももらって良いんですかね」

混乱しながらキルが確認する。

「良いのじゃ。理解が早いのう」

ニンマリ笑うゼペック爺さん。悪徳商人オーラ全開だ。

「やる人がいなかったらどうなるんですか？」

キルは不安になって聞いてみる。

「その時は仕方ないのう。それはそれで諦めるわい」

「分かりました。それじゃあクリーンを覚えます」

「そうかい。それじゃあ三万カーネル出しな」

ゼペック爺さんはニンマリと手を出した。

「あ、はいはい。三万っと」

大銀貨三枚を渡すキル。懐には残り四千カーネルしかない。

ゼペック爺さんはスクロールを取ってくると机の上に広げた。

「ここに右手の掌《てのひら》を置きな」

指示通りにする。

「魔力をちょっと流してみな、そしたら動き出すからのう」

「どうやって？」

「魔力を流そうと思えば良いんじゃよ。掌からなんか出す気持ちじゃ」

訳がわからない指示をするゼペック爺さんだが、キルは適当に念じてみるとスクロールが光り出した。眩《まばゆ》い光がキルの全身を覆い、視界が光によって遮られる。真っ白で何もない世界にいるような錯覚にとらわれる。その光はキルの体に染み込んでいった。光が消え、元の世界に戻される。

（体の中に入っちゃったよ！）

キルはじっと掌をみつめる。

「よし、それでクリーンが使えるようになったはずじゃ。試しにこの部屋を綺麗にしてみてくれ。クリーンの発動点を意識して『クリーン』と唱えるのじゃ。半径一メートルの球体がだいたいの発動範囲じゃぞ」

ゼペック爺さんが簡単にやり方をレクチャーする。キルは言われた通りに発動点を意識しながら、『クリーン』と唱える。半径一メートルの範囲が少し光り、綺麗になっていた。

「おおー！」

キルは感動して思わず声を上げた。

「すごい！　俺、魔法が使えちゃったよ！　本当にクリーンできちゃった」

「何回できるか確かめといた方が良いぞ。人によって違うからのう」

アドバイスもくれるゼペック爺さんは、割とすごい人かもしれない。

＊　＊　＊　＊　＊

翌日、クリーンを覚えたキルは気分上々でやる気に満ちていた。今日も木の根の撤去作業である。

現場では、朝から力を合わせるための掛け声が響いていた。

「そーれ！　そーれ！」

一つ一つ木の根が取り除かれ、林だった痕跡が無くなっていく。石を取り除き水路を造るのは別の部署の人達だ。開墾は領主主導で行われる大規模な事業だ。これが行われている領地は比較的景気が良い。領主が金を持っていないと、こういうことはできないのだ。その金が下々の者に落ちてくるのがこういう仕事になる。経済用語で言うところのトリクルダウンというやつだ。

午前中の仕事が終わり昼ごはんの時間になる。昨日の親父達の多くは今日もこの仕事に携わっているらしく一緒に飯を食べる。

「おう、兄ちゃん。今日も頑張るねえ」

キルは昨日話をした親父達に話しかけられた。カッチカチのパンと熱いスープを食いながらゴッツイ体の親父に返事をする。

「明日もここで働かせてもらいますよ」

「兄ちゃん、気合いが入っているじゃねーか。もう少しで目標金額に届くのかい？」

「はい！　あともう少しなんです。それに昨日金を借りることができたんで、スクロールを買うことができたんですよ」

「へえ！　例のクリーンって魔法かい？」

興味津々という感じで食いついてくる親父。

「そうなんですよ」

キルがニコニコしながら答えた。

「オイオイ、マジかよ。ちょっと見せてくれねーか？」

「良いんですけど、魔力を消費するのかな？　体力の消耗が怖いので、仕事が終わったとき自分にかけるのを見てください」

「そうだよなあ、そう何度もできないのか」

親父が無理を言って悪かったな、というように頭を掻く。

「まあ八回はできるみたいですけれど、無駄に魔力は使いたくないですからね。ごめんなさい。まだ俺は魔力量が少ないみたいです」

キルは昨晩ゼペック爺さんに言われて、クリーンの使用可能回数は調べてある。真摯《しんし》に謝った。

「なるほどねえ？　そんなもんかい？　じゃあ仕事が終わったらその魔法を見せてくれよ。ちょっと興味があるんでな」

(親父、今日も食い気味だな)

周りの親父達も二人の会話に聞き耳を立てていた。

「俺も見たいな」「俺も、俺も！」

オッサン達の声が方々から上がった。思った以上に噂《うわさ》になっているらしい。どうりでキルの周りで食べている人の数が昨日より多いわけだ。キルは、ほっとして満足そうに含み笑いを浮かべる。

(これなら何人か客はいそうだなあ)


午後の三時間の重労働が終わり片付けをしているとワクワク顔の親父達が寄ってきた。

「そろそろやるんだろう？」

「そうですね、そろそろです。この綱を置いてきたら仕事は終わりですから、装備を取りにいってそこでやろうかな」

仕事を終えたキルはさすがに疲れた顔をしていた。

「兄ちゃん、だいぶ頑張ったな、疲れが見えるぜ」

親父が笑いながらいたわりの言葉を発した。

「いえ、大丈夫ですよ。明日もこの現場に来ますからね。まだまだ余力十分です」

キルは見栄《みえ》を張って疲れていないと言い張った。

木の根を引くために使った綱を道具置き場に置いてくると、親父達が戻ってくるキルを待ち構えていた。

「あ、クリーンが見たいんでしたね」

あと数メートルで親父達と合流するという位置関係で、キルはクリーンを唱えた。ここなら親父達にクリーンの魔法はかからない。

「クリーン!」

親父集団に近づきながらクリーンを唱えたキルの周りが光り、光が消えるとキルは驚くほど綺麗になっていた。泥汚れも汗染みも一切消えている。着ている服はまるで買ってきたばかりの新品のようだ。すっきりした顔でキルが親父達に近づき合流する。

「お!　おおお!」

親父達が驚きの声を上げた。

「おー、綺麗になってる」

「スゲー、思っていたより綺麗でやんの!」

「初めて見たわ!　クリーンの魔法!」

親父達が想定外の大きなリアクションを見せる。見せ物としても通用しそうだ。

「オイ、俺にもかけてくれないか?」

食い気味だったあの親父が近づき、キルの服の清潔さを触って確かめながら頼んできた。

「良いですよ。五百カーネルも、もらって良いんですか?」

「ヒールだって、めっちゃ金取られるからな。魔法をかけてもらうんだから、ただというわけにはいかねーだろう」

「ありがとうございます。じゃあそこに立ってください」

キルがみんなから離れたところを指差した。間違ってお金をもらっていない人にまでクリーンの魔法がかかってしまってはいけない。

「チョット待て、俺にもかけてくれ」「俺も！」「おれっちも！」

追加で六人の親父達から声がかかった。

「じゃあみんなでそこに集まってください」

キルが親父達に立ち位置を指示する。二人、三人、二人、半径一メートルの球形に入りきるように三列に並んでもらう。センターにくる人を一番背の高い人にして六人が取り囲む。何とかクリーンの効果範囲内に収まりそうだ。

「うーん、もっと寄って。はい、いきますよー。クリーン」

七人の親父達が光に包まれて綺麗になった。

なんとか一回の魔法で、全員クリーンの範囲内に収まって、汗も泥も取れて清潔になったようだ。

「おー！　綺麗になってるー！」

親父達が綺麗になった自分の服をチェックしながら感激の声を上げた。

「なんだ、なんだ！」

周りから人が寄ってきた。そして親父達の綺麗になった顔や服を見て事情を理解すると、自分にも魔法をかけて欲しいという者が現れだす。先ほどの親父達が銅貨五枚ずつをキルに渡す。銀貨でお釣りをもらう者もいる。キルは七人分の代金三千五百カーネルを手に入れた。

周りに集まった親父達の中から、魔法をかけてもらいたい人がキルに声をかけてきた。

「五百カーネルで俺にもかけてくれよ」

結局あと五人ほど希望者が現れたので、キルはその人達にもクリーンをかけてやった。魔法二発で六千カーネル、ボロい儲けだ。ちょっとキルの良心が痛む。

だが親父達は満足げである。確かに洗濯をしてもこれほど綺麗にはならないのだから嬉しいはずだ。洗っても取れなかった服の泥染みが綺麗に無くなって、新品のようになったのだから五百カーネルの価値はある。

「ありがとうな！　兄ちゃん」

感謝の声さえ聞こえてきた。感謝されてキルの罪悪感も吹っ飛び、自然と笑顔になる。キルは良い仕事をしたようだなと満足した。今日の稼ぎは一万六千カーネルになった。


宿屋に戻ると引っ越しのために荷物を全て抱える。と言っても荷物はそれほど多くないのでいつもとたいして変わらない。冒険者は移動を頻繁にするので荷物を極力簡素にしているものだ。

キルは宿屋の主人に別れを告げて工房に移動した。ゼペック爺さんは工房の外で椅子に腰掛けてボーっとしていた。

(何を眺めているのかなあ？)

「ゼペックさん、引っ越しと前借りの支払いに来ましたよ」

キルが近くに寄って声をかけるとゼペック爺さんは驚いたようにキルを見返した。全然気がついていなかったらしい。

「中でのう」

ゼペック爺さんはそう言うと座っていた自分の椅子を持って工房の中に入っていく。キルも後に続いた。

「今日はクリーンの魔法で六千カーネル稼げましたよ。前借りした一万カーネルと合わせて一万三千カーネルです。はい！」

キルから手渡された金を見てゼペック爺さんがにやりと笑う。

「だいぶ儲かったのう。一日で三千カーネルの利子がついたということじゃな」

爺さんが笑うと本当に悪事に悪事を重ねた強欲爺《じじい》のように見える。本当に悪い顔だ。

「明日もクリーンで稼いだら半分ですか？」

キルが聞くと、ゼペック爺さんは言った。

「今日、借金を完済したのじゃから、後は全てキルさんの取り分じゃぞ。わしがもらう理由がないからのう」

「そうですか。ありがとうございます。あと、今日はこれから晩飯の買い出しなんですけど、何か食べたいものはありますか」

明日も当然分け前を請求されると思っていたキルは、ゼペック爺さんの答えに一瞬驚いたが、その論理に納得する。

「そうじゃのう、六角亭の肉饅頭《まんじゅう》が食べたいのう」

「分かりました。今日はパンの代わりに肉饅頭で、あとは何か適当に買ってきますね」

そう言うとキルは買い出しに出かける。クリーンで臨時収入があったので今日は贅沢《ぜいたく》しても問題無いだろう。六角亭で肉饅頭を四つ買い、後は惣菜屋で惣菜を多めに買う。肉饅頭は一つ四百カーネルだ。肉と野菜で作られた餡《あん》がとっても美味《うま》い、ボリュームもある人気の逸品だ。

（肉饅頭が四百カーネル、クリーンの魔法をかけてあげて五百カーネル。喜ばれているんだから同じくらいの価値があったんだな）

キルの罪悪感は完全に消えていた。

ニコニコ微笑みながら、饅頭と惣菜を抱えて工房に帰る。工房ではゼペック爺さんが机の上に何やら道具を出して作業中だった。

「ただいま！　ゼペックさん。何を始めたんですか？」

「魔石の粉末を作っておるところじゃ」

ゼペック爺さんが、ぶっきらぼうに答える。

見れば皿の底が平らなヤスリのようになっている道具に何かの魔石を擦《こす》りつけているようだ。皿の中には削られてできた魔石の粒と手には削りかけの魔石がある。どうやらゼペック爺さんはスクロール作りを始めていたようだ。

「ゼペックさん！　それ、スクロールを作っているんですか？」

ハッと気がついてキルがたずねる。

「魔石の粉末を作っておると言ったじゃろう」

怒ったようにゼペック爺さんが返事をした。

ゼペック爺さんはゴリゴリと魔石をヤスリにかけて粉末状に加工し続ける。爺さんの額に汗が光っていた。かなり力を込めて擦りつけているのだろうか？　ヤスリの面を広く使うように、大きく円を描くように魔石を擦りつけている。魔石は少しずつ小さくなっていった。魔石が小さくなると持ち直して擦りつけやすいように魔石の向きを変える。そしてまた擦り始める。ヤスリ皿の中には魔石の粉がたまっていた。その様子をキルは黙って観察し続けた。

(仕事は見て覚えろ……ゼペックさんはそう言った。しっかり見てコツをつかむんだ)

ゼペック爺さんは削り粉をきめ細かいふるいにかけて大きすぎる粉を取り除く。そして出来上がった粉を小瓶に入れた。

「晩飯にしようかのう。買《こ》うてきたんじゃろう？」

一区切りついたのか、ゼペック爺さんがキルに向き直り、下顎を撫でる。

「あ、はい。六角亭の肉饅頭、買ってきましたよ。早く食べましょう」

キルが肉饅頭と惣菜を取り出して奥の狭いダイニングキッチンに入っていった。そこには小さな竈と水瓶と椅子と食台があった。ゼペック爺さんは作業していた机の上をそのままにして、腰をトントンと叩きながら立ち上がると、膝を撫でてから奥の部屋に移動する。肉饅頭と惣菜はその食台に置かれ、二人は椅子に座って肉饅頭にかぶりついた。

「これ美味いっすね」

キルがゼペック爺さんに微笑みかける。

「そりゃあ、六角亭の肉饅頭じゃもの。美味いに決まっておろうが」

「師匠が食いたいって言うだけのことはありますね」

「あん？　まあなあ」

師匠と呼ばれたことが少し嬉しいのかもしれない。ゼペック爺さんは照れているようだ。

「師匠！　惣菜も食べてくださいよ」

ゼペック爺さんは、手掴《てづか》みで惣菜も食べる。

「うん、コレもまあまあじゃのう」

「そうですか？」

キルも嬉しくなってまた微笑んだ。なんとなく新しい家族ができたような気がした。

食事を終えて再びゼペック爺さんは魔石の粉を作り始める。しばらく粉を作った後で、にやりとゼペック爺さんが笑う。悪巧みの顔だ。

「キルさんや、魔石の粉末を作っといてくれんかのう。やり方は見ていて分かったじゃろう。ワシの作った粉とは混ぜるなよ。キルさんの作った粉が使えるものかどうかチェックしたるけえのう」

ゼペック爺さんが席を代わってキルに道具を渡す。

悪巧みではなく、キルに仕事を教えてくれるようだ。

「はい！　分かりました。喜んで」

キルの顔には純粋な喜びの色が浮かんでいた。スクロール作り、はじめの一歩だ。

「これは何の魔石ですか？」

「ゴブリンじゃよ。何の魔石でも良いんじゃが、強い魔力を必要とするスクロールは高ランクの魔石の粉が必要になるのう。ファイアーボールの魔法スクロールとかならゴブリンの魔石で充分じゃが、スキルスクロールとかだともっと強い魔物の魔石でないとできないんじゃ」

ゼペック爺さんの誰かを睨んでいるような顔がニヒルでカッコ良いとさえ感じてしまう。キルは一心不乱に魔石をヤスリにかける。

「もっと大きく回すように擦りつけるのじゃ。力加減は一定に保つのじゃぞ」

「はい」

「そうじゃ、上手《うま》いぞえ、才能があるのう」

「そうですか。ありがとうございます」

キルは嬉しくなって、つい手に力が入る。

「おっと、力じゃのうて、技で粉にするんじゃぞ、力を入れすぎてもたくさん擦れるわけではないんじゃからのう」

「技ですか、広く円を描くようにですね」

「そうじゃ。回すようにの……」

(見て覚えろと言ったわりに、ちゃんと教えてくれるんだな)

キルのゼペックに対する好感度がまた一段上がった。

「そろそろ粉もだいぶできたのう。ふるいにかけて大きな粒は取り除くのじゃ」

ゼペック爺さんからふるいを受け取り、キルは皿の上にできた魔石の粉をふるいに移して大きな粒を取り除き、完成した魔石粉をゼペック爺さんに見せた。

「いいじゃろう」

ゼペック爺さんから合格のお墨付きをいただいた。キルの口元に微笑みが浮かぶ。

キルはその後もゴブリンの魔石をヤスリにかけ続けるのだった。

＊　＊　＊　＊　＊

よく晴れた空の下、開墾現場は大勢の人で溢れていた。今日もまた開墾の手伝いだ。昨日の魔法の評判は上々で親父達が今日も魔法をかけてくれと声をかけてくる。キルは背中の大剣と最下級で中古の革製胸当てや肩当てを外し、さらにシャツ一つになって作業に混じった。

「そーれ!　そーれ!」

気合いの入った掛け声が開墾現場に響きながら淡々と時間が過ぎていく。キルも汗水垂らして木の根を引っこ抜く。腕の筋肉も足腰の筋肉も三日目ともなるとパンパンに張っている。

昼になりいつものようにカッチカチのパンと熱々のスープで食事をとる。三日続けて同じものだが飽きずに美味いと感じた。腹が減れば何でも美味く感じるに違いない。

「兄ちゃん、昨日は助かったぜ。女房に本当に仕事をしてきたのか疑われちゃったけどな。今日もクリーンの魔法をかけてくれるんだよなあ」

いつもの親父がキルに声をかけてきた。

「はい。大丈夫ですよ」

キルは笑顔で答える。今日も一儲けできそうだ。

「ところで兄ちゃん、クリーンを覚えるのにスキルスクロールを使ったんだよなあ？」

親父の顔が幾分真剣だ。営業の効果が現れたのかもしれない。

「へ！　はい。そうですよ」

キルは意表をついた質問に、驚き顔で答えた。

「そのスキルスクロールってやつで俺もできるようになるのかい？　クリーン」

「そのはずですよ。生活魔法は誰でも身につけられるそうですから」

この親父、クリーンがすごく気に入ったようだ。もしかしたらスクロールを買いに来てくれるかもしれないと思い、キルは真面目に答える。営業であるから、もっと断定的な物言いをして客を誘導するべきなのだが、性格的に断言を避ける物言いになる。キルはいつも断言を避ける傾向にあった。これは気の弱い人間によく見られる自己責任を回避したいという深層心理の現れだ。それに、言葉一つで客の心理を誘導するなどという発想もなければ、そういう考えはキルの中では悪事である。

「どこで買えるんだい？」

（きたー！　この親父、購入を検討してるのか！）

キルは小さくガッツポーズをした。

「えーと、ゼペックさんの工房でなら間違いなく本物が売ってますよ。スクロールを作っていますから。この街にいるスクロール職人はゼペックさんだけのはずです」

偽物を買わないように、ゼペック工房を教える。変なところで偽物を買って、スキルが身につかなかったらかわいそうだ。それにゼペック工房で買ってもらえれば在庫が少し捌《さば》ける。冷静を装っているつもりでも、キルの興奮は隠しきれるものではない。

「そうか！　八万カーネルするんだよな」

「ゼペック工房では、クリーンのスキルスクロールは八万カーネルですね。他所《よそ》ではいくらか分かりませんし、偽物も多いので気を付けてください」

「そうだな。ゼペック工房で八万か……うーん。八万……八万。やっぱたけーなあ」

そう言って笑う親父に、キルはズッコケる。

（何だよ、諦めたのかよ。期待して損したぜ）

「そんじゃあ、今日もクリーンの魔法、頼んだぜ！」

親父はそう言うと固いパンをほおばるのだった。


午後の部が始まり三時間頑張ると作業は終わる。すると親父達がキルの周りに集まりだした。

「今日も魔法やるんだよなあ！」

「頼むぜ！　今日は俺にもかけてくれよ」

昨日よりも多くの親父達がキルの魔法を目当てに集まってきた。

（ドヒャー。今日は二十五人もいるよ）

キルの額に冷や汗が流れる。

「慌てない、慌てない。何回かに分けてかけますからね」

キルは七人ずつ順番に魔法をかけることにして、二、三、二の三列に並んでもらうように誘導する。

「はい、詰めて、詰めてー。そーですよー、クリーン！」

一回の魔法で七人が綺麗になった。綺麗になったら次の七人の番だ。

「はい、次の人ー。こっちこっち、寄って、寄って！」

次の七人が綺麗になりまた次の七人。残りが四人のところに遅れてきた人が加わる。二人追加された最後の組は六人で魔法をかける。全部で二十七人に魔法をかけて、四回の魔法で一万三千五百カーネルのボロ儲けだ。根の撤去より稼ぎの額で上回ってしまった。

（こいつは驚きだ！）

思わず明日もここで働きたくなるが、キルの筋肉は限界だと言っていた。残念だが諦める。

さっきの親父がまたブツブツ呟《つぶや》きだした。

「八万か？　一万三千五百……八万」

親父が悩んでいるようだがキルは放置プレイだ。そう何度もズッコケていられない。

（この現場も今日までだしな。しかし一万三千五百カーネルも儲かったら癖になってしまうよな）

今日は合わせて二万三千五百カーネルも稼いだことになる。


仕事も終わり、冒険者ギルドに戻って明日の仕事を探すキルは、できるようになったクリーンを活《い》かして街の清掃作業をすることにした。受付のケイトに手続きを頼む。

「はい。明日の街の清掃ですね。手続きできましたよ。そういえばキルさん、キルさんに面倒を見ていただきたい新人パーティーがいるのですが、今度会ってみませんか？　弓使いと魔術師の二人組なのですけれど、前衛を加えたいみたいですよ」

面倒見の塊・ケイトはいつもの営業スマイルでキルを見つめ、返事を待つ。

「はい。ぜひ一度会ってみたいですね。ソロだとどうしても討伐依頼は受けにくいですし、ぜひお願いします」

どんな人かは会ってみないと分からないし、試しに会うだけならば断る理由はない。キルは二つ返事でお願いした。やはり冒険者の仕事として、討伐依頼はメインカテゴリーだ。一人では、もしもの怪我が死に直結しやすくなってしまうが、パーティーを組んでいれば怪我をしてもメンバーが助けてくれる。収入だって伸びしろがあり夢のある仕事なのだ。夢で終わる冒険者も多いが。

そもそもキルは『大地の護り手』にいらないと言われたが、その時だってケラやバンに自分が劣っていたわけではないのだ。Dランクになって『大地の護り手』の奴らを見返してやりたいという気持ちも多少はあった。

「相手に話を通しますので、明日の結果報告の際に時間と場所を設定しますね。ではその時に」

ケイトが事務的に答えた。キルは良い仲間と巡り会えればなと期待する。

夕飯の食材を買い出しに行ってから工房に帰った。今日もパンと惣菜と焼いた肉である。

ゼペック爺さんはいつものように工房の前でボーっとしていた。

「ただいまー、ゼペックさん～」

キルが声をかけると、ゼペック爺さんはキルに気がついて穏やかな顔をしたように見えた。

第三章　初級スクロール職人

「今日は昨日よりクリーンの魔法をかけて欲しいと言う人が多かったんですよ」

「フーン」

晩飯の固いパンをかじりながらキルが話し出すとゼペック爺《じい》さんは気のない返事をした。

「二十七人もいたのでそれだけで一万三千五百カーネルも儲《もう》かってしまいました」

「フーン。そりゃあ、だいぶ儲かったのう」

「半分渡さなくて良いのですか？」

キルはゼペック爺さんが心変わりをしていないか確かめる。

「良いぞ。それはキルさんの稼ぎじゃからのう」

それほど金の亡者《もうじゃ》というわけではないらしく半金を請求してこない。

キルは、ゼペックに半金渡さないことに良心の呵責《かしゃく》を感じた。

「明日は街の清掃業務の依頼を受けてきたのでクリーンの魔法を使うつもりです」

「良い考えじゃな」

惣菜《そうざい》をつまみながらゼペック爺さんが言った。

「そうじゃのう。明日キルさんの練習用に、スクロール用の蝋皮紙《ろうひし》とゴブリンの魔石を買っておいで。商業ギルドか生産者ギルドで売っているからのう。この後ちょっとスクロールを作ってみるかい？」

「はい！　作りたいです」

キルが嬉《うれ》しそうな声で答えた。食事が終わりゼペック爺さんはスクロール作りを見せてくれる。

スクロール用の紙を机の上で広げたゼペック爺さんは、その紙の上に魔石の粉を薄く一様に敷いた。

そしてその上に掌《てのひら》を当て魔力を込める。魔法の紋様が光となって現れ、魔石の粉が光とともに紙に紋様の通りの形に熔《と》けながら染み込んでいく。

完成したスクロールには紋様が描きこまれていた。

「コレがステータスの魔法スクロールじゃ。試しにキルさんのステータスを見てみようか」

ゼペック爺さんがニヤリと口の端を吊《つ》り上げる。

「このスクロールを持って魔力を流してみよ」

「あ、はい」

キルはスクロールを受け取り開いた状態で魔力を流す。スクロールが光に包まれ光が文字に変わっていく。光が消えた後、紙に刻まれた文字を、二人は覗《のぞ》き込む。

ステータス

キル　人族　１４歳　討伐経験値　２２　討伐レベル２（２／１０）
ジョブ　　職業　なし
ＨＰ　７９／７９：（１００＋１０）×（１４／２０）＋２＋０
ＭＰ　７９／７９：（１００＋１０）×（１４／２０）＋２＋０
ＥＰ　７９／７９：（１００＋１０）×（１４／２０）＋２＋０

回復能力（ＨＰ、ＭＰ、ＥＰ）休憩　毎時１０　睡眠　毎時２０
攻撃力　７２：１００×（１４／２０）＋２＋０
防御力　７２：１００×（１４／２０）＋２＋０
腕力　７２：１００×（１４／２０）＋２＋０
知力　７２：１００×（１４／２０）＋２＋０
器用さ　７２：１００×（１４／２０）＋２＋０
素早さ　７２：１００×（１４／２０）＋２＋０
脚力　７２：１００×（１４／２０）＋２＋０
耐性
　物理　レベル１　毒　レベル１
才能（ジョブ）
　スクロール職人　星７

「こ、これは。星７じゃと？　すごい才能じゃな。キルさんはスクロール職人を極められるぞや」

うわごとのように小声でそう呟《つぶや》いて、ゼペック爺さんが有るはずのない物を見るようにスクロールを見つめて固まる。ゼペック爺さんの周囲の空間が時を刻むのを忘れた。

キルは静止したままのゼペック爺さんをしばらく見つめ、異常に気づいて声をかけた。

「ゼペックさん、どうかしたんですか？」

ゼペック爺さんの時が再び動き出し、ガバッと振り向くとキルの両肩をわし掴《づか》みにする。

「星７じゃ！　人族最高の星７じゃ！」

「痛い。痛いんですけど、ゼペックさん」

「ああ、すまんかった。つい力が入りすぎてしもうた」

痛がるキルに気がついて、ゼペック爺さんは掴んでいた手を急いで放す。

「なんなんですか、星7って？」

キルはゼペック爺さんにわし掴みにされて、痛い両腕をさすりながら聞いた。

「落ち着いて聞くのじゃ」

ゼペック爺さんは自分を落ち着かせるように言った。

「ジョブのランクにはな、星1から星7までの七つのランクがあるんじゃ」

「俺、ステータスというものを見るのが初めてだったのでよく分からなかったんですが」

キルはゼペック爺さんの様子から、何かただならぬことなのだろうと想像する。

「それでのう、キルさんのは、星7という最高のランクなんじゃ！」

「最高のもの……ということはとても良かったということですよね。良かった。良かった。うん？」

キルは、とりあえず笑って誤魔化《ごまか》す。その引きつった笑顔は、誰が見ても喜んでいるようには見えない。

「そうじゃろうのう。どういうことか実感が湧かんじゃろうのう」

分かっていないなと一瞥《いちべつ》してゼペック爺さんが語りだす。

「ちなみにワシは星3上級スクロール職人じゃ。星4の者は特級職にまでなれる。星5は聖級まで、星6は王級、星7は神級の職人にまでなれるのじゃ」

「ゼペックさんって上級スクロール職人だったんですか？」

「そうじゃ」

得意げにゼペック爺さんがニヒルな笑顔をつくる。

「俺はもしかして神級スクロール職人になれるってことですか？」

「そうじゃ」

「ゼペックさんは特級にはなれない？」

「そうじゃ。それが星３の限界じゃな」

（人間の限界が星の数によって決まっているなんて……）

キルは首を傾《かし》げる。

（努力しても報われないなんて悲しい。それはつまり、自分は冒険者としては強くなれないということではないか。考えれば考えるほど納得できないし、悲しくなってくる。やはり冒険者を諦めて、スクロール職人で身を立てるしかないのか？）

キルは素直に喜べないでいた。

「上級職でも上位一割に入るんですよね。ゼペックさんってすごかったんですね」

「パリスにはスクロール職人がワシ一人しかおらんしのう」

「ということは、俺はパリスで二人しかいないスクロール職人のうちの一人になるってことですね。ゼペックさんのスクロールがこんなに売れてないのだから、世に出回っているスクロールはほとんどが偽物ってことですかね？」

キルはふと思いついた疑問をゼペック爺さんにぶつける。

「よその街で作られたか、ダンジョンから出たスクロールでなければ、偽物ということになるのう」

（それってほとんどが偽物と言っているようなものでは？）

魔物の跋扈《ばっこ》するこの世界では、方々にダンジョンという地下迷宮が散在する。そこには多くの魔物が棲《す》み不思議な宝が眠っていた。そこは冒険者の活躍の場でもある。そして、冒険者はごくまれにそこからスクロールを持ち帰ることもあったのだ。

「とにかく、キルさんはこの国最高のスクロール職人になれるかもしれないのじゃぞ。ワシはその師匠じゃ。神級スクロール職人を目指して頑張るのじゃぞ」

ゼペック爺さんは得意げに笑う。

「俺、……すごいじゃないですか？　が、が、頑張ります」

言葉とは裏腹に、本心では全然すごいとは思えない。パリス唯一の上級スクロール職人が食うや食わずの生活をしていたからだ。

ゼペック爺さんは、かなりテンションが上がっている。

「キルさん、神級スクロール職人を目指して、早速ステータスのスクロールを作ってみい。ワシがやったようにのう。ステータスの紋様を思い浮かべて魔力を流してみるのじゃ」

キルは、目先の目標をとりあえず初級スクロール職人に成ることにして、ゼペック爺さんのやったように掌をかざし紋様を思い浮かべて魔力を流す。不思議にもスキルの紋様が自然に脳裏に浮かんだ。先ほどゼペック爺さんが見せてくれた紋様が記憶されていたらしい。スクロール職人の才能のせいだろうか？　スクロールの紋様が光で形作られ魔石の粉がわずかに光る。しかしすぐに光は失われ、魔石が黒く変わっただけだった。蝋皮紙に紋様は刻まれていない。

「失敗じゃな。紙と魔石は捨てて新しくセットし直してもう一回じゃ」

ガッカリした口調でゼペック爺さんは言った。キルは言われた通りにもう一度チャレンジする。紙の上に魔石を敷き直し掌をかざす。魔力を流すと光の紋様が浮かび、魔石が光る。

そして光が消えた時、蝋皮紙には紋様が描かれていた。

（やった！）

今度こそ成功したに違いない。キルは密《ひそ》かに成功を確信する。

「使ってみるのじゃ、ちゃんと発動するか確かめねばならん」

キルはゼペック爺さんの言う通りにスクロールを発動させた。スクロールは光に包まれ、光が字の形になっていく。今度はスクロールに文字が書かれていた。

さっきと同じように書かれていたが一部に違いがあった。

ジョブ　職業　初級スクロール職人　レベル１（１／１０スクロール作製経験値１）
ＭＰ　６９／８９（１００＋１０）×（１４／２０）＋２＋１０
ＥＰ　６９／８９（１００＋１０）×（１４／２０）＋２＋１０
知力　８２：１００×（１４／２０）＋２＋１０
器用さ　９２：１００×（１４／２０）＋２＋２０

まとめるとキルのジョブが初級スクロール職人になったことと、ＭＰ、ＥＰ、知力のステータスがそれぞれ１０上がり、器用さのステータスが２０上がったことの五点だ。おそらく初級スクロール職人になったために、ステータスがボーナス加算されたのだろう。合計で５０、ステータスが上がっていた。７９から一割以上上昇したことになる。

すごい、５０も増えるなんてとんでもないことだ、とキルは喜ぶ。今のキルにとってスクロール職人の才能が星７だったことより、ステータスが上がったことのほうがよほど嬉しかった。

そしてキルはふと別の重要な点に気がつく。

（星７ということは、まだ何度もこういうことが起こるのか？　スクロール職人でも星７はすごいん

じゃないかな？　よし、次は中級スクロール職人を目指さなくちゃ）

キルは驚くべき可能性に気がついて、興奮して顔を赤らめ、その目を輝かせる。

「ほうー、ステータスが初級スクロール職人になっておるのう。スクロール作りは成功じゃな」

ゼペック爺さんがニヤリと口の端を吊り上げる。

「スキルスクロール二つで三千カーネルおくれ」

右手を出すゼペック爺さんに、キルは三千カーネルを手渡す。

「スクロールを作ることができたみたいですね」

「これからたくさんスクロールを作れば、きっと神級スクロール職人になれるぞえ」

さっきまで心から喜んでいたゼペック爺さんが困惑したような笑顔で言った。

（キルさんは神級になるまでにいったいどれだけのスクロールを作ってどれだけの不良在庫を抱えることになるのじゃろうか？　その材料費はどうやって捻出するんじゃろう）

ゼペック爺さんはキルがこの先経験するであろう困難を思い浮かべて、さっきまでの喜びが消え去るのを感じていた。金がなければ材料さえ揃《そろ》えられない。神級スクロール職人になるためには膨大な量のスクロール作製経験値が必要で、上級スクロール職人のゼペック自身でさえ上級職までの道のりは、とても険しいものだったのだ。

ステータスが上がった、特にＭＰと、ＥＰと、知力が上がったことで、魔法で戦えば冒険者としてやっていけるかもしれないと気がついたキルのテンションが上がったのとは裏腹に、ゼペック爺さんは平静を取り戻していた。

＊　＊　＊　＊　＊

翌日、朝早くからキルは清掃業務をしに向かう。昨日の興奮は、もう冷めていたが、それは魔術師のジョブを持っていないことで強くなれないかも、という不安を感じたからだ。過度に期待すれば駄目だった時の失望感が大きくなるだけだ。頭を切り替えて、今日の仕事のことを考えていた。

一日に二ヶ所分の清掃ができないか試すつもりだ。

キルは現場責任者の男に清掃範囲を確かめると作業を開始した。

早く綺麗《きれい》にできたらもう一区画の清掃業務をすることは可能かと確認すると、できるならやっても良いが、綺麗にできなければダメだと笑われる。はなから無理だと相手にされていない。クリーンを使うと知らないわけだから、当然の反応だ。この仕事は、それなりに広い区域のゴミを拾い、汚れの目立つところを綺麗にする。どこまでやってもキリがないと言える作業だ。しかも現場責任者の主観一つで合否が変わってもおかしくはない。

キルは急いでゴミを拾い集め、汚れの目立つ所にクリーンを使った。クリーンは一日に八回は使えるはずなのだ。一区画に四回使っても良い計算だ。

やってみたらクリーンを四回では足りなくて、結局六回も使ってしまった。その代わり三時間でかなり綺麗になったので現場責任者にチェックを申し出る。彼はとても綺麗に清掃されていることに驚きながらも満足の合格判定をしてくれた。

「めっちゃ綺麗になってるなあ。合格だ、まだ時間もあるしもう一区画やってくか?」

「クリーンを使って綺麗にしたんですけれど、もう一区画を掃除する魔力は残ってないです。今日はこれで引き揚げます」

「そういうわけか、魔法で綺麗にしたからこんなに綺麗になってるのか。そうでないとここまで汚れは落ちないもんなあ。次はもう少し汚れが落ちてなくて良いから二区画に挑んでくれよ」

現場責任者の男は残念そうに笑う。

初めから二区画を一度にやらせてくれれば、配分を考えてクリーンをかけられるので二区画でも綺麗にできたかもしれない。

「はい。次回お世話になる時はそうしてみます」

キルはそう答えると、結果の報告と、ついでにスクロールの材料にする魔石を買うため、冒険者ギルドに向かった。そして、冒険者ギルドで依頼完了の報告を済ませ、ゴブリンの魔石を四つ四千カーネルで買い、続いて生産者ギルドに向かう。

五百カーネルで買い取っている魔石を一千カーネルで売っているのか？　ぼったくりだなあ、など と思いながら生産者ギルドに着き、蝋皮紙二十枚を一千カーネルで買って、昼ご飯を買う前に工房に戻る。ゼペック爺さんは机に突っ伏して寝ていた。

「ゼペックさん、お昼は食べました？」

ゼペック爺さんはムックリと顔を上げる。

「キルさんか？　帰りが早かったのう。飯はまだ食っとらんぞ」

この人は朝も昼も食べてないのかもしれない。

「これからご飯を買いに行きますけど、何か食べたいものはありますか？」

「そうじゃのう。キノコ屋のキノコスープが飲みたいかのう」

工房に魔石と蝋皮紙を置いて、キルは街の方に引き返していった。昼時の繁華街は多くの人が歩いていて、売り込みや、呼び込みの声も方々から聞こえてくる。キノコ屋という食堂ではテイクアウトのキノコスープとキノコとチーズののったパンが売っていた。それを二人前、千二百カーネルで買い、惣菜屋で惣菜を見繕う。

　急いで工房に戻り、今日は昼飯もゼペック爺さんと一緒に食べる。ゼペック爺さんが食べたいと言っただけあって、キノコ屋のキノコスープは美味《おい》しい。ゼペック爺さんの食べたいものを一緒に食べることで美味しい食べ物のレパートリーが増えるというご利益があることに気づく。

「午後は暇なのかい、キルさんや？」

「キルさんや」と言われると次に何かあるのではないかと警戒心が芽生える。

「はい。魔石と蝋皮紙を買ってきたのでスクロールを作ってみたいんです。まずは魔石を粉にしようと思います」

「フムフム、そうじゃな。それが良いぞ。ワシも見ていてやるからのう」

　なぜか優しいゼペック爺さんである。不気味だ。キルは魔石をゴリゴリと粉に加工する。小一時間かけて五個分の魔石を粉にして瓶に保存した。続いて蝋皮紙を出してその上に魔石の粉を敷いた。掌をかざしステータスの紋様を思い浮かべながら魔力を込める。光を放ちながらスクロールの紋様が蝋皮紙に描き込まれた。

「ステータスの魔法スクロールができたのう。あと五つ作ってみよ。その前にコレを飲みな、魔力回復薬じゃ。魔力が五十回復するぞい」

「魔力回復薬ですか。初めて飲みます。美味しいのかな？」

　ゼペック爺さんの言う通り薬を飲み干し魔力を回復させると、スクロールを続けて作る。

　古くて小さな店の小さなガラス窓から、何度も光が漏れる。晴れていてもその光はわずかに認識できるのか、通行人が不審そうな表情で通り過ぎた。

「フムフム。ステータスのスクロール六枚完成じゃな。次はストーンショットを作ってみるか」

ゼペック爺さんはストーンショットの魔法スクロールを持ってきてキルに見せる。

「この紋様を覚えるのじゃ。外に行って試しに使ってみようかのう」

二人は家の裏口から外に出てストーンショットを撃っても大丈夫な場所に移動する。工房の裏手にはまだ家のない空き地とわずかな平地林が存在した。二人は顔を見合わせると林の木の一本に狙いを決めて頷《うなず》く。

「スクロールを広げて魔力を流してみよ」

キルが言われた通りにするとスクロールが起動して、光の魔法陣が浮かび上がり、その中に石の弾丸が生成され発射された。

殺傷能力のある弾丸だ。ゴブリンくらいなら殺せそうな一撃だった。

「スゲー！」

キルが思わず感嘆の声をあげた。これを使えば自分も魔法で狩りができるに違いない。今度狩りで使って見たい。

「光る紋様をその目に刻みつけたかえ？」

ゼペック爺さんがキルに確かめた。

「はい！」

「中に入ってこれを作ってみるのじゃ。紋様を思い浮かべてのう」

キルは喜び勇んで工房の中に入り早速ストーンショットの魔法スクロールを作ってみる。紙の上に魔石の粉を敷いて掌をかざし、さっきの紋様を思い浮かべながら魔力を流す。

光は起きなかった。

「もう一本これを飲むかい？　一本二千カーネルじゃぞ」

悪徳商人顔のゼペック爺さんが魔法回復薬をすすめた。

「えーと、さっき一本飲んでスクロールが千五百カーネルだからここまで三千五百カーネルってことですよね。それを飲むと五千五百カーネル？」

キルは両手の指を使ってやっと計算をした。それでも計算ができきただけたいしたものだ。毎日の買い物の効果が出ているのだ。別にキルの地頭が悪いわけではない。学校などに通うことのない庶民で、普段の買い物で計算ができるようになっているのだから、かなり地頭は良いと言えなくもない。この世界には計算ができない人間など掃いて捨てるほどいるのだ。

「そういうことじゃ。後払いでも良いぞ、特別にのう」

「昨日かなり稼いだので大丈夫です。払えます」

そう言うとキルは薬を飲む。そして再チャレンジだ。光を発してストーンショットのスクロールが完成した。成功だ。あと四回分の魔力があるはずと思い、スクロールを作り続ける。ストーンショットを五枚作ることに成功した。今、キルはステータスのスクロールを六枚とストーンショットのスクロールを五枚持っている。お金も一万五千カーネルくらいはまだある。晩ご飯用のお金は充分に残っている。魔力をほぼ使い尽くしたのでもう一本魔力回復薬を使ってもよいが、懐も心細いので、それはやめて今日のスクロール作りを終わりにする。

晩ご飯の買い出しの前にステータスのスクロールを使ってみる。どんな変化があったのだろうか？

ステータス

キル　人族　１４歳　討伐経験値２２　討伐レベル２（２／１０）

ジョブ　職業　初級スクロール職人　レベル２（２／１０　スクロール作製経験値１２）
ＨＰ　７９／７９　：（１００＋１０）×（１４／２０）＋２＋０
ＭＰ　１／８９　：（１００＋１０）×（１４／２０）＋２＋１０
ＥＰ　１／８９　：（１００＋１０）×（１４／２０）＋２＋１０
回復能力（ＨＰ、ＭＰ、ＥＰ）　休憩　毎時１０　睡眠　毎時２０
攻撃力　７２：１００×（１４／２０）＋２＋０
防御力　７２：１００×（１４／２０）＋２＋０
腕力　７２：１００×（１４／２０）＋２＋０
知力　８２：１００×（１４／２０）＋２＋１０
器用さ　９２：１００×（１４／２０）＋２＋２０
素早さ　７２：１００×（１４／２０）＋２＋０
脚力　７２：１００×（１４／２０）＋２＋０
耐性　物理　レベル１　毒　レベル１
才能（ジョブ）
　スクロール職人　星７

　どうやらスクロールを作るとスクロール作製経験値が増えるようだ。それに伴ってスクロール職人のレベルが１から２に上がった。この調子でスクロールをたくさん作っていくとレベルが上がるようだ。とりあえずたくさん作れば良いのだろうか。

　わずかしかステータスには関係ないようだが、職人としてのレベルが上がるのは嬉しい。レベルが上がり続ければそのうち職人としても中級に上がれるだろう。中級になればまたボーナス的にステータスが大きく上がるかもしれない。本当にそうなるかはその時まで分からないので、深く考えても仕方ないが、魔法スクロールを紙代と魔石代で作れるだけでも討伐時に役立ちそうだ。

作業を終えたキルは、晩飯の買い出しに出かける。夕方の繁華街は人々でにぎわいをみせている。パン屋でパンを買い、惣菜を見繕う。後はいつものように焼肉を買って引き返すだけだ。

向こうから冒険者の集団が歩いてくる。その中にケラとバンの姿が見えた。

二人は明るく楽しそうに複数の冒険者に囲まれて話をしている。よく見ると一緒にいるのは『大地の護《まも》り手』のメンバー達だ。皆、おそろいのクランの紋章をどこかしらにつけている。ケラとバンは新しく入ったクランでどうやら楽しくやっているようだ。二人が新しい仲間と上手《うま》くやっているのを見て、良かったなと思う。だが、キルはそれを羨《うらや》ましいとは思わなかった。ゼペック爺さんとの生活に満足していたからだ。

バンがキルに気がついて手を上げる。キルも手を上げ返した。

「どうしているんだい、キル。順調にやっているのかい？」

バンがそう言い、ケラも一緒に寄ってくる。何日ぶりかの再会に、三人は嬉しそうに肩をたたき合った。

「うん。冒険者ギルドで掃除や力仕事をやりながら食い繋《つな》いでるんだ。スクロール職人にも弟子入りしたんだよ。今は晩飯の買い出しさ」

二人と話をしていた背の高い先輩冒険者がキルに興味を持ったのか、偉そうな態度で見下すように話しかけてきた。細い目が吊り上がった、狐《きつね》のような顔の男だ。

「スクロール職人に弟子入りしたって？　スクロールって高くて手が出ないんだよなあ！　安く売っ

てくれないかね？　ちゃんと動くやつ」

「こらこら、冷やかしはいかんよ。それにケラやバンの友達みたいじゃないか」

別の先輩冒険者が狐男に注意をする。

「今度キルがスクロールを作ったら売りにこいよ」

「絶対来いよ。お前の作ったスクロール、試しに使ってみたいしな」

ケラとバンがニコニコしながら、購入の約束をする。

狐男も口の端を吊り上げて言った。

「今度『大地の護り手』のホームに来いよ。誰か買いたいって奴がいるかもしれないぜ。ケラとバンの友達は歓迎する」

今、『高くて買えない』だの、『まけろ』だの、『来い』だのと言っておいて、歓迎するなんてよく言えたものだ。歓迎の中身は取り囲んで安く売らせることではないだろうか？　こいつらの言うことを信じて一度は裏切られている。同じ轍《てつ》は二度踏みたくない。『君子危うきに近寄らず』だ。

(『大地の護り手』は、俺だけクランに入れてくれなかったくせに、もう忘れたのか！　中でもこの男は信用ならなそうだな)

高圧的な狐男の物言いにケラとバンのことが少しだけ心配になる。キルは眉をひそめるのだった。

第四章 二人の新人

翌日、朝のうちから大通りにはたくさんの人々が歩いていた。いつも通勤時間は職場に通う人達で込みあっている。壁の外では武装をしている人しか見かけないが、ここでは半数ほどの人が武装をしていない。城塞都市の中と外ではそれほどまでに危険度が違うのだ。武装をしている人達の多くは、これから壁の外に向かう人達だ。

一昨日、冒険者ギルドで朝来るようにと言われていたキルは、人混みの中をギルドまで出向いた。新人冒険者パーティーとの顔合わせがセッティングされているのだ。

受付のケイトに声をかけると待つように言われる。

キルが時間つぶしに掲示板をチェックしていると初々《ういうい》しい魔術師と弓使いの美少女二人組が扉を開けて冒険者ギルドに入ってきた。扉をくぐると、そこはギルド直営の酒場スペースになっている。美少女の登場に、酒場にいた若い冒険者達の視線が集まる。この時期は、十三歳の新人冒険者がたくさんたむろしているのだ。酒場スペースと言ってもこの時間はメンバーとの待ち合わせをしながら朝食をとっている冒険者がほとんどだ。朝と夕方からが込み合う時間帯なのだ。二人は周囲の熱い視線を無視してそこを素通りすると、受付窓口に向かった。

ラテ色の瞳、狐《きつね》のように金色がかった薄いこげ茶色のポニーテールで細身の弓使いと、ワインレッドの瞳、イチゴ色のツインテール、黒いミニスカートからすらりと伸びた白く長い足、魔女特有の黒い三角ハットでスタイル抜群の魔術師に酒場スペースにたむろしていた若い冒険者の視線は釘付《くぎづ》けだ。

二人はケイトと何やら話し始める。

「ケイトさん、おはようございます。紹介の件はこの時間でよろしかったでしょうか」

「声をかけてくれてありがたいっす。自分ら初めてなので先輩冒険者を紹介してもらえて心強いっす」

「ふふふ……新人冒険者の面倒を見るのもギルドのサービスですから。それにあなた達は登録時の実技調査結果を聞く限り実力十分ですし、良い仲間と組めればきっとかなり伸びるはず。ちょうどフリーになったばかりの善良な冒険者が困っていたので引き合わせるだけですよ」

ケイトが微笑《ほほえ》む。美しい成人女性と若々しい二人が話す姿は、まるで名画のような別空間をむさくるしい冒険者ギルドの中に作っている。

「あそこで掲示板を見ているグレーの髪の少年が、キルさんといって、あなた達に紹介しようと思った冒険者よ。二年目で年も近いし、おとなしくて優しい子だからきっと上手《うま》くいくと思うわ。思いやりのある、良い子よ。少しボーっとしているけどね」

二人が振り返ってキルを見つめた。

「おとなしいからって、いじめちゃ、だめよ、うふふ！」

ケイトが小首を傾《かし》げて二人を見る。美少女達が互いを見つめてクスッと笑った。

「それでは、会ってきます」

二人は頷《うなず》くと、ケイトに挨拶《あいさつ》をして踵《きびす》を返し、キルの方に踏み出した。

歩き始めた若い二人のあとを周りの少年冒険者達の視線が追いかける。

二人の少女は、キルの背中越しに声をかける。

「キルさんっすか？　自分らケイトさんに紹介されたんっすけど」

弓使いの少女の声にキルは振り返った。

「うん、俺がキルだ。ケイトさんが言っていたのは君達だな」

キルは声をかけてきた二人を見つめすぎないように観察した。

二人とも俺より五センチほど背は低い。

背中に弓と矢を背負った少女の方は、かなり痩せていて胸はなく、カーキ色の短パンから覗《のぞ》く足も極端に細い。目鼻立ちの整った明るい笑顔の美人だ。可愛《かわい》いという方が適切かもしれない。

魔術師の方は透き通るような白い肌、挑発的な赤い瞳と赤髪は、今は滅んだ赤魔国人の特徴だ。魔術の適性は高いだろう。端正な顔立ちには、平民とは思えない気品がただよい、黒いミニスカートからすらりと伸びる太もものバンドホルダーには小さな魔杖《まじょう》を装備している。

（それにしても足が長いな）

控えめに言って超絶美人だ。周囲の冒険者の視線がそれを物語っている。

赤魔国は昔ここベルゲン王国にあった先住民の国の名だ。赤髪赤眼の強い魔女がたくさんいたそうで、今でもこの国にはそういう魔女をたまに見かける。

「そうっす。弓使いのケーナっす」

「魔術師のクリスです。よろしくお願いします。私達は今年から冒険者を始めたビギナーです。先輩冒険者のキルさんに指導していただけるとありがたいです」

笑顔で話しかけるクリスの口元で白い歯がきらりと光を放った。眩《まぶ》しすぎる。

「得物《えもの》は剣、冒険者になって二年目、スクロール職人のキルだ。ケイトさんから、指導の話までは聞いていないけど、同じパーティーになれば一年先輩だし、Eランクの俺がリーダーシップを取ることになるのかな。君たちFランクなんだろう」

キルは二人の美少女を見つめすぎないように視線を逸《そ》らしながら言った。顔は赤くなっていないはずだ。キルは同年代の女の子と話すのは苦手だった。単純に慣れていないのだ。

「はい。この前登録したばかりで、ケイトさんに前衛がいないとバランスが悪いし危険度が違うから、狩りは良い前衛を加えてからした方が良いと言われていて……」

「ケイトさんには、いろいろお世話になってるっす」

クリスとケーナが視線を合わせてクスッと笑った。

「戦闘の経験はまだないの？」

「恥ずかしながら冒険者としてはこれから初陣っす。すみません」

ケーナがぺこりと頭を下げる。

「なるほど、じゃあ薬草摘みとか、小型の魔物狩りとか、常時依頼で素材を買い取ってくれるものからスタートだな。達成できないと違約金が発生するような依頼は、やめておこう。早速草原に出てみるかい。酒場は混んでるし、視線がうるさいから草原まで歩きながら話をしよう」

そう言うと、キルは二人に背を向けて扉に向かって歩き始める。二人の美少女が振り向きながらケイトに視線を送り小さく手を振って合図すると、三人を離れて見守っていたケイトも小さく手を振って応《こた》える。二人はキルの後に続き扉に向かうと、あたりの視線がそれを追いかけていた。

＊　＊　＊　＊

城塞都市を出て少し歩けば、見渡す限りの大草原だ。

キル達は魔物がいそうな方向に進んでいく。

城門を一歩出ればどこでも魔物に襲われる可能性があるが、狩りに適するほど遭遇率が高い場所は限られる。キルはパリス周辺の狩場を去年の経験で知り尽くしている。草原は遠くまで見渡せるため、中型以上の魔物は遠くにいても見つけやすい。逃げるにしても、遠くにいるうちに危険な魔物を見つけられた方が逃げやすい。つまり安全性が高いということだ。

小型の魔物を選んで狩ることに適しているため、ビギナーの訓練には良いフィールドと言えた。

狙いはウサギ型の魔物や鳥型の魔物である。中型の魔物は、相手の数によっては狩りの対象にできないこともないが、初陣なのを考えれば無理がある。基本的にこちらが強くなるまでは避けた方が良いだろう。メンバーの強さも分からなければ連携も慣れていないのだ。

今日はキルにとっても、ストーンショットを試すチャンスである。狩場に近づくとキルは気配を殺しながら移動して、一角ウサギを見つけるとストーンショットを使った。スクロールから光の魔法陣が浮き上がり、石の弾丸が形成されると、標的に向かってビュンと飛んでいった。使用済みのスクロールは灰となって崩れ落ちている。キルは初めて使う魔法スクロールで、一角ウサギを一撃で仕留めることに成功した。弾丸は一角ウサギの頭部を貫いて、血に染まった獲物は絶命する。キルは初めて使う魔法スクロールで、一角ウサギを一撃で仕留めることに成功した。

(やった！　これはすごいぞ。自分の思っているところに飛んでいくなんて便利だな)

初めてスクロールを使った狩りに成功し、飛び跳ねるほど嬉しかったキルだが、クリスとケーナの手前、ぐっとこらえてポーカーフェイスを決め込む。

一角ウサギは、角と真っ白い毛皮と肉が買い取りの対象になるので、小型の割には買い取り価格の良い魔物だ。魔石は小さすぎて対象にはならない。キルは一角ウサギをそのまま回収し、適度な木の枝を見つけて吊るし、肩にかけた。獲物を探して草原を歩き回る。草に隠れた小型の魔物を見つけるのは、けっこう難しい。

三十分ほど探し回り、次に見つけたのは濃く暗い緑で光沢のある羽を持つ鳥型の魔物ケンケン。肉と綺麗で長い尾羽は買い取りの対象だ。実力を確かめるために、ケーナに矢で狙ってもらう。

キルはケンケンを指差しながら、小声でケーナに耳打ちした。

「ケンケンがいる。ケーナ、弓で狙ってくれ」

ケーナはこくりと頷くと、強張《こわば》った顔で弓を構え、緊張でがちがちに硬くなった体を無理やり動かして矢を放った。体からギギギギという音が聞こえそうだ。ケーナの第一射はわずかに外れて、驚いたケンケンは即座に逃げ出す。ケーナは残念そうに右手で目をおおった。矢を回収するために三人で移動しながら獲物を再び探し始める。

「はずしちゃったっす……」

「ドンマイ。初めてだからな。だいぶ硬くなってたようだよ」

「最初は誰でも緊張しますよね。ケーナちゃん、次はリラックス、リラックス」

次の獲物を探し始めるが今回もそう簡単には魔物は見つからない。三十分探して一匹見つければ良い。気配感知や索敵などのスキルが使えれば、すぐに見つけられるかもしれないが、五感だけで見つけるのは至難の業である。才能と経験で差が出るところであり、稼ぎに大きく影響する重要な能力だ。

三人の中ではキルが最初に見つけることが圧倒的に多く、やはり経験の差が出ている。

今度は白い鳥型魔物のコッコキーを見つけてクリスに任せてみる。コッコキーは肉以外に買い取り箇所はないが肉は美味《おい》しく食用としての需要がある。

「赤き炎は我が同胞。姿を現して我が敵を焼き尽くせ！　飛べ、ファイアーボール」

クリスは太もものバンドホルダーから小さな魔杖を抜き取ると呪文を唱え、ファイアーボールを放った。生活魔法と違ってそれなりに呪文が長い。コッコキーは炎に焼かれて倒れた。クリス、初めての狩り成功である。

「やりました！」

クリスが飛び跳ねて満面の笑みで喜ぶ。ミニスカートから覗く白い太ももが眩しい。三人は獲物を回収に向かう。

続けて魔物の捜索をするが、中型魔物と遭遇した時は危ないので即刻距離を取るように意識しながら捜索しなければならない。

ケンケンを発見してそっと近づき、キルが腰の予備武器・投げナイフを投げてケンケンを倒す。その後はコッコキーをケーナが弓で狙う。汚名返上のチャンスだ。ケーナの放った矢はビュンと飛んでいき、今度は見事に命中してコッコキーを仕留めた。ケーナから渾身《こんしん》のガッツポーズが出た。

ここまで一角ウサギ一羽、ケンケン一羽、コッコキー二羽を仕留めたが、ここでもう昼飯時になってしまった。魔物を見つけるのに時間が結構かかるので、これでも順調に狩れている方だ。コッコキー二羽を焼いて昼飯にすることにした。

首を落として血抜きをしたコッコキーの羽毛をむしって、内臓を取り出し半身に割って焼いて食べる。肉から脂が滴り落ちるたび、ジュッ！　と音がして肉の焼けた良い匂いが食欲をくすぐった。

「コッコキー美味《うま》いっすね、キル先輩」

ケーナが嬉しそうに笑顔をみせる。

「そうだな」

キルは表情を変えずに答えた。

「今日の狩りって上手くいっていますの？」

「上手くいっている方じゃないか。ただ、まだ小型の魔物しか狩れないからな。多くの稼ぎは期待できないな」

「そうっすね。獲物を見つけるのって難しいっすね。キル先輩さすがっす」

今日の獲物は全部キルが見つけていたのだった。経験の差というのはそれほど違いがあるらしい。

「キル先輩。一角ウサギを仕留めた時、変なもの使ってたっすね？　あれなんすか？」

ケーナはスクロールを見たことがなかったのだろう。ストレートに聞いてきた。

「あれはストーンショットの魔法スクロールだ」

「魔法スクロールって高価な物ではありませんの？」

クリスが不思議そうにキルを見つめる。高額なスクロールを使ってわずかな値段の魔物を仕留めても赤字になるだけだ。クリスが違和感を持つのは当たり前である。女の子と話すことに慣れてきたキルがクリスの視線に耐えて彼女を見つめ返す。

「買えば三千カーネルくらいするだろうな」

「それじゃあ一角ウサギ仕留めても元が取れないじゃないっすか？」

ケーナは不審そうな顔で小首を傾げる。

「俺のジョブはスクロール職人なんだ。あれは俺が初めて作ったスクロールだから、試しに使ってみたのさ。なかなかの威力だっただろう？」

「そうっすね。すごい威力っす」

「私の魔法より威力がありました」

クリスの歯の浮くようなお世辞に、キルは苦笑する。

「そこまでじゃないよ、魔法の種類も違うしね。ところでクリスはどんな魔法を何発撃てるの？」

キルは午後の狩りのために二人の戦力を把握しようとした。クリスは視線を上に向け、右手の人差し指を立てて数えるように動かす。

「ファイアーボールだけなら六回……くらいかしら。他に使える魔法はライト、ファイアー、ウォーター、攻撃魔法はエアカッターってところです」

「すごいな！　使える魔法がそんなに多いなんて。それで攻撃魔法は六回撃てるってことで良いね」

「そういうことです。でも魔力回復薬を持っていますよ」

魔力回復薬を飲めばＭＰとＥＰが一定量回復する。魔法やアーツの発動にはそれぞれに必要な魔力やエネルギーを消費するのだ。

「了解した」

クリスが微笑みながら頷く。

「ケーナは矢を何本持ってきてるの？」

「十本っす。まだ失くしてないっすよ」

「分かった。午後の狩りには十分だな。午後はもっと狩りたいね。ペースを上げよう」

「そうっすね」

午後の狩りでなんとか稼ぎたいものである。食事を終えて午後の狩りに気合いを入れるクリスとケーナだった。

獲物を探すこと三十分、ようやく一角ウサギを発見した。まずはキルがナイフを投げて仕留める。ナイフは外して見失ったり、刺さっても魔物が死なずに逃げられたりすると無くなってしまって損失が大きい。ナイフとしては小さめで安価な投げナイフといえども千五百カーネルはくだらない。それを気にしたら投げられなくなってしまう。とはいえ小さな魔物は向かってこないため、剣で狩ろうとすれば感づかれて攻撃前に逃げられてしまう。

キルとしては、もう少し慣れてきたら中型の魔物を狩りたいと思っている。

次にケンケンを見つけてケーナに射てもらった。午後になるとケーナも落ち着いてきて、的を外さずにしっかり仕留めた。結構筋が良いように思う。

毛皮や羽根が買取してもらえる獲物はケーナに矢で倒してもらう方が良い。コッコキーのように肉だけが買い取りのものはクリスに頼もう。羽毛が燃えていても買い取り額には響かない。

木の棒に獲物を括《くく》り付けてキルが運んでいるが、そろそろキルが運べるのもあと多くて二羽という感じである。その後獲れた獲物はケーナかクリスが担がなくてはならない。女の子といえども冒険者はそれができなければ務まらない。

一角ウサギを遠目に見つけてケーナに目で合図をする。

ケーナは黙って頷き弓矢を構えた。ギリギリと弓を引きシュッと矢が放たれる。矢は力強く一直線に飛び、一角ウサギを貫いた。

「おぉー！」

キルは思わず声を上げた。なかなかに良い腕をしている。かなり練習を積んできたのだろう。

ケーナは小走りで獲物の元に、キルとクリスはゆっくりと歩を進める。ケーナが矢を引き抜いて血を拭き落としてから、一角ウサギを木の棒にぶら下げるように括り付ける。

木の棒にはもういっぱいで獲物を吊るせない。

午後になって一角ウサギ二羽、ケンケン一羽を狩ったがもう少し狩っておきたい。午後から狩っていないクリスもここで切り上げたら不満だろう。Ｆランクの冒険者でこの時期にここまでできる奴は少ないが、それでも稼ぎとしては雀《すずめ》の涙にしかならない。

その後コッコキーを見つけてクリスの出番がやってきた。そろりと射程圏内まで近づこうとすると、クリスに気づき脱兎《だっと》の如《ごと》く逃げてしまった。

「あーん」

クリスは小さくため息をつき額を右手で押さえて悔しがる。

キルは狩りをここまでにして、早めにギルドに戻ることにした。

今日はあくまで顔合わせであり、これからパーティーを組むかとかという大事な話し合いをしなくてはならない。そういう時間も取っておく必要がある。

ギルドに戻ると四時半、今日の獲物を買い取りカウンターに出してくる。一角ウサギ三羽、ケンケン二羽が今日の成果だ。ケンケンが一羽三百カーネル、一角ウサギが一羽五百カーネル、合計で二千百カーネルが今日の手取りである。

一人あたり七百カーネル、夕飯代にも足りない金額だ。このくらいなら一人でも狩れたわけで、もっと高い獲物をこれから狩れるようになっていけば良い話だが、この金額を目にした二人は一気に暗い顔になった。当然といえば当然だ。キルも去年はこんな経験をしていた。

さて二人とどんな話をすれば良いのやら。キルは経験者として、初日としてはまあ上出来だ、ということにしようと思う。

キルはゼペック爺《じい》さんに晩ご飯を買って帰らなくてはいけない。それなりの時間に明日の予定は決めておきたい。ギルドの片隅で二人に金を分配しながらキルは話し始めた。

「明日はどうしたい？　今日の成果は初日にしてはまあまあ上々の方じゃないか」

「え、コレで上々なんすか？」

ケーナは理解不能という表情で聞き返した。

「冒険者なんて一年で三分の二が消えていく仕事なんだぜ。初めから食えるほど稼げる奴はいないよ」

「そうですよね」

「自分達も消えていくくちなんすかね？」

二人は暗い顔で言った。

「いや、初めからここまでできる人は少ないぜ。弓や魔法は十分に生き残ることができる力を持っていると思う。ただ荷物を運んだりする力とか後は逆境に耐える力とかはどうだろうな？」

「キル先輩にだけ荷物を持ってもらって申し訳ないっす」

ケーナが申し訳なさそうに俯《うつむ》いて言った。

「今日のことは良いんだけれど大量の獲物を運ぶのは一人では無理だからな。弱い魔物は安いからたくさん運ばないといけないし、強い魔物を倒せるようになるまではいろいろ我慢が必要だと思うしね」

「そうですよね」

「明日はどうしたい。また俺と一緒に狩りに行くかい？　街の清掃の仕事なら八千カーネルになるから、それもありだぜ」

「そういう仕事をする時期もあるってことっすよね」

ケーナは目を閉じて考え込む。

「そうだな。俺なんてそれが今のところメインの仕事だからな」

「そうなんですか！　あれほど手際よく狩りをしていたのに」

投げナイフの手際を思い出し、クリスは驚く。

「俺は生産職のスキル持ちだからな。戦闘職の冒険者みたいなわけにはいかないのさ。成長は遅いに違いないからな。君達のスキルとジョブは得物と一致しているんだろう」

「「はい！」」

二人は顔を見合わせる。その目は、「そんなの当然よね」と確認し合っている。

「それなら成長が早いっていうからな。力だってきっとすぐに強くなるさ。話を戻すが、もし当座の金に困っているなら明日は清掃業務をするのも良いかもしれないぞ。どうする？」

「そういう仕事を覚えておくのも大切なことですよ、ケーナ。明日は清掃の仕事を覚えましょうか？」

真顔で言うクリス。お金には困っていないが、ノウハウを覚えるために経験を積んでおこうということらしい。お金のためでなく、勉強のためだと。

「分かったっす。明日は清掃で良いっすよ！」

ケーナは一瞬嫌そうな表情を浮かべたが、すぐにそれを消して頷いた。

三人は、ケイトに明日の清掃の仕事の手続きをしてもらうのだった。

「それじゃあまた明日、ギルド前で八時に合流したら清掃業務に行くぞ。今日はコレで解散だな」

「キルさん、三人の出会いを祝してこれから一緒にご飯を食べませんか？」

クリスが小首を傾げてキルの顔を覗き込む。

「そうっすよ。一緒にご飯にしようっす」

ケーナも笑顔でキルを誘った。

「俺はゼペックさん……師匠に晩ご飯を買っていかなくちゃいけないから、すまないがそれはできないんだ。また今度にしてくれ」

キルは二人の誘いを断るのは心苦しかったが、ゼペック爺さんとの契約を破るわけにはいかない。

「そうっすか、残念っす」

「仕方ありません。それでは明日また、よろしくお願いします」

キルは残念そうに頷いたのち二人を残して立ち去る。残された二人は互いを見つめ合いため息をつく。そしてどちらともなくギルドの酒場のテーブルに腰かけるのだった。

「はー。私、今日駄目だったよね……」

「そんなことないっすよ、クリス」

ケーナがクリスを慰める。そう言いながら、ケーナも全然魔物を見つけられなかった自分に失望していた。父親と兄と一緒に山に狩りに行った時には鹿型の魔物を一頭狩って喜んでいたのだが、今日はちょっと勝手が違った。小さな魔物は見つけづらく、たくさん狩らなくてはお金にならない。

「自分も最初の一射は外しちゃったっすしね……」

「全部当てる人なんていないわ。最初以外は全部当ててるもの、すごいよ」

二人はまた互いを見つめ合い、そして両手を握り合う。その時二人の肩に手を乗せる者がいた。

「どうしたの。なにかあった？」

二人が見上げるとそこにはケイトが優しそうな笑顔で二人を見つめていた。

「……」

二人はケイトの胸に顔を埋《うず》める。

「よしよし。大丈夫よ。不安になるわよね。キル君なにも考えてないから。とっとと帰っちゃったのにも深い意味はないのよ。あなた達に不満を持つような子じゃないから大丈夫。本当に良い子だもの。仲間を見捨てたりしないわ。それにあなた達は新人の中ではハイレベルな方だから自信を持ってね」

ケイトは二人を安心させるのだった。

一方、キルは二人と別れて晩ご飯の買い出しをしていた。二人がまさかキルに低い評価をされているのではと不安を抱いているとは想像もできていなかった。食事の誘いを断った事情もちゃんと説明したし、実際ゼペック爺さんとの約束を初《しょ》っ端《ぱな》から破るわけにはいかない。狩りの成果も初日はこれで十分だと話している。ただコミュニケーションの時間をもっと設けなかったのは思いやりが足りないと言えなくもない。

夕方になり繁華街には仕事から帰ってきた冒険者や労働者が増えてきた。独《ひと》り身の野郎どもは飲み屋を目指す者も多い。キルはいつものようにパンと惣菜《そうざい》と焼肉を買うとまっすぐ工房に帰った。

工房の前でボーッとしているゼペック爺さんが見えてきた。いつも何を見ているんだろうか。ゼペック爺さんの近くまで行くと爺さんもキルに気がついてゆっくりと寄ってきた。

「おお、帰ったかキルさん。今日はどんなだった？」

「今日は新人の冒険者二人と一緒に狩りに行ってきました」

「ほう！　狩りか。で、何か獲《と》れたかのう？」

ニンマリしながらゼペック爺さんが聞く。

「小手調べなのでコッコキーとケンケンと一角ウサギを狩ってきましたよ。今日の稼ぎは一人七百カーネルです」

キルが頭を掻《か》きながら気まずそうに答える。

「そりゃあ大した稼ぎじゃのう。ハハハハハ！」

大笑いをするゼペック爺さん。

「これからですよ。でも二人とも腕は確かというか、やればできる子達でしたよ」

キルは口をとがらせて不満そうにした。

「そうかい、そうかい。それは良いことじゃのう」

ゼペック爺さんは踵を返して工房の中に入ろうとした。キルもゼペック爺さんのあとについて家の中に入った。

「そういえば、ストーンショット、強力でしたよ。一撃で一角ウサギを狩れました。あれは良いですね」

「そうか、ところで材料はあといくつ分残っておるんじゃ？」

ゼペック爺さんは腰を叩《たた》いて背筋を伸ばす。

「えーと。あと九枚蝋皮紙《ろうひし》があります。魔石の粉もその分くらいはあるかなあ？」

「魔法を使っていなければ魔力は十分に残ってるんじゃろう？　八つくらいは今日作れるかのう？作っておいて損はないぞえ」

「そうですね、作っておきます」

ゼペック爺さんのアドバイスに素直に応じるキルであった。

二人で晩ご飯を食べたあと、キルはストーンショットのスクロールを八つ作ることができた。九つ目も作ろうと思ったが魔力が足りなかった。

ＭＰ８９でスクロール一つ作るのに魔力を十消費すると仮定すると八つ作れる。

そしてキルは今、蝋皮紙はあと一枚、ストーンショットのスクロール十二枚、ステータスのスクロール四枚を持っている。売れるあてはないし、強い魔物に対しては惜しみなく使っても良いかもしれない。

翌日、ギルドの前で待ち合わせた三人は街の清掃業務に出かけた。クリスにもケーナにも昨日の落ち込んだ様子は微塵《みじん》も感じられない。

現場に到着すると、現場責任者に清掃場所を指示してもらい清掃を始めようとする。現場責任者は先日キルがこの仕事をした時と同じ人だった。彼はキル達三人を見ると笑いながら言った。

「この前、魔法で綺麗にしてくれた兄ちゃんだよなあ。今日は彼女二人連れとは羨《うらや》ましいねえ。両手に花ってやつかい？」

「彼女だったら一緒に掃除しに来ませんよ」

キルはそんな風に見えるはずもないのにと思いながら苦笑する。

「ところで今日は二ヶ所にチャレンジしてみてくれや」

クリスとケーナの視線がキルに集まるなか、キルは恥ずかしそうに髪を掻きながら答えた。

「二区画一度に清掃できればやれそうですが、やっても良いんでしょうか？」

まとめて清掃した方が全体を一つに見られるので綺麗さのバランスがとりやすそうだ。

「お、おう。兄ちゃんならいいぜ。俺の一存で許可してやるよ。兄ちゃんのことを認めて特別だぜ」

「助かります。では二区画清掃させてください」

「わかった。清掃範囲を割り振るから付いてきな」

キルとケーナ、クリスの三人は現場責任者に付き従ってそれぞれの持ち場の範囲を指示された。

「この範囲を綺麗にしてくれよ。時間に関係なく俺が綺麗になったと判断できればそれでミッション終了だ」

男は偉そうな態度でキル達に清掃範囲を指示し終えると、ニヒルに笑って立ち去った。

さて清掃作業の開始である。道具は貸し出されるものを使う。ケーナもクリスも自分の持ち場をせっせと清掃し始めた。キルはひと通りゴミを拾い終えてから汚れの酷《ひど》い順にクリーンの魔法を八発かける。そしてその他の汚れているところを人力で清掃した。

三人は八時間かけてやっとミッションを完了させた。クリスとケーナは疲れ切った様子で、もう嫌だという気持ちが体から滲《にじ》み出ている。ケーナが自分の服の臭いをクンクンと嗅ぎ、うえーと嘆く。クリスも汚れた衣服を見て固まっている。

「何事も経験だよ」

キルが諭すように二人に声をかけると、二人は見つめ合って仕方なさそうに納得する。

ケーナとクリスは八千カーネル、キルは一万六千カーネルを手にして冒険者ギルドに依頼終了の報告に行く。ついでにキルは冒険者ギルドでゴブリンの魔石四つを四千カーネルで購入した。

無事に依頼が終了できたことを報告し終えるとキル達三人はギルドの隅で明日の予定を相談する。

「明日は狩りに行ってみるかい？」

「清掃より狩りに行きたいっすね」

ケーナは狩りに賛成のようだ。この子はいつも笑顔だ。

「一日七百カーネルでは生活できませんよ？」

クリスは現実的な意見を出し、真剣な眼差《まなざ》しをキルに向ける。真剣な顔も可愛い。

「ははは！　あれは腕試しだったからな。明日は昨日より強い魔物を狩るつもりでいてくれよ。中型の魔物をターゲットにしてみよう」

「分かりました」

了承してくれるクリスに、今度こそ十分な成果をあげてやるぞ、という意気込みを感じた。

「明日九時にいつもの場所に集合な！　それじゃあ今日はこれで解散」

「はい。それではまた明日。よろしくお願いいたします」

冒険者ギルドを出ると、もう日が西の空で落ちかけていた。

二人と別れたキルは、蝋皮紙二十枚を買い、晩飯の買い出しをして工房に帰った。ゼペック爺さんと話をしながらいつものように晩飯を食べる。清掃作業で魔力はほぼ使い尽くしていたので、魔石を粉にするだけにする。その代わりに腰のベルトにスクロールを収納する筒を付けてスクロールをすぐ取り出せるように改良し、メイン武器にするための工夫をした。その後、キルは明日に備えていつものように野営用のローブに包《くる》まり床に転がると早めに就寝した。


翌朝、ギルド前で二人と落ち合い、草原に向かう。

「キル先輩、今日は何を狙う予定なんすか？」

ニコニコしながらケーナが寄り添ってくる。

「ウルフは小さな群れなら良いが数が多い群れは避けるぞ。大きさにもよるがスモールボアとか、モーモウ辺りを一頭狩りたいと思っているよ。ボアなら二万から三万カーネル、いずれも取れる肉の量によって買い取り価格は違ってくるがな。ボアがいそうな狩場まで往復二時間くらいかかるから運ぶことを考えれば二頭が限度だな」

キルが深く考えずに答える。キルの背中には大剣と一緒に太くて長い天秤棒《てんびん》が背負われていた。狩った獲物をそれにつけて二人で担いで運ぶつもりなのだ。

「それってなんか、獲物が中型から大型の魔物に代わってないっすか？」

ケーナが鋭く突っ込みを入れる。

「そ、そうか。まあそのくらいの魔物なら狩れるんじゃないかとこの前の様子を見て思ったということさ。細かいことは気にするなよ。ボアにこだわらず魔物を見つけたらその場で指示を出すから」

「分かったっす」

「大型の魔物は遠距離攻撃一発じゃ倒れないかもしれないから、近づくまでにできるだけ打ち込んでくれ。それと剣の間合いに入ったら俺が相手するから、その時二人は距離をとってくれよ」

キルはザックリと作戦を指示した。

草原に入ると獲物を探し始める。初めにケンケンを見つけたのでケーナに射てもらった。大物を運ぶために持ってきた天秤棒にケンケンを吊るして次の獲物を探す。

遠くに獲物を見つけて静かに近づいていく。だんだんとその姿がはっきりと見えてくる。水牛のような姿をした魔物・モーモウだった。

「モーモウだ。アイツは攻撃すれば向かってくるやつだから射程に入ったら攻撃開始だ」

キルの言葉に引き締まった表情の二人が頷く。動きやすいように背中の天秤棒を一旦投げ捨てたキルを先頭に、そろりそろりと近づく。右後ろにケーナ、左後ろにクリス、三人はほぼ正三角形のような陣形を自然にとっていた。キルの両手にはストーンショットのスクロールが一枚ずつ握られている。

モーモウがケーナの射程に入ると、三人は立ち止まり攻撃の態勢に入った。

ケーナが思いっきり弓を引き、それは大きくしなる。弦の張力が最高に達し、矢が自然と手から離れていく。ビュンと放たれた矢が引力の影響を無視したように飛んでいき、モーモウの尻に刺さると、一声あげて飛び跳ねてからこちらに向き直り、突進を開始した。ケーナは第二射の準備に入る。

詠唱し終えたクリスの魔杖の先に魔法陣が現れ、ファイアーボールが放たれる。真っ赤な火球がモーモウの顔面にヒットして突進の勢いが止まる。

キルも両腕に持ったスクロールでストーンショットを連射し、その硬い石弾は眉間と頸筋《くびすじ》にヒットし、めり込む。スクロールは塵《ちり》となり消えている。

キルが背中の両手剣を抜いたその時、モーモウは、ズシーンという地響きを立てて倒れ込んだ。

「気を抜くな。剣で止《とど》めを刺す」

キルがソロソロと近づいて両手剣を振り下ろしモーモウの首を落とした。

「今の連携はかなり上手くいったな。よし、運ぼう」

三人は見つめ合い、笑顔で頷きあってから作業を開始した。

天秤棒にモーモウの足を縛りつけケーナとクリスの二人で担ぐ。背丈の同じくらいの二人の方が運ぶのには都合が良かったのだ。キルはケンケンと、モーモウの首を持ってギルドに運んだ。

買い取り額はケンケン三百カーネル、モーモウ二万一千カーネルだった。

「よし、今日はもう一度狩りに行けるぞ」

キルの声に疲れたと無言で訴える二人。

「もう一度行くよ」

キルは二人の訴えを退けた。

冒険者は稼げる時に稼いでおかないと、稼ぎのない日が続くことだって多いのだ。こういうことは冒険者として覚えておかねばならない習慣だ。そうしないと飢えることになることを経験のない二人は知らない。そういうことを教えるのも先輩の役割だ。

キルの説明は足りなかったが、二人は渋々ついてきてくれた。至らぬところばかりの十四歳、先輩冒険者のキルである。慣れてきたとはいえ、そもそも引っ込み思案で、女の子と話すのが得意で好きなタイプの人間とは大違いだ。

コッコキーを見つけてクリスに魔法で狩ってもらい、一角ウサギを見つけて投げナイフでキルが倒す。角と毛皮を剥《は》いで昼の食事にする。今日の昼飯はコッコキーと一角ウサギの焼肉だ。塩をふって味を調《ととの》える。

「狩りの時はもれなく焼肉っすね」

ケーナが指摘した。べつに嫌だという様子ではない。

「そうなるな。まだ狩れてる日は良いけど、獲れなかった日に備えて干し肉を作っておきたいな。あと冬場は魔物も少なくなるから金も貯《た》めておかないと」

「今は狩りをするのに条件の良い時期ということですね」

順調に狩りが進んでいるのでクリスは上機嫌だ。

「その通り。冬を越えるのが大変なんだ」

一昨日のように一人当たり七百カーネルということはない。少なくても一人当たり数千カーネルにはなるはずなのをクリスとケーナは理解している。午後も上手くモーモウクラスを狩ることができれば、一人あたりは一万カーネルをゆうに超える。

「魔物の多くは冬眠したり遠くに移動したりするからね。その間、力仕事や清掃とかいろいろやって食い繋《つな》ぐわけだな。他にはコロシアムに出たり商隊の護衛や盗賊退治とかをしたりする」

「護衛とかなら楽できそうですね」

「腕の良い女子のパーティーは人気で、専属になったり指名依頼が入ったりしやすいみたいだぜ。雇い主もヤローより女子と一緒の旅の方が好きらしい」

「なんかイヤらしい雇い主なんじゃないっすか？」

笑いながらケーナがチャチャを入れる。

「腕の良さが前提なのを忘れるなよ。雇い主の命を預かってるんだ。ただの女子冒険者じゃないからな」

「今度そういう依頼があったら受けてみたいですね」

「その時は俺を外して行ってくれ、俺は爺さんの飯の世話があるからな」

「何日分かを、まとめて置いとくというわけにはいかないんっすか？」

「相談してみないと分からないな」

三人は食事を終えると狩りを再開する。

一角ウサギを二羽仕留めたあと、七匹のウルフの群れを発見した。どうやらウルフもこちらを見つけているようで警戒の色がうかがえる。ウルフは茶色い短い毛で覆われた、大きめの中型犬くらいの魔物だ。

三人の表情に緊張の色が浮かぶ。

「数が多い、静かに離れるぞ。ウルフが追いかけてくるようなら迎え撃つ」

三人がウルフから目を切らずに後退《あとずさ》りを始めた途端に、群れでこちらに向かって走り出した。

「ワオーン！」

ウルフの叫び声が響き渡る。攻撃開始の合図だった。牙をむき、目を血走らせたウルフの群れが、猛スピードで近づく。

「くそ、迎え撃つぞ。ケーナ、矢を射かけろ！」

「オッケイっす！」

キルはそう言うと担いでいた天秤棒を放り投げ、ストーンショットの魔法スクロールを、スクロール収納用の筒をたくさん付けた腰のベルトから急いで取り出すと、魔法を放つ準備をする。

この腰のベルトは、キルがスクロールを実戦に備えてすぐ取り出せるように、昨日、自分で作った一点物だ。左右の側にスクロールが三分の一掴《つか》めるような収納筒が上下四つ並べて取り出しやすい角度で設置され、合計で八枚のスクロールが入れられる。

陣形はいつもの三角陣形だ。射程に入ったウルフにケーナが矢を射かけ見事に当たった。ウルフは倒れたが絶命したわけではない。

残りのウルフが近づいてきて魔法の射程に入った時、クリスのファイアーボール、キルのストーンショット二発がウルフを襲う。クリスのファイアーボールで一匹のウルフが炎に包まれ悶《もだ》え苦しみ、キルの石弾で二匹のウルフが頭を撃ち抜かれる。三匹のウルフが絶命、残りの三匹は驚いて尻尾《しっぽ》を巻いて逃げ出した。

危ない……そのまま襲われていたら彼女達の怪我《けが》は避けられなかっただろう。

矢が刺さったウルフは、逃げられずに倒れたまま唸《うな》って威嚇してくるが、キルが背中の両手剣を抜いて止めを刺す。なんとかウルフ四匹を狩ることに成功した。

遠くでこちらを見ている先ほどのウルフに注意しながら倒した四匹を天秤棒に吊るす。

キルが殿《しんがり》を守りながら二人で天秤棒を担いで逃げる。

「ギルドに戻ろう」

ウルフから十分に離れて三人は緊張を解いて、大きくフウと息を吐いてから歩き続ける。

草原を離れ、帰り道の途中でキルがクリスと交代して担いでみるが、ちょっとバランスが悪くなるので背の低い方に重みが偏るらしい。

「これさっきより重いっす。やばいっす！」

いつも笑顔のケーナが泣きそうな顔をして弱音を吐いた。そこで元に戻してキルが真ん中を手で補助することにした。なんとかギルドに持ち込んで買い取りしてもらう。

「今日はクタクタっす……」

ギルドの椅子《いす》に腰掛けてグッタリとするケーナ。クリスも腰をさすっている。

キルは買い取りカウンターから戻ってくると今日の儲《もう》けについて話し出した。

「一角ウサギが二羽で一千カーネル。ウルフは一匹八千カーネルだけど一匹毛皮が燃えているのでその分は六千カーネルだそうだ。だから四匹でちょうど三万カーネル。午前の分も合わせて一日で五万二千三百カーネルになったぞ」

「すごいっす!!」

ケーナのラテ色の瞳が喜びに輝き、最高の笑顔をみせる。

「頑張りましたもの」

疲れも吹っ飛んで嬉しそうな二人。見つめ合ってハイタッチをする。笑顔の二人はなんて可愛いのだろう。

「三人で分けると一万七千四百カーネルずつで百カーネル余るね」

「余った分はキル先輩がもらってくださいっす」

「そうですね、そうしてください」

「じゃあパーティーで何か買う時のために俺が預かっておくことにするよ」

「でもキル先輩が高いスクロールを使ってくれたおかげで怪我もなく狩れてるわけっすから！」

「そうよ、それに一番多く倒しているのもキルさんですし」

「じゃあ、今度の稼ぎに持ち越しして分ければいいからとりあえずは預かりにしておくよ」

「「そうですか（っすか）」」

二人はしぶしぶ納得した。

「明日はどうする？」

「ちょっと疲れたっすからなるべく軽い仕事が良いっすね」

「賛成です」

獲物を狩るより獲物の運搬の方が、かなりこたえたようだ。明日動けないと言わないだけ根性があるかもしれない。足腰の筋肉はぱんぱんだろう。

「そうか。じゃあー、薬草摘みにでも行くか？　見つからないと稼ぎがないんだけどね。清掃の方が手堅くて楽かな？」

キルは軽めの仕事を提案した。

「そうなるっすかー。清掃も臭いし汚れるから嫌は嫌なんすよね」

ケーナが顔をしかめる。

「薬草摘みにしましょうか？　初めてだし、買い取ってもらえる植物を覚えておきたいし」

クリスが同意を求めるように視線を向けると、ケーナはにこやかに頷く。

(クリスって、知識を身につける意欲が高いんだな)

キルはクリスの姿勢に感心する。

「じゃあ、明日は森に行こう。集合はいつも通りな」

頷くクリスとケーナの顔には、一昨日のような不安は一切残っていなかった。

第五章　笑うゼペック爺さん

ゼペック爺《じい》さんと一緒に晩ご飯を食べるキルは、得意げに今日の出来事を話す。

「今日はだいぶ稼ぎましたよ」

「ほー、そうかい、そりゃあ良かったのう。一昨日の話だと今日もダメかと思っておったがのう」

嬉《うれ》しそうに応《こた》えるゼペック爺さんは、やっぱり悪人顔だ。キルが稼いできたことが嬉しいらしい。

いずれゼペック爺さんのスクロールを買うための原資になるなどと目論《もくろ》んでいるわけではない……と思いたい。

「いいえ、二人とも見どころがあるって言ったじゃないですか」

「そうじゃったのう。やればできる子じゃと言っとったのう。どんな子達なんじゃ？」

「二人は魔術師と弓使いですね。弓使いの子は狙いが正確で、魔術師の子は高火力のファイアーボールを使います」

キルは笑顔で二人を自慢する。

「ほー、弓使いはなにかスキルは持っておるのかいのう？」

ゼペック爺さんはニヤリと口の端を上げる。これは何か思いついたに違いない。

「いいえ、新人ですし……たぶん持ってないと思います」

知らないことなので迷った末、キルは想像して答えた。

「弓矢じゃと殺傷力が低いのを気にしてるんじゃないかのう？」

ゼペック爺さんは、右の眉を吊《つ》り上げ強い目力……今まで見た中で一番悪い顔になる。

「まあ、当たっても中型の魔物は一発では死なないでしょうね。ウルフですら射止めても絶命しませんでしたし。よほど当たり所が良ければ別ですが」

当たり前のことを言うなあと思いながらキルは答える。

「そうじゃろう。強射というスキルスクロールがあるんじゃが、こいつを使えば中型くらいなら一発で倒せるようになるぞえ。高いがのう」

窪《くぼ》んだ目にコーヒー色の瞳が不気味に光り、悪徳商人顔に磨きがかかるゼペック爺さんだが、言っている内容には頷《うなず》けなくもない。

「良いですね。ケーナがそれを身につければ狩りがかなり安定しますね」

「八万カーネルじゃがのう。卸値《おろしね》はもちろん半額じゃ」

「気軽に買ってあげられる額ではないですね。残念です」

キルは苦渋の思いで断った。もう少し稼がなければお金が足りない。

「じゃがその子が威力を求めた時に教えてやると良いのじゃ。世界が変わるぞい。ククククク」

教えておけば、いずれは買ってくれるかもしれないと思っているのだろうか。

「そういえば今日、クリーンを買いにきた者がおったぞい。キルさんに聞いてきたと言っておったわい。ハッハッハア！」

キルは開墾現場でゼペック工房を教えた親父のことを思い出した。きっとあの人に違いない。

「『クリーンの魔法で儲《もう》けるんだ』とか言っておったぞい。奴もかなり儲けるつもりのようじゃったわい。儲かると良いのう。ギャハハハハハハ！」

ゼペック爺さんが大笑いをする。スキルスクロールが売れたのがとても久しぶりだったのだろうか。というより、この店に客が来たのが久しぶりなんじゃないだろうか。

「奴を見習って他の者も買ってくれると良いんじゃがのう。そうはいかんかのう。ギャハハハハ！」

ゼペック爺さんは眉が吊り上がった悪人顔で笑い続ける。

あまりに笑いすぎて、笑うのが苦しそうだった。ツボにハマってしまったらしい。笑いが収まるとゼペック爺さんは真面目《まじめ》な顔でキルに言った。

「今日は魔力が余っとるんじゃろう。無くなるまで何か作っておくのじゃ。魔力は寝れば回復するからのう。使わなければもったいない。無駄にしてはいかんぞ」

「そうですね」

ちゃんとしたアドバイスをくれるところはありがたいと思う。

「それとステータスは定期的に使うんじゃぞ。魔力が増えているかもしれんからのう」

「はい。じゃあやってみます」

そう言うと素直なキルは早速使用する。

ステータス

キル　人族　１４歳　討伐経験値２６　討伐レベル２（６／１０）
ジョブ　職業　初級スクロール職人　レベル２（９／１０　スクロール作製経験値１９）
ＨＰ　７９／７９　：（１００＋１０）×（１４／２０）＋２＋０
ＭＰ　８９／８９　：（１００＋１０）×（１４／２０）＋２＋１０

ＥＰ　８９／８９　：（１００＋１０）×（１４／２０）＋２＋１０
回復能力（ＨＰ、ＭＰ、ＥＰ）休憩　毎時１０　睡眠　毎時２０
攻撃力　７２：１００×（１４／２０）＋２＋０
防御力　７２：１００×（１４／２０）＋２＋０
腕力　７２：１００×（１４／２０）＋２＋０
知力　８２：１００×（１４／２０）＋２＋１０
器用さ　９２：１００×（１４／２０）＋２＋２０
素早さ　７２：１００×（１４／２０）＋２＋０
脚力　７２：１００×（１４／２０）＋２＋０
耐性　物理　レベル１　毒　レベル１
才能（ジョブ）
　スクロール職人　星７
スキル
魔法　クリーン

「まだ魔力は増えておらんのか、残念じゃな」

ゼペック爺さんがスクロールを覗《のぞ》き込みながらため息をつく。

だが、スクロール職人のレベルが上がっていた。討伐経験値も増えていてもう少しでレベルが上がりそうだ。討伐レベルが一上がれば各ステータスも一上がるはずだ。

その後キルはストーンショットの魔法スクロールを魔力の限り八枚作って、今日のスクロール作りを終了した。

＊　＊　＊　＊　＊

森に薬草摘みに来ているキル、クリス、ケーナの三人。一口に薬草と言ってもいろいろある。魔力精神力回復薬、解毒薬、体力回復薬、傷薬、マヒ薬、物理耐性強化薬、毒薬、などなどを作るために使われる草を総称して薬草と呼ぶが、毒薬の材料になる草だけでも何種類もある。

また草に限らずキノコや木の実や根、はては動物の臓器、昆虫に至るまで、薬の材料になるものは様々で、それらは全て買い取りの対象になる。

当然レア度によって買い取り価格も様々だ。採集技術はその知識の量に影響される。目にしているものが買い取り素材だと知らなければ、目の前にあっても採集しないからだ。また買い取り素材だと思って取っていったものが間違いということもよくある話だ。

生活魔法の鑑別は採集の時に役立つ魔法で初級から上級まで知られているこれを持っていると間違わずに採集できるのだが、無くても覚えれば問題なく薬草摘みはできるのだ。鑑別を覚えるスキルスクロールもあるが高い金を払ってまで買う者がいないのはそういう理由からだ。

キルは一年経験を積んでいるので初級レベルの鑑別能力はある。森での採集作業のノウハウを二人に教えながら森の中をうろつく。もちろん魔獣がいれば狩るわけだが、注意しているポイントが違うので先に魔物に逃げられる率が高くなる。それでも昼飯用のコッコキー二羽は確保した。

「この草が回復草だ。これがあったら根ごと摘んでおいてくれ」

「これっすか？　先輩」

「そうそれそれ」

「「はーい」」

「これが魔力草だぞ。覚えてくれ」

キルの瞳が重要だと言っていた。

「「はーい」」

「これがトリカブラ、毒薬の素だ」

「へー。そうっすか」

「これがハンミュラという虫で毒薬の素になる」

「それが……分かりました」

「このキノコが痺れ茸。見つけたら取っといてくれ。食うなよ」

キルは次々と採集対象を発見する。

「「はーい」」

今日は二人にレクチャーをしながらの採集作業になった。春さきはまだ木に実がなっていないので木の実は摘めない。

森にも魔物はいるので遭遇すれば戦いになる。ゴブリンとかとは会いたくないと思っていると会ってしまうものだ。

ゴブリンは鶯《うぐいす》色の肌を持つ子供ほどの背丈の醜く臭い人型魔物で、こん棒のような粗末な武器を持っていることが多い。知能も低く本能的に行動し、狩る、食べる、犯すが基本的な行動パターンだ。

交尾可能な人間の女とみれば、性欲に突き動かされて襲ってくる厄介な魔物である。冒険者目線で見ると、魔石以外役に立つところがなく五百カーネルにしかならない安い獲物だ。どうせ狩るなら金になる魔物を狩りたいものだ。

こちらに気がつき、しかも女性冒険者だと分かるとわしゃわしゃと集まってきた。単体では弱いが十五匹も群れをなすと脅威というものだ。冷や汗が背中を流れる。

「焦るなよ！　近づかれる前にできるだけ数を減らすんだ！」

接触する前に遠距離攻撃で極力敵の数を減らす。それこそがこの場を生き残る唯一の方法だ。

下卑《げび》た笑みを浮かべながら、ギャーギャーと騒がしくゴブリン達が殺到する。

（落ち着け、ストーンショットのスクロールは十分にあるんだ。近づかれてもここなら大剣を振り回せる。間合いは断然こっちが有利だ。大丈夫だ）

心臓がバクバクと大きな音を立てて脈動する。

クリスもケーナもその表情は硬い。

「大丈夫だ！　接敵したら俺が守る。俺が壁になって戦う間に距離をとって遠距離攻撃を続けてくれ！　落ち着いて、できるだけ確実に当てることを心掛けよう！」

キルが大声で叫ぶと二人は頷く。

戦いが始まるとケーナは弓、クリスは魔法、キルはスクロールで近づく前にゴブリン達を減らしていく。最初に射程の広いケーナがビュンと射掛けると、その矢は見事にゴブリンの胸に命中して、うめき声を発してばたりと倒れた。

一匹倒されてもゴブリン達はかまわずそのまま殺到する。

走って近寄ってくるゴブリン達がキルとクリスの射程に踏み込んだ瞬間、二人は魔法を発動した。

一匹が焼かれ二匹が胸を貫かれる。ケーナも第二射を撃ってゴブリンを倒していた。

そしてそのまま遠距離攻撃が続く。

(焦らず、ゆっくり。でも、外さないことを意識して――)

キルは自分に言い聞かせる。

接触する前にケーナが三匹、クリスが二匹、キルが六匹のゴブリンを倒したが全ては倒しきれなかった。間に合わずに接敵した四匹のゴブリンはキルが両手剣を振り回して薙《な》ぎ倒していく。

「だーりゃー!」

キルが両手で大剣を振りまわす。

キルがブーンと剣を振るたびに一匹また一匹とゴブリンが倒れていく。ゴブリンは大剣の長さに阻《はば》まれて、手にする武器の有効範囲に踏み込めない。

クリスとケーナはゴブリンとの近接戦闘を避けて後方に移動している。キルはゴブリンを通さないように壁となって戦い続けた。

そして戦いはすぐに終わった。キルが三匹ゴブリンを斬り殺し、最後に残ったゴブリンが茶色く錆《さ》びた短剣を投げつけた。キルはぎりぎりで躱《かわ》し、逃げようとしたゴブリンの背をケーナの矢が貫く。

近接戦闘は四対一。なんとかなったから良かったが数がもっと多かったら危なかったかもしれない。

クリスとケーナが落ち着いてゴブリンの数を減らしてくれたおかげだ。

(もっと強くならないと壁役として二人を護《まも》りきれないな。俺も頑張らなくちゃ)

「キル先輩、見かけによらず強かったんすね!」

「ほんと! 驚きました!」

二人の笑顔が輝く。額に汗が流れている。

(見かけによらずって……まあ、そうかもな。正直、ぎりぎりだったしな)

「相手がゴブリンだからな。二人の手際もよかったぞ。おかげで助かったよ」

キルは髪を掻《か》きながら言った。

ゴブリンの魔石を十五個手に入れたが売値は買値の半分なのでキルが全て買い取らせてもらう。

「倒した分だけで良いすよ」

「私もそう思います」

「悪いな、お言葉に甘えてそうさせてもらうよ。スクロールの材料に使えるんでね」

「スクロール使いまくりっすよね。大損じゃないっすか？」

「いや、俺のは自作だからそれほどでもないよ」

「ストーンショットのスクロールって買ったら三千カーネルくらいするっすよ」

「あらやだ、売った方が儲かるじゃないですか！」

クリスが呆《あき》れたように目をぱちくりさせて口を手でふさぐ。

「あっても売れないから使った方が有効利用というものなのさ」

恥ずかしそうにキルは笑った。

「そうなんすかね」

ケーナが不審そうにキルを覗き込んだ。疑いの眼差《まなざ》しが、売れるはずだと言っている。

この街で売られているゼペック爺さんとキル以外が作った偽物スクロールの占有率を考えれば（ほとんど偽物）、世間の人がスクロールに対して持っているイメージとケーナが見ているキルのスクロールに対するイメージとは、全然違うはずだ。高いだけで役に立たないものばかりだというのが世間一般のスクロールに対するイメージだ。

「薬草摘みを再開しましょうか？」

クリスが気を利かせて話題を変えてくれた。キルとしてもこの話はあまりしたくない。

それから夕方まで薬草摘みを行なってギルドに戻る。薬草をたくさん摘んだつもりだったが、たいした額にはならなかった。一人あたり四千カーネル。清掃の方がよほど稼ぎは良いというものだ。

「今日もキルさんにたくさん教えていただいて感謝してます」

稼ぎが悪かったにもかかわらず、クリスは笑顔を見せる。優しい子だ。

「そうっすね。授業料を払わなきゃいけないっすよ。キル先輩に」

ケーナはいつも満面の笑みだ。明るい子だ。

「イヤイヤ、先輩冒険者として当たり前のことだし、二人が働けるようになってくれないと分け前が減るからな。自分のためでもあるんだよ」

キルは照れ笑いをしながら頭を掻いた。

「いつも面倒を見てもらって……感謝の気持ちに今度ご飯を奢《おご》らせてくれませんか？」

「そうっすね。奢らせてくださいっす、一緒に晩ご飯を食べたいっす」

「すまんがいつも爺さんと一緒に晩飯は食っているんでね。誘ってくれてありがとう」

「そうっすか？　だったらお爺さんも一緒にどうっすか？　キル先輩のお祖父さんなんっすか？」

「ちがうよ。ゼペックさんは俺のスクロール職人としての師匠なんだ。急に行ったら驚いちゃうかな」

キルは困ったように俯《うつむ》く。

「ゼペックさんって、そういうの嫌がりそうなんっすか？」

「そんなことないけど、ゼペックさんって見た目がとても恐そうだけど大丈夫？　悪人顔だよ」

「大丈夫っすよ。自分の親なんて、超悪人顔っすよ。まるで盗賊っす」

「ほんとに大丈夫？　クリスは？」

「大丈夫ですよ。それでは晩ご飯を買っていきましょう」

クリスの笑顔に押し切られるキルであった。

ケーナとクリスはキルを引っ張って晩ご飯の買い出しに行く。キルの両腕にはクリスとケーナの腕が巻き付いている。恥ずかしくてキルの顔は真っ赤に染まっていた。パン屋で人数分のパンを買い、半身の焼き鳥とサニーレタスのような生野菜をたっぷり買って工房へ向かった。

「あ、ゼペックさんだ！」

キルの言葉でクリスとケーナがあわててキルの腕から手を離した。

いつものように工房の前でボーっとしているゼペック爺さんを見つけたキルは、爺さんに手を振った。ゼペック爺さんがキルに気づく。

「お帰り、キルさん。今日は誰を連れてきたのじゃ？」

「俺の新しいパーティーメンバーです。この子が弓使いのケーナ、向こうが魔術師のクリスです」

「初めまして、クリスです」

クリスは小首を傾《かし》げて微笑《ほほえ》んだ。

「ケーナっす。キル先輩にはいつもお世話になってるっす」

ケーナはいつものように元気な笑顔でお辞儀をする。

「おやおや、こちらこそキルさんがいつもお世話になってすまんのう。ワシはゼペックじゃ。よろしくお願いしますぞい」

いつも吊り上がっているゼペック爺さんの眉がなぜか下がっている。すごい可動範囲だ。

「今日はみんなで晩ご飯を食べようってわけっすよ。いつもキル先輩は一人で帰ってしまうので、今日はついていきてしまったっす」

「これ、買ってきましたのよ。さあ食べましょう」

「おやおや、これは美味《おい》しそうじゃのう。半身の焼き鳥かい？」

「ええ」

四人は家の中に入って奥の厨房《ちゅうぼう》の部屋で食卓を囲んだ。

「ゼペックさん、実は狩りで野営をして戻ってこられないような時は、ゼペックさんの晩ご飯はどうしたら良いかと考えたんですよ。あるいは護衛任務をやろうとすると一週間くらい戻れないこともあると思うんですけど」

キルは想定される事態についてゼペック爺さんに対策を求めた。

「そうじゃのう。そういうこともあるじゃろうて。買いだめしておいてくれれば大丈夫じゃろう。ワシだって買い出しに行くことくらいできるしのう。それに、この前スクロールが売れて金もあるし」

ゼペック爺さんはニヤリと笑った。

「よかったっす！　これで護衛任務も受けて大丈夫っすね！」

パンを口に頬張りながら喋《しゃべ》るケーナ。

ゼペック爺さんはケーナを見ると下顎を撫《な》でながら考え込んだ。

「そうじゃ、ケーナさんとやら。弓の威力が上がるスキルがあるのを知っておるかえ？」

ビクリとして目を見開くケーナ。顔色が明るく輝く。ケーナは弓矢の威力がもっとあればと悩んでいたようだ。一撃で獲物を倒せる威力が欲しかったのだ。

「ほんとっすか？　そんな良いスキルがあるんすか？」

「強射というスキルなんじゃが、スキルスクロールで覚えられるぞえ。八万カーネルするがのう」

悪徳商人顔で笑うゼペック爺さん。

「お金があれば欲しいっすけど、今は買えないっすね」

「ゼペックさん、ここで売り込まなくても」

「いや、知っといてもらった方が良いのじゃ。知らねば金があっても買えぬからのう」

クリスは静かにパンと焼き鳥を食べている。我関せずというところか。

「荷物を運ぶのに便利なスキルはありませんかね？」

キルが話を変えるとクリスが答える。

「ストレージの魔法が使えれば便利なのですけれど、あれは空間魔法といってとても高難度の魔法なのです。それが使えれば運送屋さんで食べていけるとか」

「ストレージのスキルスクロールは超高級品じゃ。レベルにもよるが、レベル１のストレージ魔法を覚えるものでも一億カーネルはすると言うのう。わしにも作れぬ」

苦々しげにゼペック爺さんが眉根を寄せる。

「ゼペックさんにも作れないんですか？」

キルは驚いたようにゼペック爺さんに視線を向ける。

「ストレージのスキルスクロールが作れたら欲しがる人はたくさんいるじゃろう。そしたら大金持ちになれるぞい。上級スクロール職人のワシにも無理じゃがのう」

「売り出されることのない幻のスキルスクロールと言われています。作れる職人は皆無だとも」

クリスが落ち着いた口調で補足する。

「聞いたことあるっすよ。何年か十数年かに一度オークションにかかることがあるみたいっすね。ダンジョンから出た物らしいっす」

「ダンジョンではそんなものが見つかることもあるんだね。いずれは行ってみたいな」

キルはダンジョンに興味津々だ。

「キルさんはスクロール職人を極めれば作れるようになるかものう」

「作ってくださいっす」

ケーナがラテ色の瞳をキラキラさせて、ねだるようにキルを見つめた。

「それは俺も作れるようになりたいねえ」

笑うしかないキルであった。

「ところで明日はどうするっすか？　狩りに行くっすか？　稼ぎも良いし狩りが良いっすよね」

「私も狩りで良いと思います」

クリスもケーナも狩りを希望だ。

「それじゃあ明日は草原で狩りをしよう。重い荷物を運んでもらうよ」

ケーナは一瞬、うえ！　という表情をしたが気を取り直して言った。

「上手《うま》く狩れれば良いんっすけれどね」

「キルさんが獲物を見つけてくれれば大丈夫よ」

「索敵とか気配感知とかが使えれば良いんだけどな」

「スキルスクロールで覚えるかの？」

そう言ったゼペック爺さんに三人がガバッと視線を向けた。冒険者が狩りで生計を立てるなら索敵は一番に欲しいスキルだ。

「あるんっすか？」

「あるぞい。索敵のスキルスクロール。これも八万じゃ」

「やっぱり高いっすね」

「ハハハハハ！」

ケーナの言葉に、大笑いをするゼペックだった。

ケーナとクリスが帰った後で、キルはスクロールを作り始めた。蝋皮紙《ろうひし》がまだ十三枚残っている。魔力も満タンだ。

ストーンショットのスクロールを作っているとゼペック爺さんが覗き込んだ。

「他の魔法スクロールも作ってみるかの？」

キルは当然他の魔法も使えた方が良いと思った。

「はい、作りたいです」

ゼペック爺さんは腰をコンコンと叩《たた》いて背筋を伸ばし、上の方の棚からスクロールを取り出した。

「エアカッターじゃ。これはヒール。どっちから作ってみる？」

「一つですか？」

「一つを五回くらいは作らんと上手くならんじゃろう？」

ゼペック爺さんがキルの顔を覗き込む。少し考えてからキルは答えた。

「わかりました。では、ヒールで」

「ほれ、このスクロールをよく見るのじゃ」

キルはヒールの魔法スクロールを広げて紋様をまじまじと見つめた。

「ワシの経験的には、発動した光の紋様を目に焼き付けた方が上手くできるようになりやすいんじゃが、キルさんならスクロールを見るだけでもできるようになるやもしれん。星7じゃからのう」

ゼペック爺さんが怖い目つきでじろりとキルを睨《にら》んだ……ように見えるが別に睨んだわけではない。

こういう顔、目つきなのだ。

「やってみます」

キルは紙の上に魔石の粉を敷き、掌《てのひら》をかざしてヒールの紋様を刻む。光を発しながらスクロールが出来上がった。

「試してみるか？　昼間にちょっと転んで膝を擦りむいたから、ほれ、ここにヒールをかけてみるのじゃ」

膝を出し、ゼペック爺さんがズボンをまくり上げると、そこには小さな擦り傷がある。放っておいてもすぐ治りそうな傷だが、もっと早く言ってくれればいいのにと思いながらキルは言われた通りにヒールのスクロールを発動してみる。スクロールが光り、ゼペック爺さんの膝が光に包まれて膝の傷がみるみる消えていった。

「ホウホウ。よく治るヒールじゃ。上出来じゃな」

褒められたキルはにっこりと笑う。

「できていますか？　上出来ですか？」

「ウム。良い出来じゃ。続けて作ってみるのじゃ」

キルはヒールのスクロールを作り続けて、ゼペックの言った通り全部で五枚のスクロールを作り終えた。まだ魔力がありそうなので使い尽くすまで今度はストーンショットを四枚作った。

四枚作れたということはＭＰが９０あったということか？

ステータスのスクロールを使い確かめてみる。

ステータス

キル　人族　１４歳　討伐経験値３６　討伐レベル３（６／１０）
ジョブ　職業　初級スクロール職人　レベル４（７／１０　スクロール作製経験値３７）
ＨＰ　８０／８０：（１００＋１０）×（１４／２０）＋３＋０
ＭＰ　０／９０：（１００＋１０）×（１４／２０）＋３＋１０
ＥＰ　０／９０：（１００＋１０）×（１４／２０）＋３＋１０
回復能力（ＨＰ、ＭＰ、ＥＰ）休憩　毎時１０　睡眠　毎時２０
攻撃力　７３：１００×（１４／２０）＋３＋０
防御力　７３：１００×（１４／２０）＋３＋０
腕力　７３：１００×（１４／２０）＋３＋０
知力　８３：１００×（１４／２０）＋３＋１０
器用さ　９３：１００×（１４／２０）＋３＋２０
素早さ　７３：１００×（１４／２０）＋３＋０
脚力　７３：１００×（１４／２０）＋３＋０
耐性　物理　レベル１　毒　レベル１
才能（ジョブ）
　スクロール職人　星７
スキル
魔法　クリーン

確かにＭＰが９０になっていた。討伐レベルが３に上がって加算が２から３に増えている。

自分が倒した魔物の数が影響しているのか？　確証は無いが、ある程度より強い魔物の討伐数が影響しているのかもしれない。

これでステータスのスクロールは残り二、ストーンショット十五、ヒール四。

ストーンショットのスクロールは十分にある。明日はたくさん魔物を狩ろう。ヒールもあるし近接戦闘を積極的にやっても安心だ。仮に軽い怪我《けが》をしても治せる。これで強力な剣技のスキルスクロールがあったら万全だ。

「ゼペックさん、俺でも覚えられる剣技のスキルスクロールはないですか？」

下顎を撫でながら少し考えてゼペック爺さんは答えた。

「飛剣撃鎌鼬《かまいたち》……とかどうじゃ？」

「どんなスキルですか？」

「剣を振って遠くのものを切ることができるアーツじゃな。これはわずかな魔力とエネルギーで出せるから、魔力量を気にせず使える便利なアーツじゃ」

「それ、覚えたいです！」

食いつくキル。飛剣撃、剣撃を飛ばせるということは剣で遠距離攻撃ができるということだ。それはすごいアーツに違いない。破壊力がどれほどかは分からないが間違いなく使い勝手は良いだろう。

「売値が八万カーネルじゃから四万カーネルじゃな。つけにしてやっても良いぞ」

悪い顔のゼペック爺さんだった。キルは二万カーネルをゼペック爺さんに借りて鎌鼬のアーツを身につけた。キルの財産は、所持金一万八千五百カーネル、借金二万カーネル、蝋皮紙は残り四枚だ。

翌朝、ギルドの前で集合する三人。昨日一緒に晩ご飯をとったことで、一体感が強まったような、親しくなれたような気がする。クリスもケーナも、その目に親愛の情を宿しているように見えた。どこか緊張感が取れたような、穏やかな眼差しだ。

「昨日は楽しかったっす」

「また、ご一緒したいです」

二人は上機嫌だ。キルも笑顔で二人に答える。

「集まったところでボチボチ草原にでも移動しようか？」

キルは今日、新しいアーツを試してみようと思っている。飛剣撃鎌鼬……昨日から楽しみで眠れなかったほどだ。

「そうしましょう」

「そうっすね」

キル達は一時間かけて魔物の出る草原に移動した。見渡す限りに広がる大草原で三人は獲物を探す。

ウルフ八匹の群れを見つけ、危ないと思って逃げようとしたがウルフ達は追いかけてきた。

「仕方がない。迎え撃つぞ！」

キルの掛け声で三人は戦闘態勢を取った。一瞬で空気が凍る。クリスのワインレッドの瞳に緊張が走り、ケーナの唇が、きゅっと真一文字にむすばれる。

「大丈夫だ！　いつもの陣形で近づくまでに数を減らすぞ」

ウルフの群れを見つけるのが早くて良かった。近づくまでではこちらが一方的に攻撃できる。これがそばに来るまで気づかなかったら大変なピンチだっただろう。この状況もピンチには違いないが最悪というほどではない。ウルフが近づくまでに数的不利を解消すれば良いのだ。

キルは先頭に立ってストーンショットのスクロールを両手に持った。右後ろでケーナは弓を構え、左後ろではクリスが右太ももに巻かれたバンドホルダーから魔法の杖《つえ》を取り出し身構えている。

まずはケーナが矢を放つも外れた。

(焦ってるな、ケーナの腕ならここは外さないだろうに。……大丈夫、まだ余裕はある。引き付けて確実に……)

キルは落ち着いて十分引き付けてからストーンショットを二発放ち、ウルフ二匹が崩れ落ちる。クリスもキルにタイミングを合わせるかのように十分ウルフを引き付けてからファイアーボールを放ち、見事に命中して一匹が炎に悶《もだ》える。

今度は素早く、かつ慎重にキルは二発のストーンショットを放ってもう二匹を倒すと、背中の大剣を抜いてウルフに突っ込んでいく。そして走りながら飛剣撃鎌鼬を放つ。一振り、二振り、キルが剣を振るたびエネルギーを纏《まと》って薄っすらと輝く刀身から光の剣撃が飛んでいき、牙をむいて向かってくるウルフを襲う。

光の刃が当たるたびに、大きな傷を負ったウルフが血飛沫《ちしぶき》をあげて倒れ込んだ。射程範囲も意外と広いし威力も十分だ。ウルフに向かって剣を振りぬけば、離れていてもウルフが血飛沫をあげて倒れていく。キルは夢中で剣を振り続ける。数十倍にも長く感じられた数分か数十秒かの後に、キルの目の前には全滅したウルフの群れが転がっていた。たいした時間もかからずに戦いは終わっていたのだ。

「ふー」

キルは大きく息を吐く。倒したウルフたちに止《とど》めを刺して回るキルに、クリスとケーナが駆け寄る。

「すごーい。キルさん。今のなんですか?」

クリスは驚きと憧れの混ざったワインレッドの眼差しをキルに向ける。

「ほとんどキル先輩が倒したっすよ。クリスの一匹以外はキルさんが殺したっす」

ケーナは首を左右に振りながら倒されたウルフを見回す。

「運ぼうぜ。最近ウルフ多いのかな」

キルは天秤《てんびん》棒にウルフを吊《つ》るし始めた。初めて使った飛剣撃鎌鼬の威力に興奮しているが、恥ずかしいので悟られないように平静を装いつつ、キルは心の中で叫んだ。

(すごいよ、ゼペックさん！　俺、すげー強くなっちゃった。ありがとう！)

ギルドに運び買い取りをしてもらう。ウルフ八匹、燃やされた一匹の毛皮は買い取りしてもらえなかったので総額六万二千カーネルになった。

本日二度目の狩りをするべく急いで草原に取って返す。

獲物を探すこと三十分。今度はスモールボアを見つけ、戦闘態勢をとる。

「頼むぞ、ケーナ」

ケーナが慎重に矢を放つとビュンと飛んでいった矢がスモールボアの尻に突き刺さった。

「ブヒー!!」

スモールボアが振り向き、そして体ごとこちらへ向き直るとキルと目が合った。鼻息の荒いボアの、興奮して真っ赤に充血した目が殺意に燃えている。

「ブヒー！」

ボアは怒りの鳴き声を発すると猛突進を開始した。濛々《もうもう》と上がる砂煙が近づいてくる。

キルはわずかに恐怖を感じながら、ストーンショットのスクロールを両手に構える。

(引き付けて、頭を狙うんだ)

猛スピードのボアに緊張と恐怖で体が硬くなる。キルはタイミングを逃《のが》さずスクロールに魔力をこめた。光の魔法陣が輝く。

ケーナの矢が尻に刺さっていても関係なしに猛スピードで突進してくるスモールボアの頭部に、待ち構えていたストーンショットが二発命中して、スモールボアは突っ伏して事切れた。今日は順調に狩りが進む。運が良いのか？

「すごい！　強いですね。キルさん」

「ラッキーだっただけだよ。けっこう危なかった。紙一重さ」

キルは憧れるように熱く一途《いちず》な視線を向けるクリスの言葉を否定した。本当に当たり所が良かっただけだ。頭部を狙うことが大切なのだ。頭部を破壊できなければ、撃たれ強いスモールボアをストーンショット二発で倒せることは稀《まれ》だろう。そのまま突っ込まれていたらと思うと背筋に寒気が走った。右手が震えていることに気づき左手でおさえる。

（慎重にいこう。調子に乗りすぎると大怪我をするぞ……）

「運ぶっす。急げば三回目の狩りができるかもっす」

ボアをつついて死んでいるのを確かめてから、ニッコリ笑ってケーナが振り向いた。

「急ごう！」


スモールボアはやや小さめだったのか、買い取り金額は一万五千カーネルだった。

三人は、残った明るい時間を少しでも狩りのために使おうと、急ぎ足で草原に戻り本日三回目の狩りを開始した。そしてまたもやボアを発見。先ほどのボアより二回りほど大きな個体が、地面を揺らしながら現れる。顔を見合わせる三人。キルは緊張してゴクリと唾を飲み込んだ。

慎重に近づいて、いつもの三角陣形をとる。ケーナが射掛け、腹に矢を刺したボアがこちらを向き突進を始めた。射程に入ったボアにキルとクリスが二発のストーンショットとファイアーボールを放つ。これで倒れてくれれば良いのだが大型のボアは何事もなかったかのように突進を続けた。撃たれ強い。

キルは背中の大剣を抜き連続で鎌鼬を放ち続ける。いくつもの光の刃《やいば》が空間を引き裂きながら飛んでいき、ボアの顔面は切り刻まれ続けてみるみる朱に染まっていく。

ケーナとクリスは左右に散開して二発目の攻撃を行おうとする。ボアは器用に方向を変えられない魔物だ。一直線に猛進し加速する。だから横に広く散開すれば避けられるのだ。危ないのは中央のキルだけである。

ボアはキルに狙いを定めて突っ込んでくる。全身の血が凍ったように感じる。必死で剣撃を飛ばすキルの十三発目の斬撃で、突然ボアは突っ伏した。前脚がもたなかったのだ。勢いよく地面に突っ伏したボアの背中の急所に、キルが回り込んで上から飛び乗るように大剣の一撃を突き刺して止めを刺す。鼻から尾までが三メートル近い大物だ。キルは胸を撫《な》でおろした。

(やばい、やばい。今度こそ死ぬかと思った……しかし夢中だったとはいえ、飛剣撃鎌鼬十三発……。よくそれだけ撃てたよなあ)

キルは連続でたくさん素早く撃つ練習をしようと心に刻んだ。キルがやられたら次はクリスとケーナなのだ。もっと余裕で倒せなければ、二人を守れない。

「やりましたね！」

クリスが警戒しながら近寄ってくる。

「ビビッたっす。キル先輩、危なく突進を食らうところっすね」

「躱しながら横から切りつけるつもりだったけどね、間違って突進を食らうと大怪我だっただろうな」

キルは額の汗を拭きながら余裕を見せる。美少女達の前では、つい見栄《みえ》を張ってしまう。いや、先輩として彼女達に不安をいだかせないためだぞ、と自分に言い訳をした。

死んだボアを天秤棒に吊るし、前をキル、後を二人で担いで持ち帰った。買い取りしてもらうと二万五千カーネルになった。今日一日合計で十万二千カーネル。一人あたり三万四千カーネルだ。

「今日の稼ぎ、すごいっす。でも最後のボア狩りでくたくたになったっす」

「明日はお休みにしても良いですか？」

「そうだな、今日はだいぶ疲れたよな。俺も明日は一人でやりたいこともあるから休みにしようか」

キルは、明日は一人で狩りに行こうと思っていた。ボアとの戦いはキルに自主練しなくてはと焦らせるのに十分だった。

元々キルに休みたいという欲求はない。かつかつの生活を一年続けてきたために働くことが当たり前になっている。休みを取るなどというのは余裕のある人間のすることである。逆に働くことで心の平静を保っている。余裕ができればすぐに休みを取りたがる普通の人々と比べれば、キルはとても努力家だ。

本人にその自覚はないけれど、苦にせず無意識に働き続けているのは特異なタイプと言えなくもない。それに、戦闘職のジョブを持たないキルにとって、『才能がないと強くなれないのか？　努力すれば才能がなくても強くなれるのか？　いや絶対努力していれば強くなれる。そうであって欲しい』という思いは心の支えだ。休まず働くことは、生きるために必要だし強くなるための条件だ。そういう深層心理に突き動かされているキルは、苦にせず無意識に努力し続ける無自覚人間だった。

「それがいいっす。大賛成っす」

十三歳、笑顔がまだあどけないケーナである。

「決まりね！　私、明日は買い物に行くわ。服とかも欲しいし」

クリスは自分の服に視線を落とす。

「一緒に行きたいっす。良いですか、クリスちゃん？」

「良いですよ。コーディネートしてあげる」

二人の顔がパッと明るく輝いた。

(可愛《かわい》いな……)

妹が二人できたような気がした。

「え！　やったあ！　お願いするっす。カッコ良く決めたいっす」

「可愛くしてあげるわよ。ケーナちゃんならとても可愛くなると思うの」

「明日は自由行動で、明後日はまたいつものところに集合な」

そんな二人を微笑みながら見つめるキルは、明後日の予定だけ確認しておく。クリスとケーナは上機嫌で頷いた。

今日はかなり稼ぎが良かったので借金を払っても余裕がある。蝋皮紙も買い足しておこう。四十枚二千カーネルで紙を買い、晩ご飯を買って帰宅した。ゼペック爺さんに借金を返して今日の狩りの報告。鎌鼬がとても有用だったと伝える。借金を返すとゼペック爺さんは上機嫌になって言った。

「飛剣撃鎌鼬はかなり役に立ったようじゃのう」

「はい。戦いに余裕が出ますから、今まで戦いを避けてきた相手でも安心して挑めます。でも大きな魔物を狩ると運ぶのが大変で……。狩った獲物さえ運べればもっと稼げるんですけどねー」

「そうか、ストレージのスクロールがあれば良かったんじゃがのう。幻じゃからのう。荷車でも引いていったらどうじゃ？　あれならかなり積めるぞえ」

(明日は荷車を引いて草原で狩りをしようかな。たしか、ギルドで借りられたよな)

「しかしあれじゃのう、キルさんがそんなに狩りが上手とは知らんかったのう」

ハッと気がつく。キルはストーンショットと鎌鼬を身につけたおかげで、ケラ達とパーティーを組んでいた時より戦闘力が爆上がりしているのだと。

「ストーンショットがあることですごく狩りが楽になりました。怪我の心配も少ないですし。その上、鎌鼬でもっと楽になって去年とは大違いです」

「フーン、そんなもんかい？　そんなに良いならもう少しスクロールが売れても良いのにのう？」

ゼペック爺さんが悲しそうに嘆いた。

「スクロールは高いから気軽に買えませんからね。俺は自分で作ったスクロールなので費用は材料費だけ、魔石は自前だからほぼ紙代だけみたいなものだし、持っていても売れないんだから気軽に使える。そこが違うんですよ」

キルはスクロール職人の優位性に気がつく。

(これってすごいぞ……)

狩りに必要な能力を補うために積極的にスクロールを利用した方が良いし、それを激安で利用できるのはスクロール職人のキルだけなのだから、できるだけ早く利用して狩りが楽にできるようになるべきだ。それなら――。

「ゼペックさん、索敵のスキルスクロールを借金で売ってもらえませんか？」

キルの結論としては、索敵能力を一番先に身につけるべきだということだ。去年は一日中獲物を探し回っても見つからないことが度々あった。

春先は一番魔物も多い時期だが、秋口になるとだんだん見つけるのが困難になるのが通例だ。その頃から稼ぎが悪くなり辞めていく冒険者が増えていくのだ。索敵能力があれば、魔物の発見はとても簡単になるはずで、最も先に身に付けるべきものだろう。

「今いくら出せるんじゃ？　八万の四万じゃから……そうじゃのう、二万カーネル出せれば二万カーネル貸しで売ってやっても良いぞ」

キルの所持金は二万八千カーネル、二万カーネル払っても、まだ八千カーネルが残る。

キルは二万カーネルをゼペック爺さんに払う。

「ゼペックさん、二万カーネルです。索敵のスキルスクロールをください」

金を受け取ったゼペック爺さんは腰をコンコンと叩いて背筋を伸ばしながら索敵のスキルスクロールを取りにいく。

「良いぞ、さあこれじゃ！」

ゼペック爺さんは索敵のスキルスクロールをキルに手渡した。

早速スクロールを発動してみる。スクロールが光り輝き、その光がキルの体に入っていった。

「索敵を使ってみい！」

魔力もエネルギーもほとんど使わず、集中すれば直径一キロくらいの円状の範囲にいる生き物の場所が分かる。よく知るものはその種類もなんとなく感じ取れる。すごい効果だ。これを使えば探索時間は無いに等しい。

「索敵ができるようになったみたいです。ゼペックさん、ありがとうございます」

明日の狩りが楽しみで仕方がない。索敵の効果で魔物はすぐに見つけられそうだし、危なそうな魔物には近づかないようにだってできるのだ。明日は安全にたくさんの魔物を狩ってやるぞと意気込む。

その後キルは明日の狩りに備えてスクロールを作っておくことにした。今日は魔力を使っていないので九枚作れるはずだ。

魔石を粉にして、キルはストーンショットのスクロールを九枚作り、これで手持ちは十七枚になった。明日は狩り放題だ。

＊　＊　＊　＊　＊

工房の小さなガラス窓から朝日が差し込むかという頃、キルは野営用のローブを脱いで立ち上がった。眠い目をこする。今日はキル一人で狩りに行く予定だ。ゼペック爺さんを起こさないように装備を身につけ冒険者ギルドに行こうとすると、机に突っ伏して寝ていたゼペック爺さんが頭を上げた。

「出かけるのかえ？」

「狩りに行ってきます。起こしてしまいましたか？」

「ずっと前から起きとったわい。荷車を借りてから行くのを忘れんようにのう」

「はい。忘れず借りていきます」

にっこり笑って工房を出る。

一人でたくさんの獲物を運べるように、ギルドに行って荷車を貸し出してもらった。そして荷車を引いて草原へ到着。索敵をしてみれば小さな魔物はそこいらじゅうに隠れている。モーモウやボアクラスの魔物を探すと、すぐに発見できた。索敵の範囲内に相当数いる。

（こんなにも簡単に見つけられるのか！）

一頭で行動している近くのモーモウに狙いを定めて移動した。草むらにいるモーモウに気づかれないようにそろりと近づきストーンショットで頭部を狙う。

スクロールに魔力をわずかに流すと、光の魔法陣が展開される。その中心に粒子が渦を巻いて集まり石の弾丸が形成される。音もなく放たれる高速の石弾。

親指大の石の弾丸が、バン！　という音を立ててモーモウの側頭部を貫き、一撃で仕留めることに成功した。

初めの頃よりストーンショットの威力が少しずつ上がっている気がする。討伐経験値を稼いで討伐レベルが上がると各種のステータスも上がるのだ。努力は少しずつだが報われている。

「よし！」

キルは少しずつ強くなっていることを実感してガッツポーズをした。去年は三人で悪戦苦闘の末に斬り殺していたモーモウだ。ストーンショットのおかげで今では楽に狩ることができる。荷車に載せて次の獲物のそばに移動する。探索時間と移動時間が少ないため、昨日よりだいぶ時短になっている。

キルはまたモーモウをストーンショットで仕留めた。

昼までに五頭のモーモウを仕留めて、合間に昼飯用の一角ウサギを鎌鼬で狩り、焼いて食べる。そしてギルドの買い取り所に運ぶ。

「どうしたんだい？　こんなに狩ってくるなんて！　すごいじゃないか」

ギルドの解体職人に驚かれたが、キルは笑って誤魔化《ごまか》す。

「いったい、何人で狩ってきたんだ？」

傷跡から判断するに、モーモウは一撃で倒されている。解体職人がキルとモーモウを二度見する。

「これ、みんな一撃で倒しているじゃねーか！　まさか一人で狩ってきたのか？」

キルはこくりと頷く。解体職人は、信じられないという顔でキルを見つめた。時々スキルが生えて急に持ってくる量が増える冒険者がいないわけではないが、ここまで持ってくるのが多量に増えた冒険者は過去に例がない。しかもEランクの量じゃない。

(ギルマスに報告しておくか……)

「スゲ～な。五頭で十万カーネルだ」

「あと、これも」

キルは一角ウサギの皮と角を解体職人に渡した。

「肉は食ったのか？　これは三百カーネルだな」

キルは報酬の十万三百カーネルを受け取り、もう一度草原に向かった。草原で午前のようにモーモウを狙って狩りを進める。ウルフの群れを避けるのにも索敵は役に立つ。予定通りにモーモウを狩り続けてまた五頭をギルドに買い取ってもらった。今日一日で十頭のモーモウをストーンショット十枚と鎌鼬だけで狩ることに成功する。午後も十万カーネル稼ぎ一日で二十万三百カーネル稼いだ。

(索敵を身につけたおかげだな。ここまで有効なスキルだとは思わなかった。これなら一人で狩りをした方がよほど儲かるのでは？)

晩ご飯を買って工房に戻ったキルは早速狩りの成果をゼペック爺さんに話す。

「ゼペックさん！　すごいんですよ。索敵があるとすぐに獲物が見つかるのでたくさん狩れるんです！　十頭のモーモウを一日で狩ってしまったんですよ。しかも獲物を選べるので安全な相手と状況で狩りができるんです」

キルはゼペック爺さんに索敵の有用性を興奮気味に話す。

「ホウホウ、で、いくらの稼ぎになったんじゃ？」

「はい、二十万三百カーネルです」

答えるキルの前にゼペック爺さんは掌を差し出した。

「二万カーネル」

「あ！　はい、借金の返済ですね」

キルは大銀貨二枚をゼペック爺さんに渡した。

「すごいのう。キルさんは狩りの才能があるようじゃのう。良いスキルを身につけたこともあるが、一人で狩りに行って、そんなにたくさん魔物を狩ってくるとはのう。Ｃランク冒険者でもできる者は少なかろう。じゃが、スクロール職人として職を極めるのじゃぞ。星７なのじゃからのう」

「頑張ります」

一気にやる気が出てくるキルであった。星７はとんでもない才能に恵まれたと言える。誰もが欲しがるスクロールを作れるようになれば、きっと売れる。それまでの辛抱だ。

しかしスクロールが売れなくても、スクロールをふんだんに使える今の状況は決して悪いとは言えない。ギフトが剣士だったとしても今ほど楽にモーモウを狩れるだろうか？　きっとそんなことはない。それは、ついこの前のケラやバンの強さを見ればわかる。

ストーンショットや鎌鼬が使えないケラやバンでは、一対一でモーモウを瞬殺することはできないし怪我をする可能性は高いはずだ。

去年はモーモウを狩った時に怪我をしてしばらく寝込み、全快するまで小型の魔物を獲ってしのいだことがあった。しかも近接攻撃だけでは近寄る前に逃げられてしまうため、弱い一角ウサギですら狩るのは楽ではなかった。

その点ではケーナやクリスは楽に小物を狩れる。

キルは、なかなか良い仲間ができたのかもしれないと思いながら、今日もストーンショットのスクロールを作ってから寝るのだった。

第六章　狩りと荷車

一昨日の約束通り、三人はギルド前で落ち合う。昨日の休みに何か良いことがあったのだろうか。ケーナがニコニコと上機嫌だ。

「キルせんぱーい、どうっすかー？」

ケーナがいきなりキルに質問してきた。

「どうって言ってもなあ？　昨日は有益だったぞ」

「違うっすよ！　ホラホラ……分かんないっすか？」

「分からないって……なにがだ？」

キルは困惑して聞き返した。

「キルさんって……案外鈍いのね」

クリスの含み笑いにキルは顔を赤らめた。

「気づかないっすか？　これっすよ！」

ケーナがピアスを指し示す。見ればケーナの耳には赤い魔石と金鎖のピアスがブラブラと揺れながらさがっていた。

「ああ、それか？　どうしたんだ？」

「昨日クリスと街で買ったんっすよ」

「もー、キルさん。『似合うよ』くらい言うものですよ！」

クリスがプンプンほっぺを膨らましながら抗議する。

「ああ、似合うよ。ケーナ」

「もう遅いっすよ、先輩。別に良いっす、先輩にそういうの期待してないし。らしいっちゃ、らしいっすしね」

相変わらずご機嫌のケーナである。だいぶ耳のピアスがお気に入りなのだろう。

「良いのが買えて良かったな」

今更ながらに取り繕うキル。二人はキルの頭にファッションのファの字もないのを知った。

「先輩のおかげっすよ。今日もバリバリ働いてくださいね！　先輩」

「お、おお。が、頑張……」

(俺だけ？)

「それでは行きましょうか」

「あ、その前にな、荷車を借りてこよう。格段に運びやすくなって狩りの効率が良くなるんだ。ゼペックさんに教わった」

「運ぶのは大変っすからね」

ギルドで荷車を借り、草原に向かう。

「荷車ってどれくらい積めるんですか？」

「モーモウ五頭は余裕で運べたぞ」

「モーモウ五頭って、けっこう積めるんすね」

大きなパーティーが使っているのを見たのだろうと思うケーナだった。昨日キルが一人で狩りに行った時に使ったとは想像もできない。草原に着くとキルは索敵で分かっている獲物の元にスルスルと忍び寄り、ストーンショットの一撃でモーモウを仕留めた。二人が荷車をチェックしている間の出来事である。

「え！　もう仕留めたんっすか？」

「運ぶのを手伝ってくれ～」

キルが叫ぶ。二人は駆け寄り荷車に積むのを手伝った。

「次いくぞー」

荷車を移動して次の獲物の元に忍び寄る。ケーナとクリスがキルに付き従った。身を潜めながら近づくキル。モーモウを射程に捉えてスクロールを発動。モーモウは頭を撃ち抜かれて倒れ込んだ。

「運ぶぞー」

キルの声に顔を見合わせる二人。モーモウを荷車に積むとキルは別の方向に歩き出す。

「いるんすか？」

小声で聞くケーナ。

「ああ。静かについてこいよ」

少し歩くとモーモウが草を食《は》んでいた。キルは身を屈《かが》めてゆっくり近づく。キル達に気づいて向かってくるモーモウに、ストーンショットを撃ち込み、肩口から血飛沫《ちしぶき》が飛ぶ。急所に当たらずモーモウを一発で倒すことはできなかった。よろけながらもなお近づくモーモウに、キルは背中の大剣をぬき、飛剣撃鎌鼬《かまいたち》を飛ばす。三発の剣撃を受けモーモウは倒れた。

「余裕っすね！　先輩！」

「運びます！」

モーモウに近寄る三人。モーモウを荷車に運び次のポイントまで移動する。

「荷車はここで良い。狩りに行くぞ」

そそくさとモーモウの方に歩き出し、慎重に、見つからないように近づいていく。そして今度は頭部を狙撃する。脳を破壊されたモーモウは痙攣《けいれん》してばたりと倒れた。荷車に運ぶとまた別方向に歩いていくキル。そしてまたモーモウを倒して三人で荷車に運ぶ。

「すごいですね。私達一度も攻撃していませんよ」

「全部先輩が仕留めちゃったっすね」

「次は三人で狩るか？　まずはギルドに運んで買い取ってもらおう」

荷車を引いてギルドに戻り、買い取りをしてもらう。荷車の車軸には魔道具が付いていて重さを感じないくらい軽々と動かせる。

「モーモウ五頭積んでも重さが変わらないって、この荷車すごいっすね」

ケーナが驚いて目をまん丸にして荷車を見た。

「この荷車は魔道具付きの上級品ね。魔法で浮かせているからほとんど重さを感じないでしょ」

クリスがイチゴ色の髪を払いながら、軽々と動く秘密が魔法にあると解き明かす。

「クリスって、物知りっすね。うちで使ってた荷車は重かったっす。魔道具付きじゃなかったっすね。これなら全然疲れないっす」

「ギルドで借りてきたのだからな。けっこう良いものなんだろう」

キルもクリスの話で合点《がてん》がいった。

ギルドに着き買い取ってもらうと、十万カーネルになった。荷車を引いてまた草原に戻る。

「キル先輩、今日はすごいペースっす。ほんとに狩りの効率が上がったっすね」

はっきり言って爆上がりだ。

「だろう。草原に着いたら肉を焼いて食べよう。なんの肉にしたい？　コッコキーか一角ウサギか？」

「見つけた魔物で良いですよ」

「自分は一角ウサギが良いっす」

「二匹狩って食べよう。二匹で充分かな？　三匹食いたいか？」

草原に着き、荷車を停めると、キルがケーナとクリスに指示を出した。

「ケーナ、その辺に一角ウサギがいるはずだ。クリスはあそこの一角ウサギを頼む。俺はあそこにいる一角ウサギを狩ってくる。じゃあな」

二人は、キルが指差した草むらに一角ウサギが潜んでいるのかと半信半疑とはいえ、逃げられないように慎重に近づいていく。

キルは獲物を射程に捉えると、鎌鼬の三連撃を放ち、隠れている草むらごと切り裂いた。

倒した一角ウサギを拾い、二人の方を見遣《みや》る。ケーナは弓に矢をつがえ放つ態勢に入っているが、クリスはまだ獲物を見つけていないようだ。クリスに寄ると一角ウサギの方を指差す。一角ウサギは草むらに隠れているため、肉眼では見えない。クリスには隠れた一角ウサギを見つけることができるはずがなかった。キルには索敵でその位置がはっきり分かるが、肉眼で見ることはキルにももちろんできてないのだ。

「あそこに隠れてるけど見えないな。草むらごと切れば狩れるかな？」

キルは大剣を抜き剣撃を三連続で飛ばした。草むらごと切り飛ばして一角ウサギを拾いに行く。

キルが草むらから獲物を拾ってくると、ケーナも獲物を下げて戻ってくるところだった。

「昼飯にしようか」

いつものように一角ウサギを捌《さば》いて焼肉にして食べる。もちろん素材の角、毛皮は剥《は》ぎ取って血抜きをしてからの調理だ。一人一羽分の肉を焼いて食べるにはちょっと多すぎたらしい。

ケーナは上機嫌でムシャムシャ食べているが、クリスは浮かない顔で食も進んでいない。

一角ウサギを見つけられずキルに助けられたことにプライドが傷つけられたのか、それとも自信を無くしたのか、いずれにせよさっきの行動が、クリスに影を落としたのは間違いないだろう。

「自分で狩った肉は五割増しで美味《うま》いっすね」

ケーナの一言にクリスはビクリとする。やはりさっきキルが手を出してしまったのが良くなかったのだ。何とかフォローしておかねば。

「クリス、さっきは余計な手を出して悪かったな」

「いえ、キルさんは当たり前のことをしただけですから……自分が獲物を見つけられなかったのが悪いので」

「いや、俺はスキルスクロールを使って索敵スキルを身につけたから獲物の位置が分かるのさ。さっきのは、索敵がなければ見つけられないぞ。完全に隠れていたからな」

「索敵！　スキル……スクロールで身につけた……」

クリスがぼそぼそと呟《つぶや》く。

「さっさと食べて狩りを始めようぜ」

「キル先輩、またお願いするっす」

ケーナはキルに狩りを丸投げするつもりのようだ。

「午後も五頭のモーモウを狩って、ギルドに持っていくぞ」

「今日も大儲《おおもう》けっすね。荷車最高！」

荷車を引くのにそれほど力はいらない。楽にたくさん運べるとあって、ハイテンションのケーナである。食事を終えて狩りを再開し、キルはさっさと狩りをこなしていく。何事もなく予定通りに五頭のモーモウを狩り終わり、ギルドに運ぶ。五頭全てキルが仕留めたものである。

上機嫌のケーナと浮かない顔のクリス。対照的だ。

買い取ってもらって金の分配をする。今日は二十万と一角ウサギの角と皮の分九百カーネル、均等に分けて、一人あたり六万六千九百カーネルとあまり二百カーネルになる。

均等に分けるキルに対してクリスがそれを制した。

「そんなに受け取れません！」

ケーナもクリスの意見に同調する。

「あ……そうっすね。ほとんどキルさん一人の活躍っすからね」

「いや良いんだよ。パーティーは均等に金を分配しないと解散の元になるだろう」

「でもさすがに均等ってわけにはいかないっしょ。八対二でも、もらいすぎって感じっすから」

「私は今日、何もできなかったですから、今日はお金を受け取れません」

クリスは暗い表情をして言った。

「オイオイ、そこは気にしないで良いんだよ。運ぶだけでも助かってるんだしな。誰が狩って誰が狩らなかったとか、細かいことを言い出したらキリがないだろう」

「でも、これからもずっとこの調子ならキチンと活躍に見合った割合で分けるべきっす。実際自分ら荷物運びしかできてないし、一万カーネルでももらいすぎな感じっすよ」

「困ったな。そこ気にするか？」

クリスとケーナはコクリと頷《うなず》いた。しばらく考えてキルが妥協案を口にする。

「それじゃあ、スクロールを買っててくれ。俺からでもゼペックさんからでも構わないから。その原資に充《あ》てるということで、均等に分けるけど多すぎる分はスクロール代として貯《た》めておけば良い。強力なスキルを身につければパーティーに貢献できるようになるじゃないか」

キルの提案に二人は考え込んだ。

「まず、ケーナは強射のスキルスクロールを買えばケーナも狩りで活躍できるだろう。クリスも何か良さそうなスキルスクロールを買えば良い」

「索敵！　索敵のスキルスクロールを買えば、獲物をすぐ見つけられるようになりますよね」

「そうだな。なるぜ」

クリスは索敵のスキルスクロールを欲して興奮する。

「じゃあそれで良いすか？」

「それで良いな？」

クリスが頷いた。キルはお金を均等に分け、一人六万六千九百カーネルずつ渡す。

「キルさん、索敵のスキルスクロールっておいくらですの？」

「八万カーネルだ」

「私は一昨日の分が残っているので買えますよ。索敵のスキルスクロールを買いたいのですが？」

「ゼペックさんに言って明日持ってこようか。それともこれから一緒に来るかい？」

「行きます」

「それじゃあ自分も行くっす。できたら一万カーネル貸してくれないっすかね。強射のスキルスクロールを買いたいっす。今、手持ちが……」

照れ笑いをしながらケーナが言った。

「もちろんいいぜ。どうせ明日返ってくるんだしな」

キルは即答する。三人はまたゼペック工房に行くことになった。

「今日の晩飯は俺の奢《おご》りだ、買い物も付き合ってくれよ！」

「じゃあ明日は私達に奢らせてください」

「六角亭の肉饅頭《まんじゅう》を買いに行くぞ！」

キルは上機嫌である。呼び込みの声が響く繁華街を歩いて六角亭の肉饅頭を六個買い、惣菜《そうざい》を買って人もまばらな町外れの工房へ帰る。工房の前にはいつものようにゼペック爺さんがボーと椅子《いす》に座っていた。いったい何を見ているのだろう。

「ゼペックさーん！」

ケーナが明るく手を振りながら声をかける。ゼペック爺さんが三人の方を向き笑った。

「おお～、いらっしゃい。狩りは上手くいったかのう？」

「はい、モーモウを十頭狩れました」

ケーナが満面の笑みで両手を前に出し指で十を示す。クリスもその横で微笑《ほほえ》んでいる。

「それは良かったのう。まあ入りなされ」

ゼペックは座っていた椅子をつかんで立ち上がり工房の中に誘う。三人も後に続いた。

「ゼペックさん、二人がスクロールを買いたいそうですよ」

ゼペック爺さんの目がキラリと光る。

「ホウホウ、ケーナちゃんは強射のスキルスクロールかの？　クリスちゃんは何が欲しいのかのう？」

「「はい」」

顔を見合わせる二人。

「私は索敵のスキルスクロールが欲しいです」

「ホウホウホウ。クリスちゃんは魔術師じゃったのう。ファイアーボムとか、強力な魔法のスキルスクロールもあるぞい」

「それも欲しいですけど、今日は索敵のスキルスクロールをお願いします」

「そうかそうか、強射に索敵のう。連携を強化するんじゃな」

ゼペック爺さんが棚から二つのスキルスクロールを持ってくる。

「さてと。まずはケーナちゃんや、スクロールに掌を置いて少し魔力を込めてみなされ。魔力は出そうと思うだけで大丈夫じゃ。ほんの少し発動のトリガーになれば良いだけじゃからのう」

ケーナは不安な表情を浮かべ一つ頷くと、魔力の出し方は分からないが言われた通りにやってみる。スキルスクロールが輝き出しケーナの体を包みながら光が体の中に入っていった。自分の体に変化を感じ、ケーナは両掌を見つめてフリーズする。

「強射と念じながら矢を射れば強射になるはずじゃぞ」

ゼペック爺さんが説明する。

「はい！　試したいっすね」

ケーナはゆっくりと視線をキルに向ける。

「安全そうなところで試してみるか？　クリスのあとでな」

キルがケーナを制すように言った。

「次はクリスちゃんの番じゃのう。ここに掌を載せて同じ要領でやってみい」

「はい」

クリスは唇に微笑みを浮かべ、掌をスクロールの上に置き魔力を込める。スクロールが発動し、目を閉じて恍惚《こうこつ》の表情を浮かべていたクリスがカッと大きく目を見開いて叫んだ。

「わかる！　すごい！　周りに人がいっぱい！」

クリスは言われる前にもう索敵を試したようだ。

「ホウホウホウ。もう索敵をやってみたかのう。良いぞ、良いぞ」

「先輩！　試し撃ち、試し撃ち」

ケーナも早く強射を使ってみたくなってキルを急がせる。

「こっち来て」

ケーナもクリスもキルに続いて裏口から外に出た。近くの小さな林の木ならば的にしても良さそうだ。城塞都市の中にもまだまだ自然は残されている。

ケーナは強射と念じながら矢を放った。弓と矢がわずかな光に包まれる。ビュンと飛んでいった矢が、ガツン！　という音を立てて木に刺さる。

矢を回収に向かってみると、矢は木に三十センチほど突き刺さり、抜くことができなかった。驚きながら矢の回収を諦める。

「何じゃコリャ！　魔物に撃ったら突き抜けるかも？　これなら一射で魔物を射殺せるね」

骨の量によっては突き抜けるに違いない。ケーナが満足そうな笑いを浮かべた。

「成功ね」

クリスが太鼓判を押す。

「良かったな。明日からもっと活躍してもらえそうだね」

「はい、期待して欲しいっす」

嬉しそうなケーナを羨ましそうに見るクリス。

「キルさん、十万カーネル借りても良いですか？」

クリスが突然申し訳なさそうに小声で聞いてきた。

「あ～、あるかな、あった。大丈夫。十万カーネル喜んで貸すよ」

あるかどうか確かめてからキルが答えた。

「ファイアーボムを買うのかい？」

「はい、良いですか？」

もじもじしながらクリスが言った。端正な顔立ちのクリスが恥ずかしそうに俯きながらこちらを覗《のぞ》き見る姿は、とても可愛《かわい》い。

「もちろん戦力増強は望むところだからね。じゃあゼペックさんに言ってみよう」

三人は工房に戻りゼペック爺さんにファイアーボムのスキルスクロールを注文する。

「ホウホウ、ファイアーボムも買うのかえ。良いぞ良いぞ」

ゼペック爺さんが棚の奥からスクロールを持ってきて、またクリスに使わせた。

「試し撃ちよ！」

さっきと違い笑顔を輝かせ張りきるクリスは、早く早くと視線でキル達を誘う。三人はさっきの所に行きクリスはケーナの狙った木にファイアーボムを打ち込む。

「炎よ、我が願いに応《こた》え、ここに顕現して敵を倒せ！　爆《は》ぜよ、ファイアーボム」

的にする木に向けた、光の魔法陣が発生した掌の周りに小さな炎が発生して集まり、それは黒い弾丸となって飛んでいく。狙った木にそれが命中するとドカンと大きな音を立てて爆発した。炎の弾丸が当たった木の中腹部分は消えてなくなり、その上の部分が落下してくる。

ズシーン！

木の落下した音が響いた。少し燃えていたがそのうち消えそうだ。あまりの威力にぽかんと口を開けるキルとケーナ。クリスは満面の笑みで飛び跳ねた。爆発の方が火の力よりも強い感じだ。これなら森で使っても森林火災にならないだろう。クリスは煙を出している小さな残り火にウォーターで水をかけている。

満足そうなクリスを見て、ファイアーボムの威力にびっくりのケーナとキルが顔を見合わせ冷や汗を流す。

（クリスを怒らせない方が良いな）

工房に戻ってちゃんと魔法は使えるようになったと報告すると、「言われんでもわかる」と睨むようなギョロ眼で見るゼペック爺さんだが、決して怒ってはいない。そういう眼つきなのだ。ゼペック爺さんは上級スクロール職人だ。その目には自分が作ったスクロールがちゃんと機能しないはずがないという自信が宿っていた。

そしてお金の精算。ケーナ七万カーネル、クリス八万カーネル、キル十一万カーネルを支払った。ゼペック爺さんの今日の売り上げは二十六万カーネルだ。ゼペック爺さんの顔が弛《ゆる》んでいた。その後四人は六角亭の肉饅頭で晩ご飯を食べるのだった。

その晩、キルは明日のためにストーンショットのスクロールを九枚作ってから寝た。

朝が来て三人はまた荷車を借りて草原に狩りに向かう。今日はケーナとクリスのやる気が漲《みなぎ》っている。

「キル先輩、今日は自分達に狩らせてくださいっす」

「素敵もバッチリです」

「今日は二人に任せようかな」

「任せてください（っす！）」

二人のやる気に気圧《けお》されてキルは苦笑しながら任せることにする。

草原に到着するとクリスが近場のモーモウに狙いをつけて近寄っていった。モーモウはキル達に気づかずに草を食んでいる。キルは周りの魔物をよくチェックした。近くのウルフの群れの動きに気をつけなければな、と思いながらクリスとケーナの狩りを見守る。

ケーナがスキル強射を使ってモーモウを射る。初めて強射を使うケーナの表情は心なしか硬い。ギリギリと弓を引きゆっくりと呟いた。

「強射」

ケーナの持つ弓と矢がわずかに光っているようにキルには見えた、あれが強射の破壊力のもとに違いない。エネルギーで弓と矢が包まれているのだ。

ケーナの手元を離れた矢がモーモウの頭に命中して矢羽根のあたりまで深々と突き刺さり、モーモウが痙攣したのち、ぶっ倒れた。

右手でガッツポーズするケーナ。ケーナとクリスはハイタッチして喜びあった。

その時キルが警戒していたウルフの群れが、こちらに向かって駆け出した。血の匂いを嗅ぎつけたのか？

「ウルフが右から八匹来るぞ。ケーナ！　弓を構えろ。俺を先頭に三角陣形を取るぞ！」

キルはそう指示するとケーナの右に移動してストーンショットのスクロールを両手に準備した。

クリスも太ももの仕切るバンドホルダーから小さな杖《つえ》を取り出し魔法の準備をする。

ウルフが右手からモーモウの死骸の方に走っていく。他人の獲物を横取りするのはウルフのいつものやり口だ。ウルフの群れは途中でキル達に気づき方向転換した。唸《うな》り声をあげ、牙をむいてキル達の方に走ってくる。三人はキルを先頭にウルフに向かって三角形に並んで迎え撃つ。

初めにケーナが強射を使った。ビュンと飛んだ矢が一匹のウルフの頭を貫きブハッと血飛沫が飛ぶ。残り七匹のウルフが怒ってそのまま突っ込んでくる。接敵する前に遠距離攻撃でできるだけ倒しておきたい。

キルはストーンショットで射程に入ったウルフの眉間を二匹同時にガンガンと撃ち抜き討ち取った。続いて、クリスのファイアーボムが大きな音を立てて炸裂《さくれつ》し、ウルフが一匹吹っ飛ぶ。

「キャイーン」

残りのウルフはファイアーボムの爆発に度肝を抜かれてその場で急停止した。

キルはウルフが立ち止まってくれたのを見て安堵《あんど》する。そのまま突っ込まれたら、一人で四匹を相手に接近戦をすることになるが、それはさすがに厳しい。たぶんあと二匹ストーンショットで倒せるだろうがミスは許されない。止まってくれれば余裕ができるのだ。ウルフ達がおびえた表情で反転して逃げようとするも、ケーナの第二射目が一匹のウルフの肩から首を貫く。キルが次のスクロールを取り出す間にウルフ達は逃げてキルの射程からどんどんと離れていった。

「ウルフは三匹逃げたから注意しながら獲物を運ぼう」

三人の表情に気のゆるみはない。いつまたウルフが襲ってきてもおかしくないのだ。周りの魔物に警戒を払いつつ荷車にモーモウ一頭、ウルフ五匹を積み込んで、今回はもうギルドに運ぶことにする。

（今日はペースが早いかもしれない。三往復を目指してみるか……）

ギルドでの買い取り価格は五万七千カーネルだった。

十二時前に草原に戻り二度目の狩りに挑む。

今度はクリスがモーモウを見つけ、近寄ってファイアーボムで仕留める。ちょっと込める魔力量を減らして爆発の威力を調節したようだ。クリスのセンスがうかがえる。続いてケーナが強射を使ってモーモウを倒すと、またしてもウルフが近寄ってきている。九匹の群れだ。クリスには近くにウルフの群れがいないモーモウを狙うという考えがないようだ。初心者だからしかたない。キルが危険を伝えてウルフの群れが来る方を向いて臨戦態勢をとる。キルを先頭に右後ろにケーナ、左後ろにクリスだ。

前回同様にケーナの強射から戦闘が始まった。ケーナの矢が先頭のウルフを貫く。ケーナに続きキルがストーンショットで二匹、クリスがファイアーボムで一匹のウルフを倒す。四匹のウルフを倒して残りは五匹。ファイアーボムの爆発を見ても今度は止まらず、五匹のウルフは数を頼りに押し寄せてくる。

(チッ、逃げれば良いのに)

キルは急いで次のスクロールを抜いた。冷や汗が額をつたう。

ケーナが二度目の強射でウルフ一匹の頭を貫き、すぐに後ろに逃れてウルフとの距離を取る。

キルが二度目のストーンショットで二匹のウルフを射殺した後、背中の大剣を抜いてウルフにかかっていった。クリスのファイアーボムが遠くの一匹に命中して爆殺し、残りは一匹。キルの鎌鼬が最後のウルフを襲う。傷つきながらもウルフはキルに肉薄し、ウルフの牙をキルは身を翻《ひるがえ》して躱《かわ》しながら、大剣の一撃をくらわせて、最後の一匹を倒すことに成功した。クリスもケーナもミスのない完璧な対応だ。素晴らしい……とキルは二人の評価を一段上げた。

「フー、倒せて良かったぜ！　盾使いがいないから二人を護《まも》るのも楽じゃないかもな。二匹残ってたら危なかったぞ」

「危なかったんっすか？　キル先輩。余裕そうに五匹倒してたっすよ」

意外そうにラテ色の目が大きく開かれる。

「クリスとケーナが確実に二匹ずつ仕留めてくれたから俺が五匹倒せたけれど、もし外していたら最後は二対一になって危ない橋を渡らねばならなかったぞ」

「ということは、二対一でも何とかなるんじゃないっすか？」

「両方俺に向かってくるとは限らないからな。一匹の相手をしている間にもう片方が二人の方に向かったら護れないぞ。近くにウルフの群れがいたらその数とかに注意して狩場を変えた方が良いだろうな」

「ごめんなさい、これからは気をつけます。もうこういう事態は起こしません」

クリスが俯きながらシュンとする。

「俺にも責任があることだから気にしないでよ」

「これ全部積めるっすかね？」

ケーナが全然気にしていないと言わんばかりに話題を変えてウルフの死骸を指差した。

「無理でも積んでギルドに運ぶぞ。と！　その前に昼飯にしよう。ウルフ肉にするか？　それとも何か狩るか？」

荷車の車軸は魔道具になっているので、ある程度の重さまでは極端に軽いが、限度以上を積むとその分重く感じてしまう。積載重量以上はできるだけ減らした方が良い。

「肉を食べれば運ぶものが減るっすね。ウルフ食いましょう」

「ウルフの肉も結構美味いと聞いたぞ」

「キルさんは食べたことがないのですか？」

「俺はないな」

「今までウルフを狩った時は？」

「全部買い取りしてもらってた。それにウルフの群れからは、できるだけ逃げてたしね。村にウルフが出た時なんかは、全部村で換金してもらったし」

「自分は食べたことがあるっすよ。焼いて食べても美味しいっすよ」

ケーナを信じて、昼はウルフ肉の焼肉を食べることになる。事実ウルフ肉は美味かった。

「ウルフ肉も美味しいですね」

ウルフ肉の焼肉を頬張りながらクリスは満足そうに微笑む。キルもバクバク食べる。

「美味いっしょ！　続けて何回でもいけるっすよ」

ウルフ肉は美味かったがさすがに三人で丸一匹を食べ尽くすのは難しかった。

食事を終えて、膨れた腹で三人はいつもより重い荷車を押して、買い取りをしてもらう。モーモウ二頭ウルフ九匹、九匹といえども肉を食べたので骨と牙と皮だけのものもある。買い取り価格は十万三千カーネルだった。三度目の狩りをするために急いで草原に向かう。

「今度はどれを狙うか俺が指示するぞ」

「「はい」」

「クリスは索敵で俺がどういうのを狙うかチェックしといてね」

「はい」

（素直でいいな。素直な子って可愛いよな……）

キルはウルフが近くにいないモーモウでなるべく一頭で行動しているのに近づく。そしてストーンショットで綺麗《きれい》に一撃で仕留めてみせた。次の狙いも同様だ。獲物を見つけると今度はケーナにモーモウを狙うように指示をした。ケーナは強射でキッチリ仕留める。モーモウを荷車に積み込んで次のポイントに移動する。

次はクリスの番だ。キルが指示したモーモウにジリジリと近づいてファイアーボムをくらわした。

「次は俺がやるぞ」

キルは気配を消してモーモウに近づいていく。そしてストーンショット。これで四頭目。

「あと二頭狩っていこう。次はケーナ、その次はクリス。魔力は残っているかい？」

「さっき魔力回復薬飲んだので大丈夫です」

クリスは魔力が残っていることをアピールする。おそらくクリスの魔力量は十三歳だから８０弱、魔術師のギフト持ちだからプラス２０で１００に届かないくらいに違いない。キルは自分のステータスを参考にクリスの魔力を推定した。だとすると、ファイアーボムの必要魔力は２０から２５というところか？

「先にケーナ。次にクリス。あと二頭狩るからね、任せたよ！」

狩りの段取りは決まった。キルがモーモウの元に案内する。二人は手堅くモーモウを仕留めたので、荷車に載せてギルドに運ぶ。

モーモウ六頭で十二万カーネルになった。一日で二十八万カーネル、この前残った分と合わせて、一人当たり九万三千四百カーネルを分配できる。買い取り代金を受け取る時に、受付のケイトがお金を渡しながらキルに話しかけてきた。

「キルさん、キルさん。昨日今日と、ものすごくたくさん狩ってますが何かあったのですか？」

「別に～。だんだんとコツを掴《つか》んできたとか……お互いの戦力を理解し出したとか……。荷車を借りたので運べる量が多くなったのが一番大きいかなあ？　それに、彼女達はあまり的を外さないですしね。優秀ですよ。紹介してくれてありがとうございます」

ケイトがカウンター越しに顔を近づけると小声で言った。

「そうですか。それはさておき、冒険者ランクを上げても良いのでは？　という声が出ていますよ」

「え！　嬉しいな。本当ですか？」

キルの顔がパッと明るくなる。

「あと数日この調子が続くようならランクが上がりそうですね。ケーナさんとクリスさんもまだ日が浅いとは言え、これだけの数の獲物を一日で狩るパーティーのメンバーともなれば、Fランクは卒業しても良いでしょう。応援していますよ、頑張ってくださいね」

「はい。頑張ります」

キルはケイトに挨拶《あいさつ》してケーナとクリスのところに戻っていった。そして今日の稼ぎを分配する。

「あ、じゃあ昨日借りた一万カーネル、返しておくっす」

「じゃあ、私も五万カーネルだけ返しておきますわ」

昨日今日と狩りでは相当額稼げているし、今日は自分で狩ったという手ごたえを感じている。

クリスとケーナは満足そうに互いを見つめて自然と微笑みあった。

二人の笑顔に満足しながら、キルは今ケイトから聞いた話を二人にする。

「あと何日かこの調子で狩りができれば、冒険者ランクを上げてもらえるかもしれないぜ！」

「「ホント！」」

二人は顔を見合わせて両手でハイタッチし、笑い崩れる。

「こんなに早く昇格するなんてありえないからその時までは本気にしない方が良いぞ」

「スクロールを買って良かったっす」

「ありがとう、キルさん」

「まあ、まだ昇格が決まったわけじゃないし、明日もこの調子で頑張ろうよ」

「「はい！」」

明日もまたギルド前に集合だ。その晩は、ストーンショットのスクロールを九枚作って明日の狩りに備えることにする。今日ストーンショットのスクロールは八枚使ったので一枚増えたことになる。お金もだいぶ貯まってきたので何か良いスクロールが欲しいところだ。

「ゼペックさん。何か便利なスクロールはありませんか？」

ゼペック爺さんが顎を撫《な》でながら考え込んだ。

「そーじゃなあ？」

しばらく考えた後、何かを思い出したのかおもむろに立ち上がる。

「かなり高価なスクロールじゃが、鎌鼬の威力も上がるし剣士のジョブスクロールを使ってみるかえ？」

「剣士のジョブスクロール？」

聞きなれない単語に思わず聞き返すキル。

「ジョブを身につけられるんじゃ。ギフトでもらえるものと同じ才能を身につけられるんじゃよ。ワシに作れるのは星１のジョブスクロールだけなんじゃがのう」

「そんなすごいスクロールがある……というか、作れるんですか！」

キルが驚いて大きな声を出す。

「五十万で良いぞ」

悪い顔のゼペック爺さんが眉を吊《つ》り上げてギロリとキルを見る。

「本当の売値は百万カーネルってことですか？」

キルは思わず聞き返す。

「上級スクロール職人でやっと作れるスクロールじゃからのう」

「借金で良いですか？」

「ええぞい」

ニヒルに笑い、ゼペック爺さんは背後の棚にスクロールを取りにいき、奥の方にしまわれた剣士のジョブスクロールを持ってくる。

「今いくら持っとるんじゃ？」

「二十九万カーネルくらいです」

「思ったより持っとるじゃないか。じゃあ二十五万カーネルの貸しじゃな」

手を出すゼペック爺さん。金を出せということらしい。

「二十五万カーネルで良いですか？」

頷くゼペック爺さんの手にキルは二十五万カーネルを渡す。大銀貨二十五枚を握り締めニヤリと笑うゼペック爺さん。悪徳商人にしか見えないが、キルには半額でスクロールを売ってくれて、その上借金にまで応じてくれているのだから、顔は当てにならないとも言える。

「さあ、このスクロールに掌をかざして魔力を流すのじゃ」

ゼペック爺さんが珍しく真剣な顔をしてキルに指示をする。

「ゼペックさん、何か怖い顔してませんか？　もしかして危ないとか？」

キルは不安になってゼペック爺さんに問いただす。

「いや、高価なものじゃから、さすがのワシも緊張しただけじゃ。別に危なくないぞい」

ゼペック爺さんは恥ずかしそうに言い訳をする。キルはスクロールの上に手をかざし魔力を込めた。

ほんのわずかな魔力でスクロールのトリガーが作動し、スクロールが大きな光の紋様を発する。その光はキルの体を包みながら体内へと入っていった。

「どうじゃ？　キルさん、何か変わったかえ？」

心配なのかゼペック爺さんがキルに聞く。

「何か……力を感じるような？　そんな気がします」

「ステータスを見てみるのじゃ！」

「はい」

言われた通りにステータスを使う。するとスクロールが光った後に文字が現れた。

ステータス

キル　人族　１４歳　討伐経験値７４　討伐レベル７（４／１０）
ジョブ　職業　初級スクロール職人　レベル５（６／１０　スクロール作製経験値４６）
　　　　　　　初級剣士　レベル１（０／１０　剣士討伐経験値０）
ＨＰ　９４／９４：（１００＋１０）×（１４／２０）＋７＋１０
ＭＰ　４／９４：（１００＋１０）×（１４／２０）＋７＋１０
ＥＰ　４／９４：（１００＋１０）×（１４／２０）＋７＋１０

回復能力（ＨＰ、ＭＰ、ＥＰ）　休憩　毎時１０　睡眠　毎時２０
攻撃力　９７：１００×（１４／２０）＋７＋２０
防御力　７７：１００×（１４／２０）＋７＋０
腕力　８７：１００×（１４／２０）＋７＋１０
知力　８７：１００×（１４／２０）＋７＋１０
器用さ　９７：１００×（１４／２０）＋７＋２０
素早さ　８７：１００×（１４／２０）＋７＋１０
脚力　７７：１００×（１４／２０）＋７＋０
耐性　物理　レベル１　毒　レベル１
才能（ジョブ）
　スクロール職人星７
　剣士星１
スキル
魔法　クリーン
アーツ　飛剣撃鎌鼬（剣士）、索敵

　キルはどんな変化があったかチェックした。ジョブに初級剣士が増えていて、ＨＰが十、攻撃力二十、腕力十、素早さが十それぞれ増えていた。どうやら初級剣士のジョブを得たことにより加算された項目があったようだ。

「へーそうなんだ……」

思わず呟く。

「キルさんや、飛剣撃鎌鼬が強力になっているはずじゃ。ジョブが重なっているからのう。試してみい」

ゼペック爺さんは変なことまで知っている。

キルは言われた通り裏口から外に出て、離れた林で鎌鼬の強さを確認した。試しに放った飛剣撃鎌鼬の光の斬撃はこの前より一回り大きく強く輝いていた。そしてその飛んでいく勢いも強い。狙った木に斬撃が食い込み光が消える。キルは近寄って木に残った傷跡をチェックした。深々と大きな傷跡が刻まれている
「スッゲー！」

そう声が出るほど射程も長く、破壊力も強くなっていたのだ。

これは使えるぞ。

第七章　護衛任務と盗賊

翌日、キル達三人は草原での狩りでウルフの群れを避けることを覚えたクリスの指揮の元でも、トラブルなく狩りを遂行することができた。そしてその日は、モーモウ十八頭を狩り三十六万カーネル稼いだ。

その後の三日間も狩りを続け、合計モーモウ五十四頭を狩って借金を返済した。四日間安定して狩りができた実績により、キル達の冒険者ランクは昇格し、キルはDランク、ケーナとクリスはEランクの冒険者となる。

「キルさん、おめでとうございます。こちらをお納めください」

ギルドの受付カウンターで、ケイトは買い取り代金を払った後に昇格後の冒険者プレートを差し出した。

「やったあ、昇格できたんですね！　ありがとうございます。二人に早く渡してあげなくちゃ」

キルは喜んで新しいプレートを受け取ると踵《きびす》を返した。クリスとケーナの喜ぶ姿が目に浮かぶ。

「それと、三人はそろそろパーティーとして正式に登録するつもりはありませんか？」

ケイトはキルを呼び止めると、正式な冒険者パーティーの登録を勧めた。パーティーとしてギルドに登録すればパーティーとしてのランクももらえるし、常時依頼だけでなくランクに応じたパーティーとしての依頼を受けられるようになるし、場合によっては複数のパーティーが共同で依頼をこなすレイドの依頼や、指名依頼を受けることだってある。

「二人のお世話、指導、ありがとうございました。ギルドとしましては二人の有望な新人がこんなにも早くEランクになれたことはこちらとしても想定外でした。ランクアップしましたし、パーティーとして本格的に活動するのも前向きにご検討ください」

「は、はい。二人と相談して決めようと思います」

キルは丁寧《ていねい》にそう答えて頭を下げると、ケイトは笑顔で頷《うなず》いた。キルは再び踵を返してケーナとクリスの待つ酒場ゾーンのテーブルに向かう。二人はキルが戻ってくるなりジト目でキルを見つめる。

「ケイトさんって綺麗《きれい》な人ですよね」

「キル先輩ってケイトさんみたいな女性が好きなんすか？」

いきなりの質問に当惑しながらキルが答えた。

「うーん、そうだねえ。ケイトさんは綺麗な人だと思うし、好きか嫌いかと言われれば好きだね。面倒見は良いし、俺もいろいろお世話になってるしね」

クリスが不機嫌そうに言った。

「だいぶ長くお話していたんですね？」

「ああ。話がたくさんあったからね。ほら」

キルがクリスとケーナのEランク冒険者証を取り出して渡す。

「やったあ！　Eランクだ。本当に昇格できたっすね」

ケーナとクリスの顔がパッと明るく輝いた。最高の笑顔を見せる二人。

「ありがとうございます。これもキルさんのおかげですね。今日はもう切り上げてお祝いしませんか？」

「良いね。それとパーティー登録してくれって言われたんだけど、どうする？」

キルは当然登録するだろうと思いながら二人の答えを待つ。二人は迷うこともなく、すぐに答えを出した。

「もちろんしたいです」

「したいっす。パーティーの登録名……どうするっすか？」

クリスとケーナは互いに顔を見合わせる。

キルはパーティーの名前までは考えが及んでいなかったのでケーナを見直した。よく気がつく子だなあ……と。

「名前……考えなくっちゃなあ」

「難しいっすね。クリスは良い名前、思いつかないっすか？」

「三人のパーティーだから、トリプルスター……とか？」

クリスは小首を傾《かし》げてキルを見た。

「俺としては盾使いがいたらパーティーに加えたいと思っているんだがなあ？」

「そうだったんっすか？　確かに盾使いがいると安心っすからね」

「四人になっちゃうとトリプルスターはダメですね。それでは……」

「トリプルじゃなくってシャイニングにしたらどうっすか？」

ケーナが笑顔を輝かせて言った。

「シャイニングスターか、悪くないなあ」

「そうですね。ちょっと恥ずかしいような気もしますけど」

「確かに恥ずかしいっすね」

確かに厨二《ちゅうに》病的かもしれない。ケーナは肩をすくめる。

「そうだな、もう少し地味めの名前が良いよな」

「色のついた名前って多いっすよね」

「そうですね。色が入った名前って多いですね」

「色か……ブルー……スクロールとか？」

キルは、斜め上を見やりながら呟《つぶや》く。

「スクロールっすか？」

「ブルースカイとか？」

クリスが別の例をあげる。

「ブルースカイね……悪くない」

「ブルースカイっすか……無難っすかね」

「緑……緑の草原……とか？」

「俺はブルースカイよりもその方が好きかな。よく草原で狩りをしてるから草原が縄張りって感じだしな」

キルは『緑の草原』案に賛成した。

「自分もそれで良いっすよ」

「『緑の草原』で決めちゃいますか？」

「そうするか。じゃあ、前の冒険者証を返しがてら、みんなで受付に行こう」

キルは早く登録を済ませたくなって立ち上がった。三人そろって受付でパーティー登録を済ませる。

「パーティー登録できましたよ。早速なのですが、『緑の草原』さんには護衛任務をお願いしたいと思いまして――」

　ケイトがニッコリ笑って指名依頼を提案してくる。

「護衛任務ってやったことないっす」

「『銀の翼』というパーティーとの共同任務なので、お手伝いみたいなイメージで良いですよ。ギルドとしては皆さんに、こういう仕事も覚えて欲しいわけです」

「自分たち、今の方が稼ぎ的に効率が良いと思っているんですけど」

　キルはあまり乗り気がしなかった。護衛任務と言っても今の稼ぎと比べれば、それほど報酬が良いとは言えないのだ。はっきり言えば稼ぎがだいぶ減る。

「一日あたり一人一万カーネルですから、狩りに行った方が稼ぎは多いかもしれません。でも『銀の翼』と一緒に仕事をすることで得るものがあるかもしれませんよ。仕事はいろいろとやってみると知識も増えますし何かの時に役立つかもしれません」

　ケイトは何とか引き受けて欲しいようだ。キルはケーナとクリスに視線を移して困ったように顔色を曇らせる。

「良いじゃないですか？　経験はお金には代えられませんよ」

　クリスがやっても良いという。知識が増えるという言葉に心惹《ひ》かれるものがあったのだろう。

「そうっすね。クリスの言うことにも一理あるっす。お金は十分あるし、経験を積むのも良いかもっすよ」

　ケーナも意外にやる気を見せる。

「それじゃあこの依頼、引き受けることにしよう。先輩冒険者の『銀の翼』から何かためになる知識が得られれば良いいな。期待しよう」

確かに彼女達にもキル自身にもいろいろな経験が必要だ。キルはそう言うと、ケイトに依頼を引き受けると伝えた。翌朝、街の南門に集合ということになった。仕事の内容は、隣町までのギルドの物資の輸送の護衛である。隣町なのでその日のうちに帰ってこられる、野営などのない楽な護衛任務と言えた。ただ、高価な素材とかを運ぶことも多いため、盗賊に狙われることが多いらしい。気を引き締めていこうと思うキルであった。

＊　＊　＊　＊　＊

早朝、街の南門に向かうキル。朝の風がすがすがしい。ゼペック爺《じい》さんには、今日は護衛任務でいつもと勝手が違うことは伝えてある。

護衛任務は盗賊が出れば対人戦になるかもしれない。これは今までのように魔物を狩るよりも難易度としては高いと言える。なぜなら盗賊は武器や防具を持っているからだ。それに盗賊は人間相手の戦闘経験が豊富な者も多い。キルやケーナ、クリスは対人戦の経験は無い。

この経験の差が響かなければ良いのだけれど……なんて考えるキルである。もっとも、何事もなく目的地に着くことの方が多いはずだ。それに『銀の翼』はギルドの物資輸送にはよく指名されているパーティーだ。頼りにしても問題無い。

南門に冒険者らしき人が三人いた。『銀の翼』かなと思ってキルは声をかけてみる。

「冒険者の『銀の翼』の方ですか？」

「オウ、そうだが。お前は……あれか、『緑の草原』か？」

強面《こわもて》の三十歳くらいに見える男が答えた。革の鎧《よろい》に片手剣と盾、キルより二十センチくらい背の高いゴリマッチョがそこにいた。髪は茶色で瞳は青く鋭い。

「はい。『緑の草原』のキルと言います。護衛任務は初めてなのでよろしくお願いします」

キルは丁寧に挨拶した。挨拶《あいさつ》はチームワークを作る第一歩だ。チームワークの良し悪しは結果に大きな影響を及ぼす。けして軽く見ることはできない。

「俺はブランだ。よろしくな」

青い目のゴリマッチョが言った。隣にいた金髪のイケメンが自己紹介を始める。

「僕は『銀の翼』のリーダー、剣士のコーナーだ。よろしくね」

すらりとしたコーナーは、ブランより少し背の低い金髪茶眼のイケメンだ。ブランよりは若そうに見える。

「向こうにいる大剣使いがガンザという」

コーナーがガンザも紹介した。ガンザの顔には大きな刀傷がありその傷は右目の上から下へと続いているが右目は無事のようだ。白髪赤眼、肌の色は黒っぽいこげ茶色、背丈もブランと同じくらいありこの男もゴリマッチョだ。さすがにギルドの信任の厚いパーティーだけあって三人とも良い体をしている。強そうだ。

「僕達は護衛任務が初めてですし、対人戦の経験もありません。あまり役に立たないかもしれませんが、足を引っ張らないように頑張ります」

「大丈夫だよ。そのことは聞いてる。それに近頃君たち目立ってるんだぜ。毎日大量のモーモウを狩ってくるんだって？　そのうち絶滅させちゃうんじゃないか!?」

「期待の新人を鍛えてくれって頼まれてるしなあ」

「今日の任務は俺達だけでも充分間に合う仕事だから、見学のつもりでのんびりやってくれ」

コーナーとブランの言葉に安心するキル。その時、ケーナとクリスが向こうから歩いてくるのが見えた。キルはコーナーとブランに紹介しようと、ケーナとクリスを指差した。

「向こうから歩いてくるのが、うちのメンバーのケーナとクリスです」

「一年目の女の子二人ってケイトさんから聞いているが、あの子達か？」

コーナーが二人を見て目を細めた。コーナーの目に近づいてくる二人の可愛《かわい》い少女達が、どのように映ったかは分からない。おそらく頼りにならない駆け出し冒険者に見えているだろう。対人戦と対魔物戦ではまるで勝手が違うのだ。

「君は二年目なんだって？」

「はい。そうです。俺はDランクになったばかりで、彼女達はEランクになったばかりです。これが昇格後の初任務になります」

「そうなのかい。そいつは驚いたな」

コーナーはよく喋《しゃべ》る男のようだ。

「そうだな。二年目のこの時期にDランクとか、まだ冒険者になり立てなのにもうEランクとか、昇格が早すぎるだろ。ギルド期待の新人というわけだな。ケイトさんが指導よろしくと頼むわけだ」

ブランが驚きを隠さず頷く。ケイトは少女達の相談に乗ったり、良い経験になる依頼を振ったり、優良な冒険者に引き合わせたりして少女達を導く、面倒見の良いお姉さんだ。その優しいお節介は特に新人の少女達に手厚かった。

少女二人がもうすぐそこまでやってきていた。

ケーナがキルにそそくさと駆け寄り小声で耳うちする。

「キル先輩、その人達が『銀の翼』の人達っすか？」

「そうだよ」

キルも小さく返事をしながら頷き、クリスに視線を送る。クリスとケーナはキルの横に並んでコーナーとブランを見つめた。ガンザも歩み寄ってブランの横に立つ。

キルはケーナとクリスを『銀の翼』のメンバー達に紹介する。

「こっちのポニーテールの子がケーナ、弓使いです。そしてこっちのツインテールの子がクリス、魔術師です。俺は両手剣を使っていますがスクロール職人のキルです。今日は面倒を見てやってください。よろしくお願いします」

「「お願いします（っす）」」

クリスとケーナが緊張した面持ちで頭を下げる。

「僕がコーナー、こいつがブラン、こっちがガンザ、三人ともCランク冒険者だ。今日は僕達に任せておいて良いよ。君達は実地研修のつもりで気楽にやってね」

コーナーは二人をリラックスさせようと笑顔を見せた。

「ありがとうございます」

「あ！　ギルドの荷馬車がやってきた。あれに乗って隣の街に行けば良いだけだからね。簡単な仕事さ」

御者の横にガンザが乗り、残りの五人は幌《ほろ》の中に乗る。荷馬車は二台で先頭に護衛の冒険者が乗り、二台目に荷物が載っていた。先頭の荷馬車にはまだかなり人や物を乗せる余裕がある。キル達六人を乗せるとギルドの荷馬車はパリスの街の南門を出て、隣町のリオンに向かって整備も十分ではない轍《わだち》だらけの道を進みだした。

三時間ほどの道のりには途中魔物の生息地もあるし、盗賊がよく出没する場所もある。先頭の御者の横でガンザが前方を見ながら警戒をしている。幌の中では呑気《のんき》に五人の話が始まった。話の中心はよく話すコーナーだ。

「僕らはよくギルドの荷馬車の護衛任務はやってるから、だいたい危険な場所は分かってるんだ。そういう警戒ポイントに近づいたら教えるからね」

「ありがとうございます。やっぱり場所によって危険度って変わるんですね」

「そうだよ。魔物の生息地や盗賊の襲撃ポイントになりやすい場所ってあるからね」

キルはコーナーから知識を得ようと思いながら話を引き出す。

「コーナーさん達は、索敵とか使えるんですか？」

「残念だけど、僕達に使える者はいないんだ。気配察知ならみんなそれなりに使っているつもりなんだけどね」

索敵は気配察知よりも遠くまで生物の存在を知ることができる。それが何かまで経験により推測ができるようになるので、特に視界の開けていない場所では便利なアーツだ。気配察知は索敵より狭い範囲内で生物の存在を知ることに限られる。障害物の影響も受けやすい。

「索敵ができると良いんだけれどもね」

「索敵のスクロールがありますよ。ゼペックさんのスクロール工房に行けば売ってます」

キルがスクロールとゼペック工房を宣伝した。ここでも営業活動だ。

「そういうスクロールがあるのかー、でもスクロールって高くないか？」

誰もが口にする言葉をコーナーも口にした。

「そうかもしれませんが、能力が身につくことを鑑《かんが》みれば安いと思いますよ。俺もクリスもそれを使って索敵ができますからね」

「そうか！　君達、索敵を使えるんだね」

コーナーは目を見開いてキルを見つめた。ブランもチラリと視線を送る。

「獲物をすぐに見つけられますし、安全な獲物を選ぶこともできるので便利ですよ」

「八万カーネルしましたけど、私は索敵ができるようになって良かったと思ってます」

クリスが自身の感想を述べる。まぎれもない実感だ。これは営業活動ではない。

「八万カーネルかあ。やっぱり高級品だよなあ。今は気配察知で間に合ってるし、考えどころだよ」

渋い顔のコーナーだ。買う気は全くないが、こちらに話を合わせている。キルはさらに営業トークを続けた。

「索敵ができると、たくさん獲物が狩れますよ」

「それで君達は毎日大量に獲物を獲《と》ってくるんだね」

納得するコーナー。

「そろそろ魔物の棲《す》むポイントに近づくぜ」

一際大きな草原を前に、ブランが注意を促した。

キルは索敵をしてみる。確かに前方に魔物がたくさん棲んでいる地帯があるのがわかった。さまざまな種類の魔物が生息しているが、この荷馬車の通り道の近くに襲ってきそうな魔物がいないか気をつけてみる。

「この辺で見かけるベアーくらい強くて六匹くらいの群れで行動している魔物って何ですかね？」

キルは前方に見つけた要注意の魔物についてコーナー達に聞いてみる。

「この辺でと言うとライガーかな。奴らは一匹の雄と数匹の雌とその子で集団行動をする。この辺りでは最も危険で回避したい魔物だぞ」

ライガーは体長二メートルから二メートル五十、草原では最も恐れられているライオン型の魔物だ。モーモウやヌーヌーを狩って餌にしていることが多い。キルは索敵から分かる微妙な違いで、それが子供を含んだライガーの家族だと推定する。

「じゃあそれですね。たぶん雄一匹と雌四匹、子供といっても雌より弱い程度の個体が一匹の合計六匹の群れが、襲ってきそうな位置にいるみたいですよ。このまま進めば接触しそうですね。こちらを見て逃げると思いますか？」

キルが聞くと、コーナーは御者とガンザに声をかけた。

「前方にライガーの群れがいるらしいぞ。見えるか？　止まってやり過ごそう」

「見えたぞ、ライガーだ。ヤバイな！　こっちを見てるぞ」

こっちを見ているということは、すなわちこちらを餌として見ているのだ。そうでなければこちらを見ることなど奴らはしない。興味など示さないのだ。

ガンザが怒鳴った。護衛のみんなに緊張が走る。コーナーが指示を出す。

「戦闘準備をして相手の出方をうかがおう」

「滅多にあることではないんだがなあ」

ブランは、運が悪いなあと眉をひそめた。

「奴らは基本、狩りをするのは雌の仕事だ。雌四匹がまず近づいてくるかだな」

コーナーがライガーの習性を教えてくれた。

「四匹が近づいてきていますね」

キルの索敵によりライガーの動きで狩りが始まったことが判明した。

「おいおい、マジかよ」

苦笑しながらコーナーは一声漏らすと、引き締まった表情になり剣に手をかける。

足元に光の紋様が現れ体に吸い込まれていく。戦闘準備だ。続けてもう一つ別の紋様が現れ、これもコーナーに吸い込まれていった。何かのスキルを使ったのだろう。強化スキルの類《たぐい》だろうか。見ればブランもガンザも強化スキルを使っている。キルはその紋様を目に刻み込んだ。

「俺達は遠距離攻撃が主体ですので、射程に入りしだい攻撃を開始して良いですか」

キルがコーナーに遠距離攻撃の許可を求めた。自分達が遠距離攻撃能力を持っていることのアピールでもある。

「頼む、近づかれる前に倒してもらえれば助かるよ」

コーナーはキル達に戦果を期待しているわけではない。

「高いところに陣取って矢と魔法の準備だ！」

キルは真剣な顔で二人に指示を出す。ケーナとクリスはキルを見て頷くと、移動して御者台の上からライガーを狙うポジションを取った。キルは『銀の翼』の面々とともに馬車から降りて最前線で身構える。

六匹のライガーの群れが近づいてくる。手前から四匹の雌、その後ろに若いライガー、最後尾に大きな雄がヒタヒタと迫る。キルは両手にストーンショットのスクロールを構えた。四匹の雌ライガーが戦闘態勢に入る。その目には冷たい光が宿っていた。拡がりながら前方を囲うように近づいてくる。ライガーの前足の鋭い爪が平常時よりも大きく長く伸び戦闘形態をとっていた。

「ケーナ、右！　クリスは左！　真ん中二頭は俺がやる」

キルがケーナとクリスに指示を出す。そしてキルは正面の二匹にストーンショットをお見舞いした。スクロールから光の魔法陣が発生して発射されたストーンショットの弾丸が、風を切って飛んでいった。二匹のライガーが吹っ飛ぶと同時に右のライガーにケーナの強射が突き刺さる。矢は眉間を貫き深々と突き刺さっている。クリスが放ったファイアーボムは、ライガーの頭右半分を吹っ飛ばしその命を奪った。

キルのストーンショットを受けた二匹のライガーがむっくりと起き上がるのを見て、キルは二発目のストーンショットをお見舞いした。さすがに二発目で止《とど》めとなった。ケーナの矢を受けたライガーはピクリとも動かない。立ったまま絶命していた。

コーナーがキル達の戦いを目にしてヒューと口笛を吹く。

いつものように雌ライガーに狩りを任せ、倒した獲物は真っ先に口にするつもりで、のこのこついてきた雄ライガーが、突然起きた雌達の返り討ちに怒りの咆哮《ほうこう》をあげる。

「ガオーーーーーン」

空気を震わす大きな咆哮が響き渡り、雄のライガーと子供のライガーが真っ直ぐに突進してくる。全速力で突っ込んできたのだろう、あっという間に目の前まで来ている。

ブランとガンザが二匹を受け止めるべく進み出た。ブランが雄ライガーの爪を盾で受けながら右手の剣を突き立てる。ライガーはブランの剣を爪で叩き落とすように受け止めた。コーナーは雄ライガーの横に回り込みながら首筋に上段から斬り下ろす。ライガーから血飛沫《ちしぶき》が飛び散った。

ガンザは子ライガーと剣と牙、爪の闘いを続けていた。

ガキーン！　ガキーン！

互いの武器がぶつかり合う音が響きわたる。キルはガンザの加勢に入り横からストーンショットを撃ち込む。血が飛び散り腹に穴が開く。子ライガーの動きはガクリと鈍り、ガンザが剣で頭を二つに割り止めを刺した。アーツ『兜割《かぶとわり》』、ガンザの得意技のようだ。

ブランとコーナーの二人は白熱の戦いを強《し》いられていたが、ガンザとキルが戦いに加わると、四方から剣撃を受け続けた雄ライガーは、最後にはコーナーによって止めを刺された。戦いはそれほど時間を要さずに終わった。

「やったっすね！」

ケーナが喜びながらキルに駆け寄った。クリスはゆっくりと歩み寄る。

「すごいね君達！　雌のライガーをあんなに易々と倒すとは。本当にルーキーかい？」

コーナーが驚きながらクリスとケーナを褒め称《たた》える。

「これ見てみろ。立ち往生しているぜ。矢がこんなにも深々と。これは脳まで届いているな！」

ブランがケーナの矢を見ながら解説する。

「こっちも魔法一発で頭の半分が吹っ飛んでいるよ。ライガーの頭を吹っ飛ばすとは恐れ入るね」

コーナーがクリスの魔法を絶賛した。

「ライガーはかなり高く買い取ってもらえると思うよ。荷馬車に積み込もう」

男達がライガーを荷馬車に積み込んだ。リオンのギルドで買い取ってもらう予定だ。再び荷馬車に乗り込んでリオンを目指す。

「キル君のあれはさっき言ってたスクロールかい？　ライガーを二発で倒せるとはかなり強力だね。でもあんなにたくさん使って大丈夫なのかい？」

コーナーがスクロールに興味を持ったのか聞いてきた。かなりの威力だったし不発弾はなかった。あれなら、もしものために持っていてもよいのでは？　と考えたのかもしれない。営業のチャンスだ。

「普通の値段は三千カーネルくらいです。でも俺は自分で作っているのでそんなに費用はかからないんですよ。遠距離攻撃を持たない者にとっては、攻撃の幅が広がります。おすすめですよ」

コーナーの質問にしっかり正直に答えるキルである。

「三千カーネルかぁ……安くはないよなぁ。当たれば良いが外す時だってあるだろうし、あまり高いともったいなくて使わなくなりそうだしな。うーん」

コーナーがだいぶ悩んでいるようなのを見て、良い結論を出して工房に買いにきて欲しいと思う。

それとは別に、キルには気になったことがあった。

「そういえば接敵する前に何かスキルを使っていたようですが、あれは何ですか？」

キルがコーナー達の足元に浮かんだ魔法陣について尋ねる。

「あれかい、あれは攻撃力と防御力強化のアーツだよ。剣士とか近接戦闘を生業《なりわい》とする奴は、経験を積んでいろんな強化のアーツを覚えることが多いんだ。だから、俺達もいくつか覚えてるのさ」

コーナーが自慢げに笑った。

「他にも何かスキルやアーツを使えるんですか？」

「まあ他にも無いことはないけどね」

照れるように話題を変える。冒険者は手の内を他人にさらすのをよしとはしない。コーナーもこれ以上自分の能力をさらしたくはないのだ。キルも無理に追求するのが失礼なことは心得ている。

「ケーナ君のあれも、ただ矢を射ただけじゃないんだろう？」

「あれは強射というアーツですね。矢の威力が強くなるんです。すごい威力でしょう？」

ケーナに代わってキルが答えた。

コーナーとブランが、なるほどアーツか、と頷いた。

ライガーの群れを倒したキル達の荷馬車はさらに先に進んだ。見渡す限りの大草原もとうとう端に近づいたのか遠くに森が見え始めている。道は森を貫通するように通り抜けている。

「そろそろ盗賊の出やすい場所に近づいているな」

コーナーが前方の景色を見て言った。

「あの森の中に二十人くらいが隠れていますね」

キルが索敵を使って分かったことを伝える。

「盗賊が待ち伏せをしているのか？　今日は大当たりの日だね」

コーナーが額に手を当てて苦笑した。

ブランがキルの索敵能力に関心を示す。索敵のスキルを持たないブランはキルの伝える情報が自分の情報よりかなり優れていて役に立つことに驚かされていた。情報は武器なのだ。

「索敵ってスゲー役に立つのなあ。八万カーネルでできるようになるなら、高いだけの価値はあるかもしれねー」

ブランが良いことを言う。スクロールの価値を認めてくれたことがそこはかとなく嬉《うれ》しい。買いにきてくれるとありがたいが……。

「どうする？　引き返すか……二十対六じゃあ勝ち目は無いよ」

コーナーは冷静に判断する。冒険者は無茶をしないことが長生きする秘訣《ひけつ》だ。勝てると分かっている時は戦い、そうでない時はできるだけ戦いを避ける。決して無謀な戦いを好んでしているわけではない。

「そうだな、相手の強さも分からんしなあ。数だけで判断するならここは引き返すべきだろうなあ」

「そうですね。俺達も対人戦の経験はありませんし、ここは逃げるのが得策ですよね。命は大切にしましょう」

ブランとキルがコーナーの意見に賛成した。

「馬車を止めてくれ！」

コーナーが大声で叫んだ。

先頭の荷馬車は急いで止まった。続いて後続の荷馬車も止まる。

「盗賊が待ち伏せしてる。パリスに引き返すよ」

コーナーが二台目の荷馬車の御者に伝えた。

森まではまだそこそこ距離がある。Uターンしてパリスに戻るため、二台目の荷馬車を前にして引き返し始めると、森から盗賊達が飛び出してこちらに全速力で近づいてくる。逃がしてくれる気はないらしい。キル達は荷馬車を急いで走らせる。追いつかれたら大変だ。

幸い盗賊のうち、馬に乗っている者はせいぜい五人だ。追ってきても荷馬車さえ壊されなければ追いつかれることはない。

荷馬車は走り始めるが、馬に乗った盗賊五人が先陣を切って追いかけてくる。盗賊は荷馬車の車輪を壊して荷馬車を止めようとするはずだ。そうされる前に、十分に引き付けて矢で射殺すのが良いだろう。

先頭に荷物満載の荷馬車、後ろがキル達の乗る護衛用の荷馬車だ。最悪、荷物を積んだ荷馬車だけでも無事に逃がしたい。

「ケーナ、盗賊を射てくれ。クリスも魔法の準備を」

「分かったっす」

そしてキルもスクロールを両手に構えた。射程はケーナの矢が一番長いので、ここはケーナの独壇場になるはずだ。強射で射れば盗賊の矢が届かない所から一方的に攻撃できるのだ。初めて人を射ることになったケーナが極度の緊張状態なのが分かる。矢を掴《つか》む手が震えているし、いつまでたっても矢を射始めない。敵はどんどん距離を詰めてくる。ケーナの優位が刻一刻と失われていく。キルの視線がせわしくケーナと盗賊の間を飛び交った。ケーナは人を射る決心が、どうしてもつかないようだ。先頭の盗賊が弓をとり、矢を射る態勢を取ろうとする。クリスも杖《つえ》を向け、盗賊が魔法の射程に入るのを待っているが、やはりその杖の先が震えていた。敵の攻撃がもうすぐ始まるだろう。

（射掛けられる前に早く射てくれ！）

心の中で念じていたキルは、ついに時間切れと判断し、ケーナの決心がつくように声をかけた。

「撃てるか？」

その声に背中を押されたのか、あるいは反射的に体が動いたのか、ケーナの矢が飛んだ。矢は盗賊の胸に命中し、盗賊は胸の革鎧に深々と刺さった矢をおさえて、馬から落ちた。優位の時間がわずかに回復したが次の盗賊はそのすぐ後ろから迫ってくる。

青い顔をして震える手でケーナは二本目の矢をつがえる。唇がぴくぴくと震えている。極度の緊張がまだケーナを支配していた。人を殺したという思いがケーナの体を氷結させたかのようだ。猶予の時間はもうない。

「撃て！」

キルの声が魔法を解く呪文のように、またケーナの心と体を後押しする。

構えていた次の矢が放たれる。二人目が落馬したところで、馬上の盗賊達は追いかけてくるのを諦めた。

（さすがだ。こんなメンタルで矢を外さないとは！）

「よくやった。ケーナ」

ケーナの頭を撫《な》でて褒めると、ケーナの緊張が解けていく。全員がほっと安堵《あんど》の息をついた。

キル達は盗賊から逃げおおせてからパリスに向かって速度を緩めるのだった。魔物の出現ゾーンで、今度は襲われることもなく通り抜けることができて、荷馬車は無事にパリスに帰り着いた。

今回は護衛すること自体は成功したが荷を届けることには失敗した。先に盗賊の討伐を行ってから荷を送ることになりそうだ。

ちなみにライガーはパリスの冒険者ギルドで買い取ってもらった。大小あるので六匹で二十四万カーネルになる。護衛任務の報酬と併せて『緑の草原』には多めに一人七万カーネルずつ分けてもらえた。

「今日は勉強になりました。ありがとうございました」

「いや、こっちこそ、君達に助けられたよ。また頼むね」

キル達は『銀の翼』に挨拶をして別れるのだった。


盗賊の出現によって討伐隊を組むことになり、明日は今日のメンバーに腕利きの冒険者を加えて討伐に向かう予定だ。

出発の時刻は初夏とはいえまだ肌寒かったが、今はもう昇った太陽が暖かく気持ち良い。

まだ昼なのでこれからどうするか、ケーナとクリスに相談すると、いつものように草原に狩りに行くことになる。『緑の草原』は荷車を借りて草原に向かった。

草原に着くと、剣士のジョブを得て強化されたはずの飛剣撃鎌鼬《かまいたち》の試しを兼ねて、鎌鼬を使って一角ウサギを二羽狩り、それを焼いて昼飯にした。

「キル先輩の鎌鼬、強力になってるっすね。何かしたんすか?」

「ああ、剣士のジョブスクロールを買って強くなったんだ」

キルが正直に答えると二人は驚いた。

「キル先輩、ジョブ二つ持ちっすか？」

「そんなこともできるのですか？」

「確かに、言われてみれば二つ持ち……だね」

「そのスクロール、いくらしたんすか？」

「えーと、ひ、百万カーネル……」

恥ずかしそうに答えるキル。

「「えええ！」」

目をまん丸にして驚く二人。その値段には驚いても仕方がない。だが驚いたのは、初めだけだった。

そのあと二人は冷静な判断を下す。

「百万は高すぎじゃないっすか？」

「でもそれだけのことを起こしているよね」

「そう思うかい？」

「ええ。ギフトと一緒のことを起こしていますし。それが百万カーネルでできるなんて安いくらいですよ」

「いや、ちょっと考えられないっす」

二人の意見は割れたようだがキルは買って良かったと思っている。半額で買っているが、そこはゼペック爺さんの許可をもらわないと価格破壊につながる。二人には悪いが市場の迷惑になるわけにはいかないので隠しておいた。

「というわけで、借金大王はガツガツ稼がせてもらいます。よろしくね」

ちょっとした嘘《うそ》をつく。そんなにお金を持っていないことは最近の稼ぎを知っている二人には分かっていることだ。話の整合性が取れなくなってしまうのでしかたがない。

「「了解！」」

二人は笑って返事をした。

食事の後はいつものように狩りを始める。モーモウを狩り続けて六頭を荷車に載せてギルドにもどる。買い取り額はいつものように十二万カーネル。一人四万カーネルずつ分配する。

なんだかんだあったが、今日は一人十一万カーネル稼いだことになる。正直悪くはない。ライガーを狩れたのが大きいのか。荷馬車は荷車より大きくたくさん積めるので、メリットが大きい。荷車は借りられるけれどそう毎日借りているのもクレームが付きそうだし、荷馬車は貸し出されているのを見たことがない。

狩り自体、もっとたくさん狩ることは容易《たやす》いので、もう少し運搬に工夫をすれば一日の稼ぎは増えるはずだ。

荷車はそろそろ自前のものを買っておいた方が良い頃合いだろう思い、ギルドに戻った時についでに相談してみた。今使っているのであれば、安く売ってくれるとケイトが言うので、その提案を受け入れ一万カーネルで購入した。工房に置かせてもらう。

工房でゼペック爺さんに今日見たアーツについて話すと、中級スクロール職人になれば魔法やアーツのスキルスクロールを作れるようになると教えてくれた。

初級スクロール職人は魔法スクロールやアーツのスクロールのような使い切りのスクロールしか作れないが、中級スクロール職人になれば初級レベルの魔法やアーツのスキルスクロールを作れるようになるらしい。そして、それにはゴブリンの魔石の粉より上質な魔石が必要だと。

例えばライガーの魔石ならば質的には十分に材料としては使えるレベルだそうだ。今日は目に焼き付けてきたアーツの紋様の魔法スクロールを作ってみる。

見てきた紋様は攻撃力強化、防御力強化、あとは素早さ強化のアーツだ。兜割の紋様は戦闘中だったために細部まで見れていない。

キルは三種類のアーツスクロールを一つずつ作ってみようとすると、三つ作り終わった段階で体の中で何か大きく魔力量やその他が増加した感じがした。確かあと三枚作ると職人のレベルが一つ上がるかもしれないと分析推測していたことを思い出した。

ステータス

キル　人族　１４歳　討伐経験値１０４　討伐レベル１０（４／１０）
ジョブ　職業　中級スクロール職人　レベル１１（０／１０　スクロール作製経験値１００）
初級剣士　レベル４（０／１０　剣士討伐経験値３０）
ＨＰ　　９７／９７　：（１００＋１０）×（１４／２０）＋１０＋１０
ＭＰ　　１６７／１９７　：（１００＋１０）×（１４／２０）＋１０＋１１０
ＥＰ　　１６７／１９７　：（１００＋１０）×（１４／２０）＋１０＋１１０
回復能力（ＨＰ、ＭＰ、ＥＰ）　休憩　毎時１／５　睡眠　５時間で完全回復
攻撃力　１００：１００×（１４／２０）＋１０＋２０
防御力　８０：１００×（１４／２０）＋１０＋０
腕力　９０：１００×（１４／２０）＋１０＋１０

知力　１９０：１００×（１４／２０）＋１０＋１１０
器用さ　３００：１００×（１４／２０）＋１０＋２２０
素早さ　９０：１００×（１４／２０）＋１０＋１０
脚力　８０：１００×（１４／２０）＋１０＋０
耐性　物理　レベル１　毒　レベル１
才能（ジョブ）
　スクロール職人　星７
　剣士　星１
習得スキル
　魔法　クリーン
　アーツ　飛剣撃鎌鼬（剣士）、索敵

スクロール職人のジョブが初級から中級に上がっている。１から１０レベルまでが初級、１１からが中級のようだ。キルは目先の目標を達成したのだ。

「やった！　これでスキルスクロールを作れるようになったはずだ。明日にでも材料を揃《そろ》えて作ってみよう」

キルはわくわくする気持ちを落ち着かせようとする。ＭＰとＥＰ、知力と器用さのステータスにボーナス的増加があった。ＭＰとＥＰは充分なので蝋皮紙《ろうひし》があるだけストーンショットのスクロールを作った。九枚だ。ＭＰとＥＰが多量に余ってしまった。明日からはスクロールを量産できる。それはつまり、スクロール作製経験値をたくさん稼げるということだ。明日は材料を大量に仕入れておかなくてはならない。そのためのお金はある。

キルはニヤリと微笑《ほほえ》んだ。

＊　＊　＊　＊　＊

「どうしたんだろう？」


翌朝ギルドを訪れると、討伐隊の出発は九時から十時に変更になったらしい。参加希望の冒険者の人数がまだ集まっていないのだとか。

昨日蝋皮紙を切らせていたので材料を買っておきたかった。

「急いで買って、工房に置いてきても間に合うかな」

キルは商業ギルドに走り蝋皮紙三百枚とライガーの魔石六個を買って工房に置きにいく。

息を切らせてギルドに戻ると、受付前に冒険者が相当数集まっている。クリスとケーナもすでに来ていて、キルを見つけると手を振ってキルの元に駆け寄ってきた。クリスもケーナも少し表情が硬い。

これから人を殺しに行くのだ。キルだってかなりのストレスを感じている。

参加する冒険者は、Cランク十名、Dランク十九名、Eランク二名の合計三十一名だ。Eランク二名は当然ケーナとクリスのことだ。つまり一般募集はCランクとDランクの冒険者にかけられたということだ。

強射で打たれた二人の盗賊は死んだから、敵は十八名。三十一人で戦えば被害も少ないだろう。一人当たり一万カーネルで三十一万カーネルを討伐任務にポンと出せるとはギルドも太っ腹だ。実はこういう場合、ギルドには一人当たり一万五千カーネルの報奨金が領主から出される。領主からすれば、軍を動かしたり常備の兵を雇ったりするより安上がりなのだ。常備軍の予備兵の人数は数十名と少ないので、事あるごとに傭兵《ようへい》として冒険者を雇う。それが冒険者ギルドのメインの役割でもある。各ギルド長は領主に雇われていて、権力のピラミッドがきちんとできているのだ。

『銀の翼』はCランクの中でも上位の強さだし、この案件に初めから関わっているし、ギルドの仕事によく駆り出されているのもあって今回の指揮を任されている。

「盗賊討伐に参加する者は南門の前に移動してくれ」

コーナーが大声で指示を出した。

南門で幌馬車三台に分乗して現地に向かうという話だ。討伐隊のメンバーには同士討ちを避けるために鮮やかな赤いスカーフが渡された。目立つように身につけて仲間であることを知らせるのだ。キル達は背後からも目立つように赤いスカーフを首に巻いた。

コーナーはキルに近寄ると小声で声をかけた。

「索敵で相手の情報を逐一教えてほしいから、僕の側《そば》にいてくれないか」

「はい。大丈夫ですよ」

キルはコーナーから頼られているようで充実感に満たされる。

コーナーはキルの返事を聞くと安心したように口の端を上げ、討伐隊全員にザックリとした作戦を伝えるために、壇上に上って話し始めた。

「みんな聞いてくれ！　第一の作戦は盗賊が襲ってきた時のことだが、おそらく相手は幌馬車の中にこれほどの数の討伐隊がいるとは思っていない。盗賊を近づけてから、一気に討って出て敵を全滅させるぞ！」

「おー！」

冒険者達から大きな歓声が上がった。みんなやる気十分のようだ。三十一対十八という情報はみんなに伝わっているようで、冒険者達は勝ちを確信しているのか士気が高い。キルも昨日索敵で感じた盗賊の中にずば抜けて強い気配はなかったので、勝ちは間違いないだろうと思う。

「次は！　もし盗賊が襲ってこなかったら、奴らのアジトを探してそこを襲う。その時はその都度作戦を立てるからよろしくな」

「おー！」

「それでは、馬車に乗ったら出発だ！」

コーナーの声に従いみんなが勢いよく馬車に乗っていく。コーナーは冒険者達の士気を盛り上げることに成功したのだ。荷馬車隊が城塞都市を出発して魔物のいる草原ゾーンを抜け、盗賊達がいるであろう林に近づいたところで、キルは索敵で盗賊の位置を確かめた。昨日の盗賊達は今日も同じ林に潜んで荷馬車を襲うつもりらしい。

「昨日と同じ盗賊ですね。十八人隠れています」

キルがコーナーに索敵結果を伝えるとコーナーは、分かった！　と頷き戦闘に都合が良さそうなポジションで荷馬車隊を止め、Uターンするフリを始めた。

馬車を林の手前でUターン、C字のような形になり引き返すかのように見せる。荷馬車が止まるのを見た盗賊達は、林からすぐに飛び出してきている。十八人の盗賊が近づくのを待ち構えて幌から冒険者達が順次飛び出してくる。御者台には遠距離攻撃ができる弓使いや魔術師が陣取り盗賊達に攻撃を始めた。ファイアーボールの魔法陣が浮かぶ。クリスとケーナも御者台に陣取る。ケーナの弓がビュンと飛んでいき盗賊の胸を貫き大穴を開けた。強射の威力はただの矢とは比べ物にならない。

だが、盗賊達は矢をかいくぐり押し寄せようとする。ケーナ以外の普通の矢なら受けてもなお突き進んでくる。

クリスのファイアーボムが炸裂《さくれつ》した。盗賊が吹っ飛ばされて死亡した。ファイアーボムの威力もこの中では最大火力のようだ。ファイアーボール程度の魔法は見かけるがボムの威力に比べればただの火遊びにしか見えない。盗賊達もファイアーボムの威力に驚いて足が止まる。

馬車から飛び出したキルは、盗賊達の方に近寄りながら両手にスクロールを準備する。キルのストーンショットも一撃で命を奪える威力を持つ。光の魔法陣が現れ、二発同時に放たれた石弾で二人の盗賊が命を落とした。そしてキルは背中の大剣を抜き走り出す。

もう冒険者の先頭が盗賊に接触し剣を振り下ろし槍《やり》を突き出している。キルも斬り合いのなかに交じっていった。馬車から降りてくる冒険者が少ないうちは、盗賊達は逃げることを考えもせずに押し寄せてきていた。だが次々と馬車から冒険者達が出てくるのを見て、おかしいと思い始めた頃には敗走できない状況に陥っていた。

どんどんと馬車から降りてくる冒険者。盤面は徐々に盗賊達に不利になっていく。逃げ出した盗賊の背中をケーナの強射が突き抜ける。混戦のなかで崩れ落ちていく盗賊達。ついに十八人の盗賊が掃討された。

「作戦は大成功だったな！」

コーナーが歓喜の声を上げた。

「おー！」

冒険者達は声高らかに叫ぶ。周囲の喜びに影響されてキル達も喜びの声を上げる。集団心理。命の軽いこの世界では、人の死はとても身近に存在する。盗賊は平気で他人の命を奪うし、奴隷として売りさばく。捕らえても、売るまでに食費がかさむという理由だけで当たり前に殺すのだ。盗賊に襲われた村では、井戸の中が死体で埋もれていることなど当然のように見うけられる。悪人相手では、やらなければやられる。それは、子供でも知っているこの世界の常識だ。

そんな殺伐とした世界でも初めての殺人は心に大きな重しを載せるものだ。だが周りの喜びの声と笑顔がそれを取り払っていた。冒険者達は歓喜に包まれながら帰還の途につくのだった。

荷馬車の中でも冒険者達は今日の大勝利に興奮気味だ。

「すげーな、あんた達。魔法に弓に、威力が半端ねーよ」

比較的年の近そうな三人組の冒険者達が満面の笑みでクリスとケーナに話しかけてきた。

「俺達は『漆黒の剣』ってんだ。俺がゲン、これがグル、あれがジャキだ。よろしくな！　それにしてもすげーなあ。あの矢、体を突き抜けてたぜ。こんなデケー穴が空いていたな」

困った顔のケーナ。クリスも苦笑している。

「『漆黒の剣』さんは剣士三人のパーティーなんですか？」

「おう、そうだぜ！　俺たちは剣士三人のDランクパーティーだ」

困惑する二人を見て、キルが話しかけるとゲンが上機嫌に答えた。

「そういえばあんた、スクロールを使ってたなあ。驚いたぜ、あれ高いんだろう？」

「通常は三千カーネルくらいするらしいですよ。俺はスクロール職人なので自分で作ってるんですけどね」

「へ～、生産職の冒険者か？　生産職で長年冒険者をやれる人は珍しいけどな、あんたならできそうだな。あの魔法、スクロールとはいえ強力だもんなあ。まあ頑張れや」

ゲンは生産職と聞いただけで、適性無しじゃないか、という雰囲気を醸す。ゲンに限らず生産職のギフト持ちは戦いに向かないと普通は思われている。剣士のジョブを得てみて分かったが、ＨＰ、攻撃力、防御力、腕力、素早さなどに差が出るのは明らかで、それらは戦いに影響するステータスだ。特にアーツの属性がジョブと一緒なら破壊力が段違いだ。ゼペック爺さんが剣士のジョブスクロールを持っていて良かったとつくづく思う。

「ケーナちゃんもクリスちゃんも良いギフトを持ってるんだろうな。あんなに強力なスキルはなかなか覚えられないぜ。俺なんて三年もやってるが、ついこのあいだ攻撃力強化が生えたくらいだぜ。きっと俺の剣士のギフトは星１なんだろうなあ」

ゲンはキルから視線を外し、またケーナとクリスに話しかけた。

「そう言うなよ。俺達みんな、まだまだこれからだろ」

グルがゲンを不満そうに睨む。

「彼女達きっと星３に違いないぜ、まだ冒険者を始めたばかりであのスキルが生えているんだろう」

ジャキも同席する二人の美少女を羨《うらや》ましそうに見つめた。

「いえ、彼女達はスキルスクロールを買ってスキルを身につけたんですよ」

キルが言うと三人は驚いた顔をして再びキルを凝視する。

「そんなスクロールがあるのか？」

「はい」

「高いんだろうなあ？」

「ケーナの強射は八万カーネル、クリスのファイアーボムは十万カーネルですね」

キルが営業トークを始めた。ただキルの顔には駄目で元々というような熱意のなさが浮かんでいる。

「げ！　……タッケー！」

「ですよねー。でも本当に彼女達はそれを買ってあの強さを手に入れました」

「そうっすよ」

「その通りです。とても良い買い物でしたよ」

ケーナとクリスがスクロールを買ったことを事実だと証言した。そしてそれが満足のいくものだったことも付け加える。

「本当に安いと思うっすよ。おかげですぐにそのくらい稼げたっす」

「そうは言ってもそんな大金は……ない！」

キッパリ言い切るゲン。コイツら結構カツカツで生活しているらしい。買える金は持っていなそうだと思っていたがやっぱりそうだった。逆に頑張れと言いたいキルである。

キルはスクロールの話から話題を変える。

「今日は多分、午後には狩りに行ける時間に帰れそうだね」

キルがやる気を見せると、二人も同意した。

「行きたいっす。今日は暴れ足りないっす」

「そうね。私もこれでは消化不良です」

驚いたようにパーティー『漆黒の剣』の三人はキル達を見つめた。

「お前ら帰ってからまた狩りに行くのか？　働き者だなあ」

「今から行っても大して狩れないだろう」

「そうだぜ、一万カーネルももらえるんだからそれで今日は充分だろう」

コイツらは残りの時間では狩りに成功しない可能性が高い人達らしい。索敵や気配感知のできない人達にとっては、獲物を探すだけでも多くの時間を費やすのだから、常人の感覚はそんなものだろう。

（『カリナ村の光』も去年はそういう感じだったなあ）

「はは、俺達は獲物を探すの早いんで、結構狩れますよ」

キルが笑って誤魔化《ごまか》す。

「そうか？　頑張れよ」

ゲンがそう言うが、「だからお前らが頑張れよ。スクロールが買えるくらい」と言いたくなるキルだった。

馬車がパリスの街に着き冒険者たちは、報酬を一万カーネルずつ受け取って解散になる。

『緑の草原』は荷車を引いて再び草原に向かった。荷車は荷物をたくさん積んでもけっこう力をかけずに動いてくれる。車軸のところに特殊な魔道具を利用した摩擦がなくなる仕掛けがされている。キル達は小一時間で魔物のいるゾーンに行き、サクサクとキルが四頭、ケーナとクリスが一頭ずつモーモウを狩って、ギルドに引き返した。時間はまだ四時というところ、ちょっと早いがもう一度は無理だろう。今日の狩りはここまでとして解散した。

モーモウの代金一人四万ずつを渡して二人と別れたキルは、晩ご飯の買い出しをして早めに帰る。

今日たくさん見れた新しい紋様のアーツを作ってみたい。

工房の前でボーッとしているゼペック爺さんに声をかけるとゼペック爺さんは嬉しそうに微笑んだ。

「今日は中級職で作れるスクロールを作るんじゃったのう。魔石の粉は作ったのかえ？」

「ライガーの魔石でこれから作ろうと思います」

「そうか、じゃあ中に入ろうかのう」

ゼペック爺さんは腰かけていた椅子《いす》を掴むと工房の中に移動する。

第八章　中級スクロール職人

グリグリグリ

狭い工房に魔石を擦《こす》り合わせる音だけがしばらく続いた。ゼペック爺《じい》さんは黙ってキルの手元をじっと見続けている。吊《つ》り上がった眉をさらに吊り上げてコーヒー色の瞳で睨《にら》むようにキルの作業の粗《あら》を探す。キルは爺さんの視線に気づかず一心不乱に擦り続けた。

「ふー、やっと擦り終わった」

額の汗をぬぐい、大きく息を吐く。

ライガーの魔石を粉にし終えたキルは、一休みしながらゼペック爺さんと晩飯を食べることにした。爺さんは何やら棚のスクロールをチェックしようとしたが、キルに呼ばれて一緒に食卓につく。

「今日、初めて盗賊討伐に参加して……人間を殺しました」

キルが硬い表情でぼそっと話しだす。

「そうかい、何か思うところがあったかい？」

キルは天井を見上げて一瞬考えた。

「意外に……人を殺しても、なんとも思わなかったですね。……昨日ケーナに射殺するように……俺が指示して二人殺させているのも慣れにつながっているのかもしれません」

とつとつと話すキルの声を聴いて、ゼペック爺さんは悟ったような表情で目を閉じた。口ではそう言っているが、キルがかなり暗い気持ちになっているのは隠しようがない。だがそれは、克服しなければ命を失いかねない弱さなのだ。

「やらなきゃやられるこの世の中じゃよ、躊躇《ちゅうちょ》したら命取りじゃからな。それで良いのじゃ」

「はい……」

キルはしばし黙り込んでから話題を変える。

「それから、たくさんの冒険者達と一緒に戦って思ったんですけど、彼女達のスキルって他の人と比べても強力なんですね」

ゼペックはキルの気持ちの整理がついたのだろうと安堵《あんど》した。

そして得意げな表情で場を盛り上げようとする。

「そうじゃろうのう。ワシが選んだスキルじゃものな。あれは良いスキルじゃぞ」

口の端を上げるゼペック爺さんだが、キルにはそれが喜んでいる時のゼペックの顔だということは分かる。けして悪巧《わるだく》みの顔ではないのだ。

「それに、意外にスキル持ちって少ないんですね。強化スキルは見かけましたが、あとはファイアーボールとか、エアカッターくらいでしたね」

「そうじゃろうのう。ほとんどが初級、中級の冒険者、おそらく自然獲得のジョブ持ちばかりじゃからのう。相当な経験を積まんと自然にはスキルは生えんよ。三年で初スキルが生えれば良い方じゃな。それを思えばクリスという娘、あれはいくつもの魔法が使える。魔術師として幼い頃から訓練をしてきた証拠じゃ。貴族か、それとも魔術師の娘じゃの。ああいうのは稀《まれ》じゃぞ」

普段は店の前で呆《ほう》けたようにボーっとしているゼペック爺さんの驚きの分析に、キルは彼の印象を改めながらも同意する。

「言葉も平民っぽくないですもんね。訳ありですかね」

「貴族も大変なんじゃろう」

「アレで結構苦労してきたのかもしれませんね？」

キルとゼペック爺さんは、ため息をついた。

「ケーナという娘もあの歳《とし》でなかなかの命中率のようじゃ、オートターゲットのスキルが生えそうな気配がするのう。あれも相当な経験者じゃぞ」

「ギルド期待の金の卵だったんですね」

「そうじゃ。おぬし、ついとるぞ」

「ケイトさんのおかげですかね」

キルは固いパンを食べながらにっこり微笑《ほほえ》む。

「ギルドはよく見ておるからのう。おぬしも金の卵かもしれぬぞい」

「そんなことないですよ。俺はクランに入るのを拒否されたんですよ」

キルが苦笑しながら言った。ゼペックの右眉がピクリと上がる。

「そのクランの連中がおバカだったんじゃ。もっとも、キルさんはここに来たからその才能に目覚めつつあるんじゃがのう。自分でも昔と違うと思うじゃろう？　稼ぎとか」

キルはハッとして一瞬固まった。確かにそうである。スクロールを作り出してから魔物を倒す効率が上がった。今までとは比較にならないほどたくさんの魔物を狩れている。

そして当然収入も激増している。ゼペック爺さんに会ってからキルの暮らしは良くなった。今はまだ、木の床に野営用のローブに包《くる》まって寝ているけれども。

キルは食事を終えて、再びスクロール作りを始める。ゼペック爺さんはキルに寄り添い怖い顔で言った。

「魔法であれ、アーツであれ、スキルにするための紋様を描き込む必要があるのじゃ。まずは攻撃力強化のスキルスクロールを作ってみせよう。アーツの紋様の外側にスキルにするための紋様が包んでおるからよく覚えるのじゃぞ」

同じ攻撃力強化のスクロールといっても魔法スクロールとスキルスクロールではその効果が全く違う。魔法スクロールは自分に攻撃力強化の魔法が一度かかるだけだ。一方でスキルスクロールは攻撃力強化のスキル（魔法やアーツ）が使えるようになるのだ。必要なＭＰとＥＰがある限り何度でもかけられる。

もちろん、蝋皮紙《ろうひし》に描かれている魔法陣の紋様も違う。魔法陣は攻撃力強化の魔法スクロールの魔法陣の周りを、スキルにするための紋様が取り囲んでいるのだ。

今回の紋様は魔法ではなくアーツが使えるようになるための紋様だ。

ゼペック爺さんはキルに攻撃力強化のスキルスクロールを作ってみせてくれた。キルの材料を使って手をかざし魔力を込めた。キルは刻まれる紋様を目に焼きつけた。

「これが攻撃力強化アーツのスキルスクロールじゃ」

ゼペック爺さんがスクロールをキルに渡す。

「同じのを作ってみるのじゃ」

「はい」

キルはゼペック爺さんと同じように作ってみる。ライガーの魔石粉を使い掌《てのひら》をかざして紋様を思い浮かべて魔力を注ぎ込む。光とともに紋様が蝋皮紙に刻まれ、光が全て吸い込まれるとスクロールの完成だ。

「使ってみよ」

「はい」

キルは自分で作ったスクロールを使ってみる。光に包まれ、しばらくすると体に染み込んでスキルを得たと実感する。

「どうじゃ？」

「はい。攻撃力強化！」

キルの足元に光の紋様が現れキルに入っていった。体がポカポカして、なんとなく攻撃力が上がったような気がする。掌を見つめて驚いたような表情のキルに、ゼペック爺さんはスクロール作りが上手《うま》くいったと判断する。

「成功じゃの。次は防御力強化で作ってみよ。紋様は分かるな」

「はい。防御力強化の紋様にスキル化の紋様を足すんですね」

スキルスクロールの構造は、魔法スクロールの紋様をスキル化の紋様で囲んだものだ。つまりスキルスクロールの外周は全て共通する紋様で、いくつかスキルスクロールを見ればその紋様がスキルにする働きなのは容易に想像できた。

キルの質問にゼペックが頷《うなず》く。

キルは防御力強化のスキルスクロールを作る。問題なくスクロールに紋様が刻まれた。

試しに使うとキルは防御力強化のアーツを身につけていた。

「次は、素早さの強化じゃ」

蝋皮紙は光の紋様を刻み、できたスクロールを試すとキルは素早さ強化のアーツを身につけている。

少しの間に三つも強化のアーツを身につけたキルは、いささか興奮気味だ。

「あと一つ、何のスキルか分からないんですが覚えている紋様があるんです。たぶん何かの強化？　腕力強化の紋様かな？　と思うんですけど」

「それも作ってみよ」

キルが正体不明の紋様をもとにスキルスクロールを作った。そして試してみる。予想通り腕力強化のアーツを身につけていた。

「もう一つずつ作ってみよ」

ゼペックに言われた通り、もう一つずつ作ってみる。

「あとどのくらい魔力があるかというところじゃがな、作れるだけ魔法スクロールを作って今日は終わりじゃな」

キルはストーンショットのスクロールを作り続ける。三つ作って魔力切れになった。

「ゼペックさん、今日もありがとうございました」

「ふむ！　明日はまた違ったものを教えてやろう」

ゼペック爺さんが上機嫌に言うのだった。

ステータス
キル　人族　１４歳　討伐経験値１１０　討伐レベル１１（０／１０）
ジョブ　職業　中級スクロール職人　レベル１２（９／１０　スクロール作製経験値１１９）
初級剣士　レベル４（６／１０　剣士討伐経験値３６）

HP　　９８／９８　：（１００＋１０）×（１４／２０）＋１１＋１０
MP　　１６８／１９８　：（１００＋１０）×（１４／２０）＋１１＋１１０
EP　　１６８／１９８　：（１００＋１０）×（１４／２０）＋１１＋１１０
回復能力（HP、MP、EP）休憩　毎時１／５　睡眠　５時間で完全回復
攻撃力　１０１：１００×（１４／２０）＋１１＋２０
防御力　８１：１００×（１４／２０）＋１１＋０
腕力　９１：１００×（１４／２０）＋１１＋１０
知力　１９１：１００×（１４／２０）＋１１＋１１０
器用さ　３０１：１００×（１４／２０）＋１１＋２２０
素早さ　９１：１００×（１４／２０）＋１１＋１０
脚力　８１：１００×（１４／２０）＋１１＋０
耐性　物理　レベル１　毒　レベル１
才能（ジョブ）
　スクロール職人　星７
　剣士　星１
習得スキル
　魔法　クリーン
　アーツ　飛剣撃鎌鼬《かまいたち》（剣士）、索敵、攻撃力強化、防御力強化、腕力強化、素早さ強化

＊　＊　＊　＊　＊

窓から朝日が差し込むゼペック工房の床で目を覚ましたキルは、大きく体を伸ばして眠い目をこすった。包まっている野営用のローブを脱いで立ち上がると、眠っているゼペック爺さんを起こさないように装備を身につけて外に出た。

忘れ物がないのを確かめて、準備運動をして凝り固まった体をほぐしてからギルドに向かう。昨日身につけた四つの身体強化アーツを試すのが楽しみでならない。集合場所のギルド前にはまだクリスもケーナも来ていなかったが、少し待つと二人が一緒に歩いてくるのが見えた。

ギルド前で集まった『緑の草原』は、今日も荷車を引いて草原へ。

どこかで何か聞いたのだろうか？　今まで、スクロールが売れないとキルが嘆いていると、信じられないという表情だったケーナだが、今日は同情するように憐《あわれ》みの視線を向けて言った。

「キル先輩。スクロールって売れないんすね」

「ケーナ、それを言ってくれるな。分かってるからな。そういえば俺、中級スクロール職人になったんだ。それで新しく作れるスクロールの種類も増えたんだよ」

キルはにっこり笑う。

「えっ！　素敵ですね。キルさん。それで、何が作れるようになったのですか？」

「スキルスクロールだな。攻撃力強化とか、防御力強化とか……」

キルがざっくばらんに答える。

「魔法のスキルスクロールは作れませんか？」

「どうだろう。これからいろいろチャレンジしたいと思ってるよ」

「自分にも何か良いスキルないっすかね？」

「防御力強化のスキルスクロールなんてのは、良いんじゃないかなあ。もしもの時のために防御力を高めておくのさ。昨日の盗賊討伐の時にやってた人がいたよね」

「いらない気がするっす。キル先輩が守ってくれるっすから」

「そうね。キルさん、お願いします。私を守ってくださいね」

背景にハートが飛びそうな笑顔。クリスが小首を傾《かし》げながら上目使いで覗《のぞ》き込む。

「まあ最初にやられるのは俺だけどね。たぶん」

ケーナもクリスに倣《なら》ってキラキラ眼で見つめると、キルは頭を掻《か》きながら苦笑する。去年、何度も魔物に傷を負わされて、そのたびに生活苦になったことを思い出す。クリスとケーナは俺が守る。怪《け》我《が》なんてさせないぞ、と固く心に誓う。

二人を守るにはもっと強くなることだ。それには剣士のジョブを中級に上げること。魔物をたくさん倒して討伐経験値を稼げばレベルは上がる。レベル11まで上げればきっと中級に進化するに違いない。魔物をたくさん倒すことが早く中級になるための方法なのは分かっている。

中級スクロール職人になったことで、ステータスがぐんと伸び相当強くなったはず。強化のアーツも四つ身につけたんだ。今ならモーモウなんて簡単に狩れる気がする。

「今回は一頭でいるモーモウだけじゃなくて、群れでいるモーモウも狩ってみようと思うんだが、どうかな」

「自分は構わないっすけど、向かってきた時はキル先輩が守ってくれるんすよね？」

「大丈夫ですか？　私達は逃げますよ」

「ちょっと試してみたいことがあってね」

キルが不敵に笑った。最近ゼペック爺さんの笑い方が影響してきたかもしれない。キルの様子を見てクリスとケーナは納得したようだ。

「自信があるみたいですね」

「良いっすよ。やるっす」

三人はモーモウの群れを探すと近くにあるのは五頭の群れが二つ。それもかなり近接している。十頭の群れに見えないこともない。五頭なら狩れるだろうが十頭一度にとなると厳しい。

「この群れどうかな？」

「むりむり！　むりっす！　五頭っすよ」

ケーナが顔色を変えて反対する。さすがにモーモウ五頭を相手にするのは、相当厳しいと分かっている。彼女の判断は間違ってはいない。だが、今のキルの強さを基準に考えたとしたら……ステータスが上がったことで、キルには自信があった。ありすぎた。

「五頭なら大丈夫だと思うぜ」

五頭ならと前置きをして、キルは自信を覗かせる。

「本当ですか？　……でも近くにあと五頭いますよ」

クリスも不安そうだ。キルは腕を組んで狩りのシミュレーションをおこなう。

（クリスとケーナが一頭ずつ、俺がストーンショットで二頭、残りの一頭を飛剣撃鎌鼬で飛ばせば接触前に倒せるだろう。討ち漏らして突進してくるのが二頭になっても、なんとか鎌鼬で倒せる。近くの五頭が一緒に突進してきたら危ないが、たぶん来ないだろう）

「うん。大丈夫さ。五頭なら余裕だぜ」

キルは四つの強化スキルを身につけて気が大きくなっていたのか、あるいは二人の少女に良いところを見せたいという気持ちを抑えられなかったのか、完全に状況判断を間違っていた。

キルの言葉で目標が決まり、三人はモーモウの群れに近づいていく。ゆっくり隠れながら射程圏内ににじり寄る。

十分近づいた次の瞬間、ケーナが矢を放った。強射で頭を射抜かれたモーモウ一頭がドスンと倒れる。

グモー！

怒りに燃えた目をして、四頭のモーモウがこちらを向いて突進をかける。

キルは両手でストーンショットを発射、スクロールで生成された石の弾丸がモーモウ二頭に命中して動きが止まる。知力が百上昇した影響なのかキルの放った石弾の威力も格段に上がっていた。二頭のモーモウも倒れ込む。クリスのファイアーボムも一頭を捉えて爆殺している。

残った一頭は依然として突進を続けていた。キルは剣を抜いて飛剣撃鎌鼬を連撃する。三つの斬撃が飛翔しモーモウを襲う。足、胸、頭から血飛沫《ちしぶき》が飛び散る。前足が折れ曲がり前のめりに倒れ込む。モーモウはキルに近づく前に斬り刻まれて打ち取られた。

「まあ五頭は余裕だなーーえ！」

「キルさん！　モーモウの後ろにあと五頭います！」

「先輩！　近くにいた五頭の群れっす！」

倒した五頭目のモーモウの後ろから近くにいた五頭の突進する姿が見えた。想定外の事態だったが、想定できた事態だ。いや、想定しておかねばならない事態だった。キルの体から血の気が引く。

「逃げろ！　ここは俺に任せるんだ！」

「でも！」

「早くしろ！　二人は俺が必ず守る」

キルに怒鳴られて二人は走り出した。五頭のモーモウは目前に迫っている。キルは急いで剣を地面に突き刺し両腕でスクロールを抜き、瞬時に魔力を込める。まるでガンマンの早撃ちのようだ。だが撃てたのは両腕の一発ずつだけ。眼前の二頭が倒れ込む。次の瞬間、キルは地面に刺さった剣を再び握り飛び込んできたモーモウの角を右にステップして躱《かわ》しながら斬りつけた。

見えている。

キルの目は、五頭のモーモウの姿をはっきりと捉えて適切な身のこなしを可能にさせている。

次のモーモウの角はもう目と鼻の先に迫っていた。剣を叩《たた》き込む余裕はなく、キルは横に飛びながら回転して受け身をとり、片膝をついてモーモウの動きを追った。さっき斬りつけたモーモウは腹から血を流していてふらつき、今にも倒れそうだ。今躱したモーモウは急停止して向き直ろうとしている。

（もう一頭は！）

キルの目に映ったのはケーナを追いかけるもう一頭のモーモウ。キルはそのモーモウを追いかけてダッシュした。剣を左手に、右手で腰のベルトからスクロールを抜き追いかけながら突き出す。素早さ強化の影響か、普段よりかなり速く走れているし素早く発射動作に入れた。

キルの右手で魔法陣が光る。

「キャー！」

バシーン！

ケーナの悲鳴と同時に石弾に撃ち抜かれたモーモウが、右太ももから血飛沫を上げて倒れ込む。安堵するのも束の間、キルは背中に強い衝撃を受けて宙を舞っていた。体にかかる重力がまるでない慣性運動という不可思議な感覚。踏みしめることも、掴むこともできない頼りない状態で、体が昇っていくのを感じ、それはやがて落下に変わる。

ドカーン！

頭の下でファイアーボムの爆発音とそれに続く衝撃波。クリスがキルを襲ったモーモウを仕留めたのだ。そしてキルの体は地面に叩きつけられた。

「く……、痛ってー」

地面に倒れたまま動くことができず、上げようとした頭を落とす。青空を見上げることしかできないキルを二人の少女が覗き込む。

「大丈夫っすか？」

「キルさん、私が分かります？」

「だい……じょうぶ……だ」

麻痺《まひ》気味だった体の痛覚が復活し、だんだんと背中の傷が痛み出す。モーモウの角でつけられた傷跡だが幸い深いものではなさそうだ。

「リュックに……ヒールのスクロールがあるから取ってくれないか？」

キルは増してきた痛みをこらえる。いつもならキルが背負っているリュックが、今は荷車に積んであった。クリスが急いでヒールのスクロールを使うとキルは完全復活した。半身を起こすキルにケーナが抱きついて喜んだ。

「助けてくれてありがとうっす。命の恩人っす」

「キルさん、かっこよかったですよ。惚《ほ》れちゃいそうです」

「いや、ごめん。俺の判断ミスで、二人を危険な目に遭わせちゃって」

謝るキルを二人の少女は温かい態度で包み込む。許すでも、責めるでもなく不問に付して感謝する。

「でも、十頭相手に勝てましたよね」

クリスが優しく微笑む。

「最後のモーモウは、クリスが倒したのか？」

空中で感じたファイアーボムで最後のモーモウが倒されたに違いないとの推測を確認するとクリスは静かに頷いた。

「ありがとう。逆に助けられたな」

「いえ。そんな……」

「狩りは全員でやってるんすから」

「そうです。あの状況では、私がやるのが……」

「ほんとに助けられたよ。大きなこと言っておいて、危険な目に遭わせてごめん」

「いえ、キルさんが助けてくれたんですよ。私達はなんともなかったです」

「余裕っすよ！　あんなのなんともないっす。自分ら強くなってるっすもん。キル先輩は、特に強くなっているっすよ！」

「ふ！　狩り始める時に、攻撃力、防御力、腕力、素早さの四つをアーツで強化したからな」

自虐的に笑い判断ミスを後悔する。

「よ、よ、よ、四つも使えるようになってたんすか？」

ケーナは、呆《あき》れたような表情でキルを見つめた。驚くケーナを逆にキルも驚きながら見返して我に返る。

「ああ、昨日作ったのがちゃんとできてるか試したんでな。アーツが身についていたので成功ということさ」

「素晴らしいですね。スクロールってこんなにも素晴らしいものなのですね」

クリスは憧れるような眼差《まなざ》しをキルに向ける。

「さてギルドに運ぼうか？」

ケーナとクリスに強くなったと絶賛されて、顔を赤くしながら立ち上がったキルは、サッサと次の狩りをしたいと思ってモーモウを積み始める。『緑の草原』はモーモウを荷車に積んでギルドに運んだ。

「狩るのにこんなに時間がかからないなら運搬だけを人に頼んだ方が効率的なんじゃないっすか？」

ケーナの提案にキルはしばらく沈黙した。

二人を守るためにはもっと強くならねばならない。

モーモウから二人を守れなかった経験がキルにプレッシャーをかけていた。早く強くならなければいけないという考えがキルの脳裏を支配する。今の状態なら複数の魔物を相手にするより、強い魔物一匹を相手にする方が二人は安全だ。壁として同時に相手にできる数は限られる。討伐経験をたくさん積むためにはどうするべきか。

「そうかもしれないけど、そろそろ森に行って狩りをしてみないか？」

「森には強い魔物がいるのではありませんか？」

心配そうにクリスが不安を口にした。

「そうなんだよ。でも森にいる強い魔物は高く買い取ってもらえるものが多いからな。それに今より上を目指すならいろんな経験を積まないと……」

おそらくモーモウをたくさん狩った方が稼ぎは良いに違いない。だが……。

「探すのに時間がかかるなら数獲《と》れる方が確実っすよ？」

ケーナは草原での狩りに満足しているようだ。

「そうですね。ケーナの言うことにも一理あります。草原で狩る方が、確実で安全な気がします」

クリスも草原での狩りが気に入っているようだ。

確かに未知の領域に踏み出すのは不安になるものだ。それにモーモウは腐るほどいるので獲物をすぐに狩れるが、森の中となれば魔物を見つけるのに今より時間がかかるのは確実だ。

「じゃあ荷車をもう一台増やして俺が一台、ケーナとクリスがもう一台を引いて狩りをすれば二倍狩った獲物を運べるな」

「確かに、そうすれば今よりたくさん狩っても運べますね」

「そうっすよ。キル先輩がこんなに強ければ、その方ががっぽり稼げそうっす」

ギルドへの道すがら、話をしながら荷車を引いていたキル達の前に突然ゴブリンの集団が現れ襲ってきた。話に気を取られて索敵をしていなかったので意表をつかれたが相手はゴブリンだ。

ゴブリンの集団十二匹はキル達にどんどん迫ってくる。醜悪な小鬼たちの顔に下卑《げび》た笑いが浮かんでいる。クリスとケーナを見て興奮しているらしい。仲間の美少女達を近接戦闘に巻き込むことは絶対に阻止しなければならない。

まだゴブリンとの距離は十五メートル以上ある。キルは一人飛び出し、ゴブリン達に向かって飛剣撃鎌鼬で切りまくる。

「たーりゃあー！　飛剣撃鎌鼬！」

中央のゴブリン達に光の斬撃が五つ飛び、三匹一気に血飛沫をあげて倒れる。ゴブリン相手なら鎌鼬も一撃必殺の威力を持っていた。ゴブリン独特のくさい臭いが鼻をつく。瞬く間にキルはゴブリン達のど真ん中にいた。ゴブリン達に、キルのスピードについてこられるものはいない。

ブーン
キルの大剣がうなりをあげる。

ゴブリンが手当たり次第に斬られていく。ケーナとクリスは遠距離攻撃でキルを援護した。キルは右左に鎌鼬を放ちながら一番奥にいたゴブリンを頭から斬りつけ一刀両断にする。ゴブリンの集団は瞬殺された。

「驚いたけど、大したことなかったっすね」

「キルさん、素敵でしたよ」

「俺は必死だったよ」

「キル先輩、また守ってくれたっすね。感謝っす！」

結局キルが八匹、ケーナとクリスが二匹ずつのゴブリンを倒し、魔石を回収した。

ギルドに着いて買い取りをしてもらう。そしてまたモーモウを狩るために草原に引き返す。それをいつものように繰り返し、今日は余裕で三回狩りをすることができた。一人十六万カーネルの稼ぎだ。

今日の戦績ではキルが積極的に狩りをしたのでモーモウを十六頭、ケーナとクリスが四頭ずつだ。

「フフーン。今日はたくさん稼げたっすね～」

「そうですね。これもキルさんのおかげです」

「じゃあ、明日は荷車二台で」

「自分らの荷車のほかに、もう一台ギルドで借りるっすね」

「そういうことね」

「魔道具付きだからそんなに重くないし、一台は俺が運ぼうかな。二人でもう一台運んでくれれば、往復の時間は同じだから二倍運べるよ。狩る時間はそれほど増えないと思う」

「キルさんが大変じゃありませんか？」

「大丈夫だよ。体力は有り余ってるから」

　明日は荷車を借りて荷車二台で狩りをすることに決まった。

＊　＊　＊　＊　＊

　キルは今、工房でゼペック爺さんに新しいスクロールの作り方を教わっている。

「キルさんは中級職が作れるスキルスクロールを九枚と、初級職が作れる魔法スクロール一枚作れる魔力量があるようじゃ」

　ゼペック爺さんは昨日のキルの様子から推測をしてそう言った。

「それでじゃ、まずはスキルスクロールのファイアーボム、クリスが買ったスクロールじゃが、その紋様を覚えているかえ？」

「あ……、たぶん、覚えています……」

　ファイアーボムの紋様は昼間も見たし、星7の才能のせいか、細部まで完璧に脳裏に刻まれていて忘れていないが、性格的に断言を避ける物言いになる。

　これは気の弱い人間によく見られる自己の責任を回避したいという深層心理の現れだ。成長し自信をつければ、こういう物言いも減ってくるだろう。キルはまだ十四歳、成長はこれからだ。

「じゃあ作ってみよ」

「はい」

　キルは紋様を思い浮かべファイアーボムのスキルスクロールを作ってみる。強い光が辺りを包み光が収まるとファイアーボムのスキルスクロールが完成していた。

「できておるか確認じゃ」

ゼペックの指示通り確認のために使ってみると、光がキルの中に入っていきキルはファイアーボムを覚えたのだった。

「次はストーンショットのスキルスクロールじゃ。できるかの」

「はい。できると思います」

キルはストーンショットのスキルスクロールも作ってみた。そして検証する。光がキルの中に入っていく。キルは魔法を覚えたと体で感じ、魔法の呪文が脳裏に浮かぶ。強くなっている。思わず笑みが零《こぼ》れそうになる。

「試し撃ちをしておいで」

ゼペックの指示に従い裏口から出て無難なところに試し撃ちをしてみる。

「炎よ、我が願いに応《こた》え、ここに顕現して敵を倒せ！　爆《は》ぜよ、ファイアーボム！」

キルが呪文を詠唱し、現れた魔法陣から放たれた黒い炎の塊が目標の木に当たって爆発する。

(ちょっとやばいな、これ)

「我は願う。物質の根源をなすものよ、究極の弾丸となりて我が敵を撃て！　貫け、ストーンショット！」

光の魔法陣が宙に浮かび上がり、土が集まって弾丸が出来上がる。ストーンショットが発動した。

威力が同じでもスクロールを使う方が詠唱がない分発動が速い。これはこれで使えるけれどスクロールは作るわけだし、できるだけ魔力はスクロール作りのために温存したい。

(魔法スクロールを使い尽くした時は魔法を使おう)

キルは二つの魔法を使えるようになった。自分が何回撃てるかを知っておく必要があるだろう。工房に戻りステータスの魔法スクロールを使って確かめてみる。ステータスのスクロールに文字が浮かぶ。

ステータス

キル　人族　１４歳　討伐経験値　１３０　討伐レベル１３（０／１０）
ジョブ　職業　中級スクロール職人　レベル１３（７／１０　スクロール作製経験値１２７）
　　　　　　初級剣士　レベル６　（６／１０　剣士討伐経験値５６）
ＨＰ　　１００／１００　：（１００＋１０）×（１４／２０）＋１３＋１０
ＭＰ　　１２０／２００　：（１００＋１０）×（１４／２０）＋１３＋１１０
ＥＰ　　１２０／２００　：（１００＋１０）×（１４／２０）＋１３＋１１０
回復能力（ＨＰ、ＭＰ、ＥＰ）　休憩　毎時１／５　睡眠　５時間で完全回復
攻撃力　１０３：１００×（１４／２０）＋１３＋２０
防御力　　８３：１００×（１４／２０）＋１３＋０
腕力　　　９３：１００×（１４／２０）＋１３＋１０
知力　　１９３：１００×（１４／２０）＋１３＋１１０
器用さ　３０３：１００×（１４／２０）＋１３＋２２０
素早さ　　９３：１００×（１４／２０）＋１３＋１０
脚力　　　８３：１００×（１４／２０）＋１３＋０

耐性　　物理　レベル1　　毒　　レベル1
才能（ジョブ）
　スクロール職人星7
　剣士星1
習得スキル
　魔法　クリーン、ストーンショット（土）、ファイアーボム（火）
　アーツ　飛剣撃鎌鼬（剣士）、索敵、攻撃力強化、防御力強化、腕力強化、素早さ強化

MPを八十消費していた。MP残量120。

多分スクロール作りにMP20ずつ、魔法の発動にMP20ずつ使っているだろうから、まだ六つのスキルスクロールを作れるということだ。

防御力、腕力、素早さの強化のスキルスクロールを作り、続いてストーンショット、ファイアーボムのスキルスクロールを作る。

そしてストーンショットの魔法スクロールを二つ作って魔力が切れた。お腹《なか》がすいたような魔力切れ時特有の感覚と、もう魔力を出せないという限界感でそれが分かる。

魔力が回復すればもっとたくさんスクロールを作ることができる。魔力回復薬をたくさん買ってきて魔力を回復すれば良いのだと気がつく。

「キルさんや、魔法スクロールは使い切りじゃから普通のは三千カーネルじゃ。強力で人気のあるのは五千カーネル。スキルスクロールは八万から十万カーネルじゃ。在庫もたくさんできたし、知り合いに売っておいで。値段は崩してはいかんぞ。スクロール職人全員が迷惑するからのう。それと生産

者ギルドの買い取り価格は半額じゃ。じゃが、いつでも買い取ってくれるわけではない。ギルドにも在庫が余っておるからのう。分かったかえ？」

「分かりました」

キルは魔石の引き取り価格と販売価格も同じ半額だったなあと思い出していた。

＊　＊　＊　＊　＊

ギルドで久しぶりに荷車を借りて荷車二台にチャレンジだ。草原に到着してすぐにモーモウを発見する。索敵の威力は本当に素晴らしい。

「今日はめちゃくちゃに狩りまくりたい、わがまま言って良いか？」

複数を相手にする時は、二人には少し離れた安全なところにいて欲しい。まだ壁役として数が多いとモーモウを完全に抑えられる自信がない。

「良いっすけど、何すか？」

「どのくらいまで戦えるのか試してみたいんだ。これから群れに仕掛けるから危なくなるまで一人でやらせてくれ」

「承知しました」

クリスが頷いた。クリスのワインレッドの瞳にはキルへの厚い信頼が見て取れた。

キルは六頭のモーモウの群れに一人近づいていく。強化のアーツはすでにかけている。

ストーンショットの魔法スクロールを両手に持ち、射程圏に近づくとスクロールを発動させる。光の魔法陣とともに石の弾丸が生成されモーモウを撃ち抜いた。

二頭のモーモウがばたりと倒れ、別のモーモウが仲間の死に怒りを露《あら》わにする。仲間の仇《かたき》を見つけてモーモウが突進し始める頃には、二陣目のストーンショットが放たれる。そして背中の剣を抜き鎌鼬を放ちながら、突進してきたモーモウを躱しては斬りつける。キルは数度の攻防であっさりと残りの二頭も斬り殺した。

「すごいっす！」

ケーナが飛び跳ねて喜ぶ。薄いこげ茶色のポニーテールが、揺れて金色の光を放つ。

キルは次のモーモウの群れに鎌鼬を放ちながら近づき、突っ込んでくるモーモウ達を躱しながら次々と斬り殺していった。

元々器用さは高かったが素早さの強化によってその回避能力は相当に上がっている。突っ込んでくるモーモウを右に左に躱しながら剣を叩き込みバッタバッタと斬り刻む。瞬く間にモーモウ六頭を切り殺した。合計十二頭のモーモウをキルは単独で倒しきったのだ。キルには浮かれた様子がこれっぽっちもない。このくらいできて当然だという表情で周囲を見回す。そこにはモーモウの死体が転がっている。

「よし、運ぼう」

キルが平然と言った。

半ば呆れるように見とれていたケーナとクリスが我に返ってモーモウを荷車に積み込み始めた。

狩りの時間は大してかかっていない。二台の荷車に積み込むと移動の開始である。そしてギルドで買い取ってもらう。

今日はキル一人での狩りの繰り返しで、キルはその後、スクロールを使うこともなく剣とそのアーツ鎌鼬だけでモーモウを狩っていった。三十六頭、七十二万カーネルが今日の成果だ。

「今日は運ぶだけでつまらなかったっす。一人で狩るのはもうやめて欲しいっす」

ケーナが恨めしそうにキルを見る。

「そうね。私もこれっきりにして欲しいです」

さすがにクリスもケーナも運搬だけではつまらなかったのだろう。初めに断っていたとはいえ少しやりすぎてしまったようだ。キルは彼女達に全く狩りをさせてやらなかったことに気づき、反省する。

「すまなかったよ。今日は狩りができなくてつまらなかったよね」

「キル先輩がとっても強いってことはよく分かったっすよ。初めから力試しをしたいって言ってたんすからそれは良いんすけど、一日中はやりすぎっすよね」

「そうですね。でもまあ、今日のキルさんは本当に強かったです」

キルは強いと褒められて嬉《うれ》しい反面、一日中はさすがにやりすぎだった。キルも丸一日一人で荷車一台引いていたので、疲れは普段の倍である。だが、もう少し強い相手を狩りに行く実力はついたと実感できた。キルが前衛として二人を守れなければ、もっと強い魔物を狩ることはできない。

「今日で少し自信がついたから、今度は荷馬車を借りてこの前の大草原に狩りに行こうか？」

キルが次の狩りのパターンを提案した。リオンに行く途中にある大草原の魔物地帯が狩場だ。

荷馬車が借りられる時はその方が一度にたくさん載せられる。人が二十人乗れるスペースだから、それなりの魔物を二十頭くらい積み上げても余裕で運べそうだ。

ギルドには荷馬車も数台あるし、運ぶ仕事も毎日あるわけではないので、荷車のように無料でなく、有料ならば借りることは可能かもしれない。

交渉次第では有望な運搬手段になりそうだ。キルはケイトのところに交渉に行った。

「ケイトさん。ギルドの荷馬車って、空いている時は貸し出ししてくれたりしませんかねえ？」

「あら、確かそういうこともできたはずです。今契約書を探しますから待ってください」

あまり見たことはなかったが、ギルドで使っている荷馬車の貸し出しも、使っていない時はやっていたようで、ケイトは契約書を取り出してキルに説明を始める。

「最近このシステムの利用者がいなかったのです。明日は空きの荷馬車はないですから、明後日なら貸し出せます。どうします？」

「貸していただけるとありがたいです」

「じゃあ、この契約書にサインしてください」

ケイトに読んでもらいながら、キルは契約書に軽く目を通すとサインをした。

ケイトに荷馬車のレンタルについての契約書を渡し、一日一万カーネルで貸し出してくれるということになった。ただし、ギルドで荷馬車が使われていない日に限ってという条件付きだ。おおよそ全部出払ってしまう日は三日に一度くらいだそうである。

そしてもし壊したら全額弁償することも条件に加わっている。

キルはクリスとケーナにこのことを報告に行った。

「明日は全部使っているので借りられないが、明後日は荷馬車を貸し出してもらえるらしい」

「あのー、ちょっとお願いがあるんですけど」

恥ずかしそうにクリスがキルを見つめた。

「そうっす。実は明日休みが欲しいっす」

「今日はだいぶ疲れましたし。それに装備や服を買いに行きたいな……」

「そうだな。それじゃあ明日は休みにしよう」

お金も貯《た》まったし服を買ったり、装備の更新をしたりもしたいらしい。運搬作業だけでは疲れも倍増というところが本音だろう。そういえば久しぶりの休みだった。

キルは魔力回復薬を買って帰るために商業ギルドの直営店に寄る。クリスとケーナもついてきた。魔法回復薬は初級、中級、上級の三種類があり上級の回復薬を買う。ＭＰを２００回復する薬で値段は四千カーネルだ。十個買って四万カーネルを支払う。

これでスクロールの量産体制が整った。たくさん作る余裕があるのでいろいろなスクロールを作ってみたい。ゴブリンの魔石はかなり余っているのだ。

「キル先輩！　先輩もその服そろそろ新しいのにした方が良いっすよ」

「そうだ！　私達にプレゼントさせてください。キルさんのおかげで今日は一頭も狩らずに大金を手にしていますし」

「そうっすね。自分らが服を選んであげるっすよ。先輩の服のセンス最低っすからね」

「いや、そんなことは申し訳ないよ」

「いいえ、私達も、一緒に歩いていて恥ずかしくないような服装をしていて欲しいですし、ここは譲れませんよ」

クリスがズイと顔を近づける。キルは顔を赤らめて横を向きながら仕方がないと諦めた。

キルは服などには無頓着《むとんちゃく》だ。生来貧しい生活をし続けていたので服は寒さをしのげれば……くらいにしか考えていない。

それからキルの服選びが始まり、ああだこうだ言いながらとりあえずキルは上下新品の普通ランクの服を着せられて帰ることになったのである。キルは借りてきた猫のように黙って二人にされるがままとなっていた。すごく恥ずかしかったが最後に二人の笑顔を見られて、これも必要なことだったに違いないと、自分を納得させるのだった。

工房に帰って食事の後はスクロール作りを始める。まずはヒールの魔法スクロールを作り出す。

「おお、いい感じの服になってよかったの、ワシも服くらい買った方が良いとは思っておったのじゃよ」

ゼペック爺さんも、そう投げかけてからキルの手元を見つめている。

「そんなに酷《ひど》い格好でしたか？」

「一言で言えば、みすぼらしかったかのお」

（く！　ゼペックさんには、言われたくなかったな！）

ゼペック爺さんの服装だってはっきり言えばみすぼらしい。そのゼペック爺さんに言われるとショックが大きい。

キルはヒールの魔法スクロールを十、その後はエアカッターを十作って魔力回復薬を口に流し込む。続いてファイアーボムとストーンショットをそれぞれ十。そしてまた魔力回復薬を飲む。

「ヒールのスキルスクロールを作ってみたらどうじゃ。比較的人気のあるスキルじゃぞ。ギルドでも買ってくれるとしたらヒールじゃからのう」

キルは言われた通りヒールのスキルスクロールをもう十作り出す。魔力が切れてもう一度魔力回復薬を飲む。三杯も流し込めばお腹はぱんぱんだ。

「上位魔法ハイヒールの魔法スクロールは中級スクロール職人になると作れるはずじゃぞえ」

ゼペック爺さんがハイヒールの魔法スクロールを作って見せてくれた。

「どうじゃ、作ってみい」

キルは今見た紋様を蝋皮紙に刻み込む。ハイヒールの魔法スクロールにはライガーの魔石の粉が必要だった。やはり中級のスクロールになるということらしい。ハイヒールの魔法スクロールを十作って魔力切れになる。

機会があるごとに紋様を覚えておけば作れるスクロールの種類が増える。もう中級のスクロールが作れるようになったのだから、上位冒険者の使うスキルの紋様も覚えておかなくてはならない。

＊　＊　＊　＊　＊

今日はパーティーでの行動を休みにしたのでソロ行動だ。昨日たくさんのスクロールを作ったキルは心地よい疲労感を感じながら、今日も討伐経験値を稼いで強くなるぞと気を引き締める。

前衛の自分が早く強くなることが二人の安全を確保するために、最も必要なことなのだ。ステータスを確認することで日々わずかではあるが強くなっていることを確認できている。それがメンタルの支えになっていた。

昨日の手ごたえで、一人でも狩りができそうだ、とも感じている。

冒険者ギルドを訪れると、久しぶりに幼馴染《おさななじみ》のケラとバンを目にした。ギルド内の食堂兼酒場で仲間らしい二人の男と一緒に朝食をとりながら歓談している。

「やあ、久しぶりだな。元気にしてたか？」

ケラが席をたち近寄って話しかけてきた。

「やあ、久しぶり。俺は元気だよ」

「どうだ、スクロール職人の方は？　スクロールは作れるようになったのか？」

バンがキルに近づいて肩に手をかけ席に誘った。キルは彼らと同じテーブルの傍《かたわ》らに立つ。

「うん。いくつか作れるようになったんだ」

「俺達も地道に稼いでいくらか蓄えもできたんだぜ。この前何か買ってやるって言ったよな。見せてみろよ」

三人の中でカースト最上位のケラが最下位のキルに偉そうに言うと、ケラとバンの横にいたサル顔の男とタヌキ顔の男の二人が話に交ざろうとする。

「へ～、面白そうな話をしてるな、紹介しろよ」

「こいつは同じ村出身のキル、スクロール職人なんですよ。キル、この人達はメタさんとレンさん、クランの先輩」

バンが簡単に紹介する。話しかけてきたのは『大地の護《まも》り手』のメタという男らしい。キルは困惑しながら軽く会釈する。

「知ってるぜ、お前らの元パーティーメンバーで、うちに入れなかった奴だろう。スクロール職人をやってるのか？　どんなの持ってるんだ？」

サル顔のメタは遠慮なく話してくるがタヌキ顔のレンはニヤけながら顎をさすっている。

「何か買ってやるからここに少し出してくれよ。いくつか持ってんだろう？」

バンがテーブルの上を指差した。

「スクロールって高いんだろう？　安いやつで頼むぜ」

そう言うケラに、席に座ってからキルは安めのスクロールを一つずつ出して見せる。

「安いのだと魔法スクロールだね。一つ三千カーネルでエアカッターとか、ヒールとかあるよ」

「あとは何があるんだ？」

「まけてくれよ。俺も買ってやるからさ」

メタがキルを見下すように要求する。

「すみません。スクロール職人の生活を守るために安売りは師匠に禁じられています。なので値段は下げられないです」

キルは申し訳なさそうに断る。

「チェ！　つまんねーな。何があるんだ？」

メタが眉根を寄せて横を向く。

他には？　とバンが視線で催促する。

「攻撃力強化とか防御力強化、素早さ強化もあるよ。みんな三千カーネル。買ってくれると嬉しいけど無理に買ってくれなくても良いんだよ。高いしね」

キルは最近スクロール作りも順調だし、お金も稼いでいるので本当に無理して買ってもらわなくても一向に構わなかった。それにメタのような明らかに偉そうに見下してくる奴には売りたくないという気もする。

「強化のスクロールか、戦闘職持ちなら、いずれ二年か三年もすれば一つくらいは生えてくることが多いアーツだな。これができるようになるとグンと強くなれるんだよな。俺は攻撃力強化のアーツが生えてからだいぶ楽になったぜ」

メタが先輩風をふかせる。

「そうなんですか。これを使うとかなり強くなれるのか？」

ケラはメタに返事をした後、続けてキルにスクロールの効果を確認する。

「強化のアーツは三十分くらい強化が持続するんだ」

キルが小さな声で答える。

「三十分で三千カーネルか、高いな。まあ良いか。攻撃力強化のスクロールを買ってやるよ」

「俺はヒールのスクロールにしておく」

ケラとバンは三千カーネルずつを出して魔法スクロールを受け取った。

「俺もヒールのスクロールを買ってやるぜ。これからハードな依頼が控えてるらしいからな」

メタも買ってくれると言う。キルは金を受け取りスクロールを手渡す。

「キルがスクロールを作れるようになるとはな。頑張れよ」

バンが義務は果たしたとでも言うように別れを告げようとした。

「もし良かったら今日一緒に依頼を受けてくれないかな？　俺のパーティーメンバー、休みにしたいって言うので、今日は俺一人なんだ」

キルはふと思いついて頼んでみる。久しぶりにケラとバンと一緒に狩りをしてみたかった。

「オイオイ、生産職のくせにまだ俺達と同じことしようってのか？　やめておけよ」

メタがキルをまた見下したように反対した。

「悪い、キル。先輩の言う通りだ。最近俺達は危ない森の中で、強い魔物を狩っているんだ。俺でもこの前は危うく死にそうになったからな。大怪我するからやめておいた方が良いぜ」

ケラも偉そうに言う。キルは顔色を曇らせる。

「でも、今も狩りで生活しているんだ、スクロール作っても売れないしね。少し強くなったところを見せたかったんだけど残念だよ。今日は買ってくれてありがとう」

「じゃあな、新しいパーティーメンバーには捨てられるなよ」

遠慮の無いメタがそう言うと、ケラとバンは気まずそうに離れていった。

「捨てられるなよ……か」

四人の去ったテーブル席でキルは小さく呟《つぶや》いた。

しばらくしてキルは依頼を探しに掲示板を見に行った。『森でゴブリンの増加のためゴブリン狩りを依頼する。一匹一千カーネル。証拠品：ゴブリンの右耳』……これにしよう。キルは依頼の手続きを済ませると森に向かう。

ゴブリンの耳と魔石を入れるための袋を用意して森で索敵を起動する。方々に魔物の存在を感じつつゴブリンを探す。見つけた。もう少し森の奥にいるようだった。

第九章　森のゴブリン

キルは森の奥に進みゴブリンの群れに近づいた。八匹ほどの集団だった。ゴブリンはこのくらいの集団を見かけることが多い。

キルは飛剣撃鎌鼬《かまいたち》で遠距離から先制攻撃を仕掛ける。ゴブリン単体では人間より断然弱い。

先制攻撃で二匹を倒す。キルを睨《にら》み一人だと分かると、ギギー！　と叫んで応戦しようと寄ってくる。一対六なら勝てると思ったのか口元が笑っていた。こん棒を振り上げるゴブリン達を再び飛剣撃鎌鼬が襲った。空《くう》を割《さ》いて飛んでくる光の刃《やいば》に二匹のゴブリンが切り刻まれて崩れ落ちる。小さな殺《さつ》戮者《りくしゃ》達に驚愕《きょうがく》の表情が浮かんだ。勝てないと見て、急停止して逃げようと振り向くゴブリンを、キルは走り寄って背後から斬り殺す。

（五匹！　六匹！）

さらに追撃して鎌鼬を放つ。残った二匹も逃さない。

キルは剣士星1を得て威力が上がり射程の広がった鎌鼬を用いて危なげなく八匹のゴブリンを倒すことに成功した。

（俺、やっぱり強くなってる！）

器用さのステータスが二百も上がったことで攻撃を当てたり回避したりする能力が爆上がりしている。ゴブリン程度の攻撃なら当たる気がしない。魔物最弱のゴブリンを倒してもスクロールの材料にできるくらいで普段なら大してお金にはならない。今回のように、一匹一千カーネルももらえるのは特別だ。

周りを探ると襲ってきそうな魔物は近くにいない。

キルは次のゴブリンの群れに向かって進み出した。

索敵があるとすぐに獲物の居場所が分かるので、探索に使う時間も体力も圧倒的に少なくて済む。

次の群れは十匹だったが、四つのステータスを強化したキルはゴブリンの群れに突っ込むと剣を振り鎌鼬を飛ばして倒しまくった。難なくゴブリンを掃討して次の群れに向かう。今日のキルはゴブリン相手に無双状態だ。午前中で五つの群れと戦い四十七匹のゴブリンを殺す。それにしても、なぜかこの森はゴブリンだらけだ。昼飯用にやっと見つけた一角ウサギを狩って食べて、午後もまたゴブリン狩りだ。

食後、索敵で周りを警戒しながらゴブリンの群れを探す。十匹くらいかそれ以下の数の群れには攻撃を仕掛け、それ以上大きな群れからは距離を取る。安全マージンを取るのは冒険者にとっては当たり前だ。索敵で相手の数が分かるということがどれだけ役に立つのか改めて痛感した。午後だけで無理せず六十二匹のゴブリンを狩り、合計で百九匹のゴブリンを討伐した。

袋いっぱいにゴブリンの耳を集めたので、ギルドに帰ろうとするが、かなり大きな群れがいくつもあったことが気になっていた。

(ちょっと異常だな。さすがに百を超える群れが、こんなにいくつもあるなんてどうかしてる)

ギルドに戻って受付のケイトに報告し、証拠品の耳を渡す。

「一日でこんなに狩ってきたのですか？　すごいですね。Dランクにしておくのがもったいないです。まだDランクになったばかりですからしばらくはそのままですが、Cランク昇格は早いかもしれませんよ」

ケイトがまじまじとキルのことを見つめて笑顔を見せる。営業スマイルかもしれないが、美人に笑顔で見つめられれば悪い気はしない。キルは頭を掻《か》きながら頬を赤らめる。

「ハハ、相手はゴブリンですからね。そういえば、森にかなり大きなゴブリンの群れができているようですよ」

「はい。報酬十万九千カーネル。大きな群れって何匹くらいですか？」

興味深そうに聞いてくるケイトから、お金を受け取りながらキルが答えた。

「百くらいはいる群れがありましたね。近寄らなかったので正確な数字までは――」

ケイトはまさかというように一瞬表情を曇らせたが、すぐ笑顔に戻って聞いてきた。

「それは気配感知で感じたのですか？」

「いえ、索敵スキルで」

ケイトの表情がぱっと明るく輝いた。

「キルさん索敵持ちなのですね。個人情報は決して口外しませんよ。索敵持ちなら獲物を見つけるのが早いはずですね。なるほど、納得です」

ケイトはニッコリしながら小声で話す。何を考えているのだろうか。

「別に俺、索敵スキルを持っているのは隠していませんよ。ではまたよろしくお願いします」

キルは会釈して受付をあとにした。

（Cランクも近いのか？）

Cランクといったらギルドの中でも半分より上位に位置する冒険者だ。

キルはそこまで自分が強いと認識していないが、人よりたくさん獲物を狩れているのは事実のようだし、いずれCランク冒険者になれる日も遠くはないのかもしれない。

ゼペック爺《じい》さんに会ってからいろいろなスキルを身につけてきた。スクロールの力ってすごいんだなと改めて思う。キルの胸にはドンドン強くなりたいという思いが込み上げてくるのだった。


食事をしながら今日の出来事をゼペック爺さんに話す。昔の仲間に会ったこと。森に行ってたくさんゴブリンを狩ったこと。Cランクも近いと言われたこと。

それらを楽しそうにゼペック爺さんに語って聞かせた。ゼペック爺さんも楽しそうに聞いてくれた。

ゼペック爺さんが今日は何だか悪徳商人のような顔をしている。きっと良いことがあるかもしれない。

「キルさんや、このジョブスクロールを買わんかの？　百万カーネルのところを五十万カーネルで良いぞい」

（やっぱりきたよ。待ってました）

「何のスキルスクロールですか？」

「これは昔仕入れた盾使いのジョブスクロールじゃが、今日棚の奥から出てきてのう。これは良いと思ったんじゃ」

「仕入れるってどこで仕入れるんですか？」

キルは、ゼペックの話に興味をそそられ掘り下げる。大切な情報に違いない。

「スクロール職人は生産者ギルドでスクロールを卸値《おろしね》で仕入れられるんじゃ。ただし、何度かスクロールを卸して実績を積まねばいかんのじゃがのう」

ゼペック爺さんが眉毛を吊《つ》り上げて答えた。

（ということは、卸したり仕入れたりできるということか？）

「これはのう、スクロール職人が同じものを作る時の手本があれば役に立つという考えから、ギルドで始まった制度なんじゃと」

「なるほど、そうですか。良いことを聞きました。それと盾使いのジョブスクロールは買います。買いたいです。冒険者として強くなりたいですから」

キルは五十万カーネルをゼペック爺さんに渡してジョブスクロールを受け取った。

早速そのスクロールを使って、盾使いのジョブを身につける。

スクロールを使うだけでこんなにも強くなれるなんて、皆はジョブスクロールの価値を知らないのだろうか。

そしてキルはステータスをスクロールを使って確かめた。

ステータス

キル　人族　１４歳　討伐経験値２７６　討伐レベル２７（６／１０）
ジョブ　職業　中級スクロール職人　レベル２１（９／１０　スクロール作製経験値２０９）
初級剣士　レベル２１（２／１０　剣士討伐経験値２０２）
（中級剣士星なし未開放）
初級盾使い　レベル１（０／１０　盾使い討伐経験値０）
ＨＰ　１２４／１２４　：（１００＋１０）×（１４／２０）＋２７＋２０
ＭＰ　２１４／２１４　：（１００＋１０）×（１４／２０）＋２７＋１１０
ＥＰ　２１４／２１４　：（１００＋１０）×（１４／２０）＋２７＋１１０

回復能力（HP、MP、EP）休憩　毎時1／5　睡眠　5時間で完全回復
攻撃力　117：100×（14／20）＋27＋20
防御力　117：100×（14／20）＋27＋20
腕力　117：100×（14／20）＋27＋20
知力　207：100×（14／20）＋27＋110
器用さ　317：100×（14／20）＋27＋220
素早さ　107：100×（14／20）＋27＋10
脚力　107：100×（14／20）＋27＋10
耐性　物理　レベル1　毒　レベル1
才能（ジョブ）
　スクロール職人星7
　剣士星1、盾使い星1
習得スキル
魔法　クリーン、ストーンショット（土）、ファイアーボム（火）、ヒール（聖）
アーツ　飛剣撃鎌鼬（剣士）、索敵、攻撃力強化、防御力強化、腕力強化、素早さ強化

ちゃんと初級盾使いのジョブが身について能力値も合計で五十アップしていた。もう一つ気がついたことは、剣士のランクの星が足りなくて開放されていないらしいということだ。

星が二つなら中級剣士になれているらしい。

ジョブは星の数によって限界が決まってしまう。

(努力をしても報われないのかな……)

でも今日はキルにとってとても良い日になった。壁が見えたとはいえ、少なくとも強くはなっているのだ。

(……上級スクロール職人を目指そう。そうすればステータスも上がるんだ)

その後キルは魔力回復薬を三本使ってできるだけのスクロールを作るのだった。

＊　＊　＊　＊　＊

今日は荷馬車を初めて借りられる日だ。荷馬車は荷車よりも積載量が多いし移動速度も速い。ちょっと借り賃が高かったが、その分より稼げれば良いのだ。

午前中はモーモウ狩りにいつもの草原に行く。三十分ほどで着いたので荷車の倍のスピードで移動し目的地に着いたということだろう。積載量だとモーモウなら二十五頭は楽に積めそうだ。

今回はケーナとクリスの班、キル班の二手に分かれてモーモウを狩ることにした。一匹ずつ狩れば今の二人なら前衛無しでも余裕だろう。強い魔物を相手にする前のストレステストにもなる。

安全な状況で狩りをする――その状況判断が大切だと、クリスに真剣な表情でアドバイスする。キルがいなくても二人で狩りをするための訓練だ。それはまさにキルが倒されたり、抜けたりしたあとのためでもある。

キルは隠れたところから二人の狩りを見守る。メンタル的な自立を促す――自信をつけさせなければいけない。キルに依存しっぱなしでは二人のためにならなかった。

キルは二人と魔物の位置関係を熟慮しながら、隙を見て自分のノルマをこなす。二人の邪魔になりそうな群れから狩っていき、できるだけ目の前の群れに専念させた。

索敵で二人の狩りが無理なく進んでいるかを気にかけながらも、キルは難なく十五頭を狩り、ケーナとクリスを見に戻ると、八頭目を倒したところだ。二人も危なげなくモーモウを狩っている。初めに見せた不安の色が消えていた。キル無しの狩りを続けることで自信をつけたのだ。この二人は本当に優秀だ。

「あと二頭で目標数だ。俺が積み込みをやるから狩りは任せたよ」

「了解っす」

キルがモーモウを積み込んでいる間に、クリスとケーナにあと二頭狩ってもらう。ちゃんと周りにウルフがいないのを確かめてから狩りを行う二人には、もう安心して狩りを任せられた。

二十五頭積み込んでも若干余裕はあるが、初めはそのくらいで荷馬車の試運転にした。

ギルドに戻ってもうひと往復。移動が速くなり二時間で一回狩りができるのは非常に効率が良い。

二回目の狩りと食事を終えて、一時頃にギルドに獲物を卸し終える。

二回でモーモウ五十頭は、今までよりかなりのハイペースだ。クリスもケーナもたくさんモーモウを狩れて満足そうである。

「二人とも、もうモーモウ狩りは熟達したね。そろそろ飽きてきたんじゃない?」

「そうっすね。もうモーモウ狩りは完璧っす」

「そうですね。今は危なげなく狩れるようになったと思います」

「それじゃあ、午後は別の狩場でもう少し強そうな魔物狩りにチャレンジしてみようか?」

クリスとケーナは互いに見つめ合ってから、キルの方に向き直り頷《うなず》いた。

モーモウより強い魔物の狩りという言葉に二人は心を動かされたようだ。自信がついたことでステップアップしたいという気持ちが自然と湧き上がったのだ。

荷馬車で三十分ほどの大草原にライオンのような魔物ライガー、牛型の魔物ヌーヌー、狼《おおかみ》型のリカオウ、鹿型のレイヨンなどいろいろな種類の魔獣が混在する場所がある。その数はとてつもなく多く、まさに魔物の楽園。そこなら次の狩場にうってつけではないだろうか。

キルがそこでの狩りを提案し、生息する魔物の名を列挙しだすと、クリスとケーナはまた頷いた。

「狩場はそこで構いません」

「魔物の種類はいろいろいるみたいっすけど、なにを狩るっすか？」

「そうだな……多分ライガーを狩るのが一番やりやすいと思う」

「ライガーって、その中で一番強いんじゃないっすか？」

「草原の王者って呼ばれている魔物ですよね？」

驚く二人を安心させるために、キルは微笑《ほほえ》みながら解説する。

「そうかもしれないが、狩りやすさで言えばライガーが一番くみしやすいと思うよ」

ヌーヌーやレイヨンは一頭狩ると周りのヌーヌー、レイヨンが一斉に逃げ出して遠くに行ってしまう。リカオウの群れは二十四前後でできていることが多く、三人で相手をするには骨が折れる。一方で、ライガーの群れは五、六匹でちょうど良い。それにライガーの群れとは護衛任務の時に一度戦っている。クリスとケーナは一撃でライガーを倒した経験があるのだ。

クリスとケーナはまた二人で見つめ合う。

「キルさんがそう言うなら……いいですよ」

キルの提案を三人で話し合い、午後はその大草原で狩りをしてみようということになった。

草原に到着すると第一目標であるライガーの群れを探す。まずは雄と雌三匹の小さめの群れから狩りに挑戦する。作戦としては、草原の王者としてくつろいでいるライガーに近づき、三人で同時に攻撃するというもの。

知力のステータスが上がって、初期よりだいぶ威力を増したストーンショットは、おそらく雌を一撃で仕留められるが雄は一撃では倒せず向かってくるに違いない。その雄に対してはキルが剣を抜いて相手をするつもりだ。

驚いたことに、ライガーはキル達に気づいても油断をしている。大草原でくつろいでいるライガーの群れに戦いを挑む者などいなかったのだろう。ライガーを餌として狙う魔物は大草原にはいない。ライガーの仕留めた餌を横取りするために挑んでくるならいざ知らず、今は戦いの原因となる餌を持っていないのだ。

思わず唇が緩む。クリスもケーナも緊張した様子はない。十分に近づいた三人はキルの掛け声で一斉に攻撃を仕掛けた。

「撃て！」

キルは叫ぶとともにストーンショットのスクロールを発動した。ケーナは強射、クリスはファイアーボムで雌を狙い撃った。雌のライガーは一撃で倒され、雄ライガーだけが手傷を負いつつも向かってきた。だが、近づく前にキルの鎌鼬の連撃によって切り刻まれる。

初回はシナリオ通りに事が運び、キル達は危なげなくライガーを狩ることに成功した。四匹なら安全に狩ることはできるようだ。

「どうだ？　ライガー狩りの感触は」

キルが二人に手ごたえを確かめる。

「大丈夫っす。さほど危険は感じないっすよ」

ケーナは真剣な表情で答えた。

「私も大丈夫です。二発魔法を撃つ余裕はありそう。初弾を当てられなくても心配ないです」

クリスも自信を覗《のぞ》かせる。キルは頷いてから倒したライガーを荷馬車に積み込み始めた。

一匹の雄に三から五匹の雌というのは一般的なライガーの群れの構成だ。次は難易度をあげて五匹の群を狙うことにする。

初めに雌四匹、その後向かって来る雄をキルが鎌鼬で倒そうという計画だ。

攻撃を仕掛けられることなど経験のないライガーは『緑の草原』が近づいてもキル達を気にかけずにあくびをする始末だ。無警戒なライガーの群れに一斉攻撃が始まる。

「撃て！」

掛け声とともに四匹の雌ライガーの命が消える。雄ライガーが怒りの声をあげた。

ガオオーーン
雄ライガーの体が戦闘形態に変化していく。十センチほどだった二本の牙が二十センチほどに伸び太くなる。五センチほどだった両前足の爪四本ずつが十五センチほどに伸びている。全身の防御力も跳ね上がった。

四匹の雌が一気に倒され驚きと怒りに身を震わせて雄ライガーが向かってきた。

だが強い魔力で身体強化されたキルの攻撃力はライガーの防御力を上回っていた。キルの鎌鼬が走り寄るライガーの体を切り刻み、首から血飛沫《ちしぶき》が飛び、雄ライガーも倒れる。

五匹の群も危なげなく倒せた。続いて四匹の群。その次に五匹の群を狩る。キルは意外に危なげなく狩れるものだと感じる。これもケーナとクリスがキッチリ攻撃を当てること、つまりは彼女達の有能さが大きく影響している。頼りになる子達だ。

五匹までなら安全性に問題なく倒せるようだが、六匹が相手となると遠隔攻撃だけでは倒しきれず、ライガーの近接攻撃を受けることになりそうだ。最悪の場合を想像すれば、キルがライガー二匹を相手に近接戦闘をするという状況だ。

それを踏まえてキルは最後の一匹と近接戦闘の訓練をしようと考えた。そのことをケーナとクリスに伝えると物好きだと言われるのだった。

五匹の群に攻めかかる。

初めに雌四匹を撃ち殺し、予定通り雄が怒って飛びついてきた。

今までは鎌鼬で手傷を負わせて倒していたが、キルは訓練のために鎌鼬を使わず近接戦闘で無傷の雄ライガーの相手をする。

戦闘形態に変化した雄ライガーが伸びた爪で切りかかる。引っ掻き攻撃といえどもその切れ味は名刀の斬撃に匹敵する。キルは最小の動きで躱《かわ》し反撃の大剣を振るった。ライガーがキルの大剣を躱すために素早く飛びのく。キルは追撃のために踏み込んで、さっき振り下ろされた剣を今度は下から上に薙《な》ぎ戻した。後方に大きくジャンプするライガー。

ガオーーン
ライガーの怒りの咆哮《ほうこう》が響き渡る。血走った眼でキルを睨み、ゆっくりとキルの周りを移動する。

キルは上段に構えた大剣を正眼に構え直した。その剣先はライガーの眉間に向けられている。

ライガーが牙をむき、フェイントをかけるように大きな爪を小さく何度か振ってみせる。

睨み合いの時間が流れた。互いに攻撃の隙をうかがっているのだ。

「キル先輩、大丈夫っすかね」

心配そうにケーナが呟《つぶや》いた。横でクリスがその声に答える。

「大丈夫よ！　いざとなったら鎌鼬だって使えるのに、アーツを封印して戦っているのですもの。まだ余裕があるということでしょう」

「そうっすね」

　ライガーが三角飛びのように一度横に飛んでからキルめがけて飛び掛かる。正眼に構えられた剣先を避けての攻撃だ。キルはライガーの爪を一歩左に移動して躱し、体を回しながらすれ違いざまに剣を薙いだ。キルにはライガーの動きがよく見えている。ライガーの右わき腹がキルの剣撃を受けて血に染まった。ライガーの防御力は高いが、体重の乗ったキルの剣撃はかなり深い傷を与えている。

　ガオーーン
　ライガーがまた咆哮した。ケーナとクリスをちらりと睨む。

　キルはすかさずライガーに斬りかかる。キルの連撃が続く。ライガーが長い両前足の爪でキルの剣をはじき続ける。必殺の一撃を出そうという攻撃ではない。ライガーのヘイトを自分に向けさせるためだ。ライガーも反撃の引っ掻き攻撃を繰り出し続ける。

　キルはケーナとクリスがライガーに狙われないようにヘイトを取り続けた。牙による噛《か》みつき攻撃や爪による引っ掻き攻撃を剣で受けたり躱したりしながら、隙を見つけてはライガーを斬り刻む。

　ガキーン。ガキーン。ズバ！

　爪や牙と剣がぶつかり大きな音が響き渡る。切り刻まれる音とともに血飛沫が飛び散る。攻防一体の動きをする余裕がなければライガーに攻撃を叩《たた》き込むことは難しい。キルはライガーの攻撃を一寸《いっすん》の見切りで躱してはすぐさま攻撃に転じる。ライガーは傷を負い出血が増えていくごとに動きが鈍くなっていった。最後はキルが上段から袈裟懸《けさが》けに斬り倒す。

　キルも二ヶ所ほど引っ掻き傷をつけられて割と痛々しい。戦いが終わるとクリスがヒールの魔法スクロールを使ってくれた。念のためライガー狩りを始める前に、二人にはキルの魔法スクロールを預けて、いつでもヒールの魔法を使えるようにしておいたのだ。

「ありがとう。クリス」

キルは感謝を口にして微笑んだ。

「私が怪我《けが》をしたら、今度はキルさんがヒールをかけてくださいね」

微笑むクリス。可愛《かわい》いなと思うキルであった。

「なんか二人、良い感じじゃないっすか？」

からかうケーナに二人は頬を赤らめた。

「こ、こ、これでライガーを二十三匹狩ったわけだけど、そろそろギルドに戻ろうか」

キル達はギルドに戻ってライガーを買い取ってもらった。雄五匹、雌十八匹で、九十五万カーネルになったが、魔石だけキルは欲しかったので二十三個の魔石は買い取りに出さずその分引かれて八十三万五千カーネルになった。モーモウの分と合わせて百八十三万五千カーネル、ケーナとクリスに六十五万カーネルずつ、キルに五十三万五千カーネルと魔石という配分になった。

「すごい稼ぎっす。普通の仕事だと一日一万カーネルくらい稼げればマシな方っす。その六十五倍はとんでもないことっすよ」

「そうですね。これもキルさんのおかげです」

「ケーナとクリスが有能だからだよ。本当に頼りになるね、君達」

キルは本心からそう思った。

ケイトに明日も荷馬車が借りられるか確認すると、明日は良いが明後日は空いてないと言われる。

そこで明日はライガー狩りを三往復する予定にして、明後日は自由行動にすることにした。

荷馬車に乗ることを覚えたら、荷車を引くのが嫌になったということもある。
キルはその晩も上級職を目指してスクロールをたくさん作るのだった。

ステータス

キル　人族　１４歳　討伐経験値３１９　討伐レベル３１（９／１０）
ジョブ　職業　中級スクロール職人　レベル３７（９／１０　スクロール作製経験値３６９）
　　　　初級剣士　レベル２５（５／１０　剣士討伐経験値２４５）
　　　（中級星なし未開放）
　　　　初級盾使い　レベル５（３／１０　盾使い討伐経験値４３）
ＨＰ　　１１８／１１８　：（１００＋１０）×（１４／２０）＋３１＋１０
ＭＰ　　２１８／２１８　：（１００＋１１０）×（１４／２０）＋３１＋１１０
ＥＰ　　２１８／２１８　：（１００＋１１０）×（１４／２０）＋３１＋１１０
回復能力（ＨＰ、ＭＰ、ＥＰ）休憩　毎時１／５　睡眠　５時間で完全回復
攻撃力　１２１：１００×（１４／２０）＋３１＋２０
防御力　１２１：１００×（１４／２０）＋３１＋２０
腕力　　１２１：１００×（１４／２０）＋３１＋２０
知力　　２１１：１００×（１４／２０）＋３１＋１１０
器用さ　３２１：１００×（１４／２０）＋３１＋２２０
素早さ　１１１：１００×（１４／２０）＋３１＋１０

脚力　１１１：１００×（１４／２０）＋３１＋１０
耐性　物理　レベル１　毒　レベル１
才能（ジョブ）
　スクロール職人星７
　剣士星１、盾使い星１
習得スキル
　魔法　クリーン、ストーンショット（土）、ファイアーボム（火）、ヒール（聖）
　アーツ　飛剣撃鎌鼬（剣士）、索敵、攻撃力強化、防御力強化、腕力強化、素早さ強化

＊　＊　＊　＊　＊

朝日が昇りキルは家を出る。今日は始めからライガー狩りに行くことになっていた。荷馬車のレンタル料を払い昨日の草原に急ぐ。五匹の群を中心に狩りをしながらキルは雄ライガーとの一騎討ちで近接戦闘の訓練を積む。ケーナとクリスにライガーが向かわないように、ヘイトを取ることを忘れない。

五組の群を狩って二十五匹のライガーを倒した。一度目を終了にしてギルドに卸しに向かう。この調子なら余裕で三往復はできるペースだ。十一時頃には二度目の狩りに入る。途中で食事用に鹿型の魔物レイヨウを狩って食べる。食べきれないのがかえって肉狙いの魔物を呼び寄せそうで危険を感じた。

二度目の狩りも順調にこなし二十五匹のライガーを狩った。三度目の狩りは六匹の群にチャレンジ

する。キルが最後に雌一匹と雄一匹のライガー二匹を相手にする作戦だ。

予定通り四匹の雌ライガーを倒し、残った二匹が襲ってくる。近づく前に雌を鎌鼬で倒せれば楽な戦いになるのだが、一瞬早く雄ライガーの攻撃がキルに届いた。キルは落ち着いてその攻撃を躱しながらメスライガーにとどめの鎌鼬を決めて、そのあと雄ライガーの相手をする。やはり、二対一より一対一の方が楽だし安全だ。

雄ライガーを相手にすることに慣れておいたおかげで、余裕で雌ライガーに止《とど》めを刺せたのだ。

その後は一対一、キルは楽に雄ライガーを倒し六匹の群れもなんとか無傷で倒せることを実証した。

それからは六匹の群も避けることなく攻撃して二十八匹のライガーを狩って三度目の狩りが終わる。

「ライガー狩りも慣れてきたなあ」

「そうっすね、キル先輩の剣捌《さば》き、たいしたものっすよ」

「一人で二匹のライガーを相手にできるってかなりハイレベルなことではないかしら？」

「俺には鎌鼬という飛び道具があるからな。実質一対一と同じことだった。無傷のライガー二匹を相手にするのは、ちと厳しいと思うよ」

今日は合計七十八匹のライガーを狩りその内四十八匹をキルが倒したわけである。

「なんかいつもキル先輩がたくさん倒しているのに分前が同じで悪いっすね。魔石の分は差し引いて三等分で良いんじゃないっすか？」

「そうよ、そのくらいキルさんの取り分が増えても足りないくらいよ」

「そうかい。計算も面倒だからそうさせてもらうと助かるよ」

ライガーの魔石七十八個はキルがもらい、金を三等分にして一人に百五万カーネルを分配し解散した。

その後、時間的余裕があったので、ギルは生産者ギルドにスクロールの買い取りと材料仕入れをしにいくことにした。生産者ギルドで蝋皮紙《ろうひし》を二百枚買って一万カーネルを支払う。そしてスクロールを買い取りしてもらえないかを聞いてみる。

「そういえば君、ゼペックの爺《じい》のところを紹介してあげた子だね。スクロールはもう作っているのかい？　ゼペックの爺あまり働かないだろう。しょうがない爺だな」

生産者ギルドの職員がゼペック爺さんの陰口を言う。

「スクロールは引き取ってもらえないと作ってても貯《た》まる一方なので働けなくなるんですよ。何か卸させてもらえるスクロールはないでしょうか？」

「そうだなあ、ウチにも在庫が余っているから人気の無いものはちょっとなあ。ヒールとかなら良いぞ」

「ヒールなら三十個ほど作ったんですけどお願いできますか？」

「三十個は多すぎだな。二十個でどうだ。一つ千五百カーネルで良いかね」

卸値は小売値の半額だ。

「ありがとうございます。あとは何か卸せませんかね」

「あとはちょっと厳しいかな。今度来た時に欲しいもの探しておくよ。悪いな」

「そうですか……」

残念だが売れないことはよく分かっていた。あとは欲しいスクロールがないか探してみる。

「あのう～、スクロール職人には半額、卸値でスクロールを売ってくれるそうですけれど本当ですか？」

「ああ、君は生産者ギルドにスクロール職人で登録もしているし、教材用に売ってやるぜ。何が欲しいんだ？」

「ジョブスクロールは何かありませんか？」

「なに！　ジョブスクロール？　ないことはないが、取り揃《そろ》えてあるというほどはないぞ。それに五十万カーネルだぞ。君作れるのかね？」

驚いてキルを見つめる職員のオッサン。

「まだ作れないんですけれど、ゼペックさんも作れないそうで、見たいんですよね」

恥ずかしそうにキルは答えた。

「あるのは魔術師と槍《やり》使い、あと聖職師くらいかな」

「三つで百五十万カーネルですか？」

「そ、そ、そうだけど、おま、そんなに持っているのか？」

オッサンが驚いてキルを見つめた。キルはあり金を数えだす。ありそうだ。なにせ今日百五万カーネル稼いできたのだ。

「ヒールの分を引いて百四十七万カーネルです。確かめてください」

ヒールの卸値と差し引き、金貨と大銀貨、小銀貨を取り混ぜて百四十七万カーネルを支払った。

「兄ちゃんやるねえ！」

生産者ギルドのオッサン職員が大喜びで金を数えスクロールを持ってきた。

「兄ちゃん、また変わったのが欲しくなったら言ってくれよ。それに兄ちゃんからは少し無理でも仕入れてやるからよ。いや～売れてよかったな～。もう返品は利かないからな」

「いいえ、大丈夫です。これでいろいろ分かることがあるので。俺の方こそ返しませんから」

「おー、良かった、良かった。じゃあ兄ちゃん仕事の方がんばりな」

キルは生産者ギルドでとても喜ばれた。

そしてその後、上級魔力回復薬を二十個八万カーネルで買うのだった。

キルは工房に帰って早速ジョブスクロールを使ってみる。魔術師と、聖職師、槍使いのジョブを身につけた。五つのジョブスクロールを使ってみて、共通する部分の紋様が分かった。外周の部分がジョブスクロールにするための紋様だと推定できる。

あとは職業を表す紋様が何なのかとか星の数はどこが表しているのかとか、解析を続ければ自在に作れるようになるかもしれない。

ステータスのスクロールを使って自分のステータスを確認する。

ステータス

キル　人族　14歳　討伐経験値367　討伐レベル36（7／10）
ジョブ　職業　中級スクロール職人　レベル37（9／10　スクロール作製経験値369）
初級剣士　レベル30（3／10　剣士討伐経験値293）
（中級星なし未開放）
初級盾使い　レベル10（1／10　盾使い討伐経験値91）
初級魔術師、聖職師、槍使い　レベル1（0／10　三職討伐経験値0）
HP　143／143：（100＋10）×（14／20）＋36＋30
MP　263／263：（100＋10）×（14／20）＋36＋150

ＥＰ　２６３／２６３　：（１００＋１０）×（１４／２０）＋３６＋１５０
回復能力（ＨＰ、ＭＰ、ＥＰ）休憩　毎時１／５　睡眠　５時間で完全回復
攻撃力　１３６：１００×（１４／２０）＋３６＋３０
防御力　１３６：１００×（１４／２０）＋３６＋３０
腕力　１３６：１００×（１４／２０）＋３６＋３０
知力　２３６：１００×（１４／２０）＋３６＋１３０
器用さ　３２６：１００×（１４／２０）＋３６＋２２０
素早さ　１２６：１００×（１４／２０）＋３６＋２０
脚力　１１６：１００×（１４／２０）＋３６＋１０
耐性
　物理　レベル１　毒　レベル１
才能（ジョブ）
　スクロール職人星７
　剣士星１、盾使い星１、魔術師星１、聖職師星１、槍使い星１
習得スキル
魔法　クリーン、ストーンショット（土）、ファイアーボム（火）、ヒール（聖）
アーツ　飛剣撃鎌鼬（剣士）、索敵、攻撃力強化、防御力強化、腕力強化、素早さ強化

新しいジョブを身につけているのが確認できた。それに伴って基本ステータスの上昇も認められた。

そしてその後はいつものようにスクロール作りだ。たくさん作ればそれだけ経験値が積み重なる。

努力は裏切らないのだ。

ＭＰとＥＰは２６３あるのでまずヒールの魔法スクロールを二十六枚作る。

その後は魔法回復薬を利用する。上級魔力回復薬は一つにつき二百の魔力を回復する。

頑張って五回使い一千ＭＰ分のスクロールを作った。

攻撃力、防御力、腕力、素早さの強化のスキルスクロールとハイヒールの魔法スクロールを十枚ずつで一千の魔力を消費する。魔力回復薬の飲みすぎで、お腹《なか》はカポカポだ。

苦しいのでなんとかしたいと考えた末、ヒールのスクロールを使うことを思いついた。使ってみると苦しさは完全になくなった。

これは良い方法を考えついたと思い、あと五回魔法回復薬を使って一千ＭＰ分のさっきと同じスクロールを作る。合わせて二十枚ずつになったということ。

そしてもう一度ヒールのスクロールを使う。苦しいままではいたくない。

スクロール作製経験値は、二百二十六アップしているはず。ということはレベルが今６０と（５／１０）になっているはずである。

上級魔力回復薬はあと十一個あるし材料もたくさんある。その後頑張って薬を十個使い二千ＭＰ分のスクロールを作った。

レベルは８０と（５／１０）で同じスクロールが四十枚ずつになった。蝋皮紙二百二十六枚とライガーの魔石も五十、ゴブリンの魔石も七消費した。材料が全体的に少なくなっている。

大量に作るのに一番大変なのが魔石を粉にする作業なのだ。

スクロールをたくさん作ったため、蝋皮紙は昨日で残りわずかになってしまった。明日もまた蝋皮紙を買いに行かねばならないだろう。

（まとめ買いしたつもりでも全然足りなかったか……不良在庫の山ができてしまったな。上級魔力回復薬も買ってこないと……金がいくらあっても足りないな……）

いろいろと考えながら今日はもう寝ることにした。とにかく今はジョブを極めること＝上級スクロール職人に進化することが目標だ。進化すれば進化ボーナスでステータスも上がる。そのためにはとにかくスクロールをたくさん作ることしかない。

「明日も稼がなくっちゃ」

キルは自分に言い聞かせるように呟いた。

＊　＊　＊　＊　＊

今日は荷馬車が使われていて借りられないので『緑の草原』は休みである。キルは一人で行動する。冒険者ギルドの掲示板を眺めて一人で受けられそうな依頼を探していると、ケイトが声をかけてきた。彼女はパリス冒険者ギルドの受付嬢の中でもナンバーワンの美人だ。ギルドの制服がとてもよく似合っている。男性冒険者達からの人気はもちろん高い。

「今日はお一人ですか？　もし何でしたらギルドから指名依頼を出してもよろしいでしょうか？」

「はい、何でしょう？　基本的には受けたいと思ってますけど」

周囲の男性冒険者達の冷たい視線が刺さるなか、少しケイトから視線を逸《そ》らして答える。

「実は、この前のゴブリンの件なのですが、ギルドから討伐依頼を出しているんですよ。その案内役をキルさんにお願いできたらと思いまして」

確かに掲示板にゴブリンの討伐依頼があったのはキルも気がついていた。その依頼も受けようと思っていた候補の一つだった。

「キルさんは案内だけでもゴブリンを狩ってくれてもどちらでも良いのですが、案内料一万カーネルと、あとは耳一つにつき一千カーネル、魔石はご自由にして良いですよ。もし上位種がいた時には、別途それなりの報酬をお出しします。良い話でしょう？」

「わかりました。その依頼引き受けます」

掲示板の依頼より良い条件にキルは二つ返事で引き受けることにした。

「それでは依頼の冒険者が集まるまでこちらでお待ちください」

ケイトの言う通り、キルがギルドの片隅で待っていると続々と冒険者が集まってきた。

「ケイトさんに言われたんだが、アンタがゴブリン集団の討伐隊の案内人だって？」

キルに声をかけてくる者がいる。

「はい。案内人のキルです。よろしくお願いします」

ニッコリ笑顔で対応するキルを三人の冒険者は怖い顔で取り囲んだ。レイド（複数のパーティーが協力し一つの依頼をこなす大規模な案件）は冒険者同士の関係が結果に大きな影響を及ぼす。

キルは三人に囲まれながら不安を覚える。

「俺達はCランクパーティーの『バーミリオン』だ。俺がリーダー、剣士のガスだ」

「槍使いのダクだ。よろしく」

「盾使いのバズ。よろしく」

「俺達は全員Cランク冒険者だ、ゴブリン如《ごと》きは瞬殺だが上位種がいるかもしれないからというので指名依頼を受けている。アンタは？」

ガス達三人はキルを囲んで不機嫌そうに言った。彼らはケイトのファンで、キルとケイトが親しそうに長々と話していたのを見て気分を害していたのだった。

「Dランク、スクロール職人のキルです。先日ゴブリン討伐依頼の時にゴブリンの大きな群れを発見した関係で、先ほど案内人を指名依頼されました」

キルが事情を説明する。ガス達三人が事情を理解して勘違いだと悟り、ニッコリ笑った。ケイトとの関係を疑っていたのだ。キルはほっとして胸をなでおろした。別の冒険者パーティーもやってきて名乗りを上げる。全員揃った頃を見計らいケイトが再びやってきて依頼の詳細と参加メンバーを紹介した。

参加メンバーは、道案内役のキル、Cランクパーティー『バーミリオン』の三人、Dランクパーティー『ライガーの牙』の槍使いのボブ、剣士のゼク、盾使いのケセタ、Dランクパーティー『ボアハング』の剣士のタキ、槍使いのヤン、クエ、イゴの合計十一人だ。

ガスが進み出てケイトの横に立って向き直り、偉そうに胸を張り、大声でリーダーとして名乗りを上げると全員が了解の声を上げた。ケイトもにこやかに頷く。ケイトはいつも笑顔を絶やさない人だ。たとえそれが営業スマイルだとしても。ガスはちらりとケイトを見てから満足そうな笑顔でキルに視線を向ける。ケイトの前でかっこよく仕切れたことが嬉《うれ》しいらしい。

「キル、先頭に立って道案内を頼む」

「了解。森に入ったら俺について来てください」

キルの言葉に全員が頷いた。

キルと十人の冒険者がギルドの用意した荷馬車に乗り込み現場に移動する。城塞都市内の道はそれなりに整備されているが、外の道は荒れ放題だ。轍《わだち》が集まってできたような道を幌《ほろ》付きの荷馬車は揺れながら進んでいった。森のそばで全員が降車する。天気は良いが森の中では強い太陽の光が半分さえぎられている。明るすぎはしないが暗くはない。キルは索敵を働かせながら以前ゴブリンの大きな群れを見つけた方向に全員を導いていった。

先頭に立って森の中を歩きながら、前方から現れるゴブリンの小さな群れを、キルは一人飛剣撃鎌鼬で倒しながら進んでいく。光の斬撃は無慈悲に障害物を取り除いていく。ゴブリンは近づくことすら許されない。幸い、現れた小さな群れはレベルが低いのか、飛び道具を持っていたり、魔法を使えたりするゴブリンはいなかった。

七から八匹の群れは近づきながら速度を緩める必要もなく倒しながら進んでいく。もちろん魔石と耳は回収しながらだ。五つの群れ三十八匹を倒したところで後ろの冒険者から声がかかった。

「俺達にも倒させてくれよ」

『ライガーの牙』のボブだ。

「わかりました。次に見つけたら俺は攻撃をする前にガスに指示をお任せします」

「頼んだぜ」

キルは森の奥にしばらく進みながら突然立ち止まってガスに告げた。

「三十メートルくらい先にゴブリン八匹の群れです」

「『ライガーの牙』と『ボアハング』は三十メートル先のゴブリン八匹を狩ってくれ。残りはついていって援護」

ガスはすぐさま指示を出した。キルは変わらず先頭で歩みを進めている。

「すぐそこにゴブリンがいるって？　本当か？」

タキが不審そうに眉をひそめる。半信半疑で進んでいく『ライガーの牙』と『ボアハング』が三十メートル先でゴブリンを見つけると飛び出していって乱戦になる。キルは手を出さずに黙ってそれを見守った。

Dランク冒険者はゴブリン如きはものともしない。すぐに八匹のゴブリンを殲滅《せんめつ》した。

「本当にいたぜ。たいしたもんだな。キル！　おめー、よく分かるな」

イゴがニヤリと口の端を上げてキルのことを褒めた。キルは苦笑する。索敵持ちなら誰でもできることだ。スキルスクロールの営業をしようかと思ったが空気を読んでそれはやめた。

「見つけました。百匹くらいの群れです。あちら、三十メートル先に十匹、そのまた先三十メートルくらいにも約百匹の群れがいます」

少し進んだところでキルは落ち着いた声で指差す。前回来た時に、いくつもこのサイズの群れがいたので必ず見つけられると思っていたが、割と簡単に見つけられてよかった。

キルの言葉にどよめきが漏れる。

「三十メートル先に十匹、その先三十メートルに百匹くらいだと」

半信半疑でボブが聞き返した。ガスが指示を出す。

「三十メートル先の十匹は『ライガーの牙』と『ボアハング』に任せて良いか？」

「おうよ」

「その後の百匹は、十匹倒してから作戦を立てよう」

ガスが真剣な面持《おもも》ちで言う。そして全員獲物に接近していく。

『ライガーの牙』と『ボアハング』は十匹のゴブリンをあっさり片付けて、冒険者達はその場で百匹の群れに対する作戦を立て始めた。

「しかし、実際百匹もの群れに出会うとは思わなかったな」

ガスはまだ信じられないという目でキルを見るがもうキルの言うことに間違いがないことは分かっていた。

「いえ、百以上の群れを複数確認していますので間違いなく案内できると思っていましたよ」

「複数だって！」

ボブが驚いて聞き返す。ガスは腕を組んで不敵な笑いを浮かべた。

「上位種の可能性を匂わされたが、それじゃあいると思っていた方が良いなあ」

『バーミリオン』はそのために指名依頼をされているに違いない。

「上位種は俺達の依頼には入っていないぜ！」

ボブがガスの言葉に食って掛かった。

「ビビってるのか？　『ライガーの牙』さんよう」

『ボアハング』のヤンが挑発する。

「ビビってるわけねーだろう。俺達はやる時はやるぜ！」

怒鳴り返すボブの額には冷や汗が滲《にじ》んでいた。

「大丈夫だ。上位種はCランクの俺達に任せておけ。それにしても百対十だからな。全員の戦力を知っておきたい。この中で強化系のアーツを持っている者は？」

『バーミリオン』の三人とキル、『ライガーの牙』のケセタ、『ボアハング』のタキ、ヤン、イゴが手を挙げる。

「遠距離攻撃系のアーツを持っている者は？」

キル、『バーミリオン』のダク、『ボアハング』のクエが手を挙げた。

「遠距離攻撃が三人か……キルはもちろん攻撃に参加してくれるよなあ？」

ガスが切羽詰まった様子でキルを見つめる。キルは他の冒険者の顔色が気になった。どうでも良いという表情の者は一人もいない。全員が真剣な眼差《まなざ》しでキルを睨んでいる。

「別にどちらでも構いませんよ」

「さっきの様子を見た感じだとキルの遠距離攻撃は絶対必要だ。戦ってくれ」

「わかりました。それと俺は、ヒールとかハイヒールのスクロールを持ってますから多少の傷なら治せると思いますよ」

「それはありがたい。もしもの時は使わせてもらおう」

ガスはキルに参戦の約束をさせると全冒険者に向かって言った。

「作戦は至ってシンプルで普通のものだ。まずは遠距離攻撃で敵の数を減らし、接敵したら全員でそれに当たる。上位種が出てきたら『バーミリオン』が相手をする。以上だ。行くぞ！」

ガスが作戦を告げ全員が動き出した。

ゴブリン討伐隊は、気配を殺しながらゴブリン百匹の群れに近づいていく。遠距離攻撃ができるキル、ダク、クエの三人は先頭で横に並び、一斉に攻撃の準備に入る。ゴブリンと接敵する前にどれだけの数を減らせるかが、今回の戦いの勝敗の鍵を握っている。強化系のアーツを持っている者は皆自身を強化した。

ガスの合図で戦闘が開始される。

ダク、クエは槍使いだ。キルは槍使いのアーツをこの目に焼き付けておきたい。

「流星槍！」

ダクがシュシュシュと槍で空を突くと穂先に発生した紋様から数本の赤く輝く光の槍が飛びゴブリンを貫く。キルは飛剣撃鎌鼬を放ちながら、ダクのアーツの紋様をその目に刻みつけた。

クエも遠距離攻撃を始めていた。

「ショットランス」

紋様を生じた穂先から一本の槍状の攻撃波動がゴブリンに突き刺さり貫いていった。三人の遠距離攻撃で次々とその数を削られるゴブリン。ダクの流星槍は一度に三、四匹のゴブリンを倒している。かなり強力なアーツだ。

ゴブリン達が近づくまでにダクは十一匹、キルは八匹、クエも三匹のゴブリンを倒していた。

そして十対約八十の乱戦になだれ込む。

スピードもあり器用さのステータスが桁違いに高いキルにゴブリンの攻撃は当たらない。キルは器用にその攻撃を避けられるのだ。キルは群れの中に単身飛び込むとマシーンのようにビシバシと近くのゴブリンを斬り飛ばす。キルの周りはゴブリンの死体の山が築かれている。

キルほどではないが周りに死体の山を築いているのはガスとダクだ。さすがはCランク冒険者だ。

盾使いのバズは盾で相手を吹き飛ばすシールドバッシュというアーツを使ってゴブリンを殴り殺していた。キルは盾に生じた紋様もその目に焼き付ける。バズはヘイトを集めて味方から敵を引き離すアーツ・ヘイトテイカーも使っていた。もちろんその紋様も目に焼き付ける。

Cランクともなるといくつかのスキルを身につけているものらしい。

それに引き換え『ライガーの牙』の面々はあまりスキルを身につけていない。

Dランクといえども苦労してきたに違いない。頑張れ！

幸いなことに上位種は現れなかった。索敵にもそれらしい気配は無かったけれど、その通りだったようだ。キルは安堵《あんど》する。

掃討後は全員で剥《は》ぎ取りを行い、キルはここまでに五十二匹分の魔石と耳をもらっている。他のみんなもそれなりに分け前をもらった。

ここで引き揚げても良いのかもしれないがキルはもう一つの百匹以上、おそらく百二十から百三十匹のゴブリン集団を見つけていた。何やらこの集団には上位種らしい個体がいるように感じる。それも複数いる。キルはガスに近寄りその索敵結果を耳うちした。

「複数の上位種がいます。戦力を整えて出直すべきだと思います。この戦力では全滅ですよ」

「そうか……、分かった。引き返そう」

ガスがキルの進言に従うことにしたので、他のメンバーは上位種のことを知らぬままにその場をあとにすることになった。ガスも複数の上位種を相手にするには、今の戦力では被害者が出ると思ったのだろう。冒険者は決して無謀なことを好んでするわけではない。想定外の危険に巻き込まれることが度々発生するだけなのだ。

討伐隊は百八十度方向転換してギルドに引き返すために歩き出す。その時キルは討伐隊の方に急速に近づいてくる気配を感知した。さっきの上位種のうちの一体のようだ。

「何か来ます。とても速い」

キルの言葉にガスは叫んだ。

「急いで逃げるぞ！　危険な奴が急速に追ってきてる」

全員が騒然として走り出した。もちろんキルも走り出している。

キルの索敵では、上位種との接敵は避けられない。

「ガスさん。やばい、こいつ速い！　追いつかれます！」

「ああ！　俺にも分かるところまで来てるなあ。奴の危なさがひしひしと伝わってくるぞ」

ガスも叫びダクとバズがガスに寄り添う。三人で追跡者と対峙《たいじ》するつもりらしい。頷き合う三人。

「上位種だ！　コイツは俺達が何とかする。足止めしたあとですぐに追いつくからお前らはこのまま街まで逃げろ！」

ガスはさっきより大きな声で全員に向かって叫んだ。『ライガーの牙』と『ボアハング』の計七人は指示に従い一目散に走っていく。

『バーミリオン』の三人が追い縋《すが》る敵に対峙するために立ち止まった。キルは迷ったが『バーミリオン』とともに戦うことにした。自分の力を過大評価したのかもしれない。いや違う。命の危険がかなりあるのは分かっている。そんな危険を冒すべきではないのは当然のことなのに、血迷ったとしか言いようがない。今日会ったばかりで親しいわけでもないのに……、だがそうしなければ『バーミリオン』の三人の死は確実だ。

「俺も残って戦います！」

キルが叫んで立ち止まる。

「バカヤロー！　早く逃げろ！　お前が加わっても俺達じゃ敵《かな》わないぞ！」

立ち止まったキルを見てまたガスが怒鳴る。だがすでに時は遅かった。見たこともないゴブリンが後ろについていて不気味な笑いを浮かべていたのだ。

「クソ！　もう追いついてきやがった」

ダクが流星槍でそのゴブリンを攻撃する。

ゴブリンは飛んできた赤く光る幾本もの槍を、素早く飛び、余裕のスピードで躱してみせる。

「コイツ、上位種というより変異種だぞ。スピード特化型だ！」

ガスが叫んで注意を促した。

(こんなゴブリンを見るのは初めてだ)

人と同じくらいの背丈で、ジェネラルほどガッチリしていない。どちらかと言えば細い手足で腰布を巻いただけの変異種は、連続殺人犯や偏執狂のように歪《ゆが》んだ喜びに満ちた笑いを浮かべていた。

両手の短剣は人間を殺して奪ったものだろう。

そして今、その短剣によるハイスピードの攻撃をダクは長槍を使って受け、そして身を躱す。変異種の連続攻撃をやっとのことで躱し続けている。ガスが変異種に斬りかかり二対一の状況を作ろうとするが、変異種はするりと身を躱して飛ぶように逃げる。

続け様に飛び込みながら右腕の短剣でガスに斬りつけ、ガスがその剣を自分の剣で受けたその時には左手の短剣がガスの右脇腹に深々と突き刺さっていた。

「ぐは！」

ガスが口から血を吐く。

変異種は飛び退《との》いて今度はバズに飛び掛かる。短剣を引き抜かれた瞬間、傷から血飛沫が飛び大量の出血とともにガスは膝からゆっくり崩れ落ちた。

バズは変異種の攻撃を盾で受け弾《はじ》き飛ばしている。

キルは急いでガスに近寄りハイヒールのスクロールで治療した。

「大丈夫ですか！　ガスさん」

膝をついて俯《うつむ》いていたガスが青い顔を上げる。どうにか完治でき、戦線に復帰できそうだ。

「平気だ。戦える」

変異種はキルが回復役と知るとバズへの攻撃をやめ、飛び退いてキル達二人に視線を向けた。変異種がキルに狙いを定めたのが分かる。奴の顔に浮かんだ歪んだ笑みに、キルの背筋に寒気が走る。

ダクが槍で突くが、変異種はひらりと身を躱しキルに飛び掛かってくる。

キルは高い器用さで変異種の二つの短剣から身を躱し、剣で受け弾きをし続けた。

バズが「ヘイトテイカー！」と叫びアーツを発動する。

ヘイトテイカーは強制的に敵の攻撃目標を自分に向けさせるアーツだ。一定時間攻撃を自分以外に向けることができないため仲間が攻撃されることがない。変異種は再びバズに斬りかかる。

ヘイトを取ったバズは盾で攻撃を受け続け、そこを狙ったように、変異種を左右の後方からガスが斬りつけ、ダクが槍で突く。

飛び退いた変異種は避けきれずにダクの槍にかすり傷を負って緑の血が飛び散る。

変異種の偏執的笑いが大きくなり、またキルに斬りつけてきた。

キルはやっとのことでその攻撃を剣で受け続ける。

バズがもう一度ヘイトテイカーを発動し、変異種がキルからバズの方に体を向けたその刹那《せつな》、すかさずキルは小声で素早くファイアーボムを唱える。

「炎よ、我が願いに応《こた》え、ここに顕現して敵を倒せ！　爆《は》ぜよ、ファイアーボム」

ダクに向かおうとした変異種の背中にファイアーボムが当たり、体勢が崩れる。

変異種は、剣を持つキルからの魔法攻撃に、意表を突かれて避けられなかったのだ。大きく焼けこげ、えぐれた傷を押さえて驚き、振り返ってキルを見て、笑いを引きつらせる。

大きなダメージを負った瞬間、隙ができた。

すかさずガスが斬りかかる。動きの鈍った変異種にガスのアーツ『兜割《かぶとわり》』が炸裂《さくれつ》した。その一撃で変異種は背後から頭を割られて絶命する。

「ふー。やったなガス！」

ガスに近寄るバズ。

「ああ。これで止《とど》めだ！」

ガスは剣を振り上げ、念のために止めの一撃を加え、ダグもバズもほっと一息ついていた。

キルは索敵で周りの状況を調べる。百匹以上のゴブリンの群れはこちらを追ってきてはいなかった。

確認して安心したキルは変異種の魔石を剥ぎ取り耳を切る。そしてガスに渡すのだった。

「奴らが来ないうちに逃げて合流を急ぎましょう」

「そうだな。急ごう」

ガスはダクとバズに声をかける。頷く二人。四人は全力でゴブリンの森から逃走した。

「キル、君のおかげで死なずに済んだよ。ありがとう。後でスクロールの代金は必ず払うから」

ガスが走りながらキルに感謝を伝えた。

「いえ、俺が勝手にやったことですし、代金はいりませんよ」

「そういうわけにはいかんよ。君には命を救われたのだし必ず払う。これはけじめだ」

十四歳の気の弱そうでおとなしい少年が、とてもDランクとは思えない実力を持っていた。

(なんという幸運……俺はこいつのおかげで生きている。それにしても索敵にファイアーボム、剣の腕もそのアーツもDランクのものではない。ランクの評価が低すぎだ)

ガスはこの幸運を噛みしめる。

「それにしてもキル君は魔法も使えるんだね。驚いたよ」

「ソロになったら、うちに入ってもらいたいね」

バズとダクもキルに話しかけてくる。二人も生きて帰れたのはキルのおかげだと思っていた。

そうこうしながら四人はギルドに戻ると、『ライガーの牙』と『ボアハング』のメンバー達がキル達四人の生還を喜びながら迎えてくれた。

「心配したぜ……生きて戻れて良かったな」

ボブがキルに抱きついてきた。四人は生きては戻れないだろうと思っていたのは間違いない。

「ご心配をおかけしました。皆さんもご無事なようでなによりです」

キルは苦笑しながら言った。ガスは全員の帰還を確認している。

「あの上位種はどうなった？　すごいスピードの奴だったな。戦ったのか？」

「まあ、一応みんなで倒したよ」

ボブが驚き目を見開いてガスを見る。ガスが拳を突き出してその視線に応えた。

「皆無事でよかったな。それじゃあ報告に行くか」

ガスがケイトに報告を済ませる。そしてそれぞれがゴブリンの耳や魔石で換金をした。キルは案内代一万カーネルと五万二千カーネルのゴブリン討伐代と五十二個の魔石を手に入れた。

その後、皆と別れ、キルは商業ギルドに立ち寄って蝋皮紙を一千枚買って今日のスクロール作りに備える。今日はたくさんのアーツの紋様を目に焼き付けたので、スクロールを作ってみるのが楽しみだ。

上級魔力回復薬が少ないので買い足したいが、お金も使い切るわけにはいかないので二十万カーネルで五十個だけ買うことにした。

＊　＊　＊　＊　＊

「キルさんや！　今日は何を作るのかのう？」

ゼペック爺さんがキルの手元を覗き込む。

工房に戻ったキルは魔石の粉をたくさん作っていた。

「ホウホウ、たくさん作るつもりじゃのう」

ゼペック爺さんがまた指導をしてくれそうな状況にキルは湧き上がる喜びに満たされてにっこり笑った。

(なんだかんだゼペックさんは優しいな……)

「はい！　今日はアーツをたくさん見てきたので、そのスキルスクロールを作ろうと思ってます」

「そうかそうか、昨日もえらくたくさん作っておったようじゃが、少しは売れたのかえ？」

「いえ……ヒールを二十個ほどギルドに卸せたんですけど……」

さっきまでニコニコしていたキルは、少し顔を曇らせた。

「売れなくても値段を下げてはいかんぞえ。そんなことをしたら値段はどんどん下がっていくものだからのう。分かったな」

「はい。もう売れなくても貯めておけば良いや……と思っています」

キルは愛想笑いをするしかない。顔が引きつる。今までに作ったスクロールは不良在庫の山になっていた。今度また生産者ギルドで何かしら買い取ってもらおう。そうしないと材料代が底をつきかねない。

キルはライガーの魔石を粉にし終えると、蝋皮紙を出してスクロールの作製を始める。

まずは兜割から、紋様を思い浮かべてその紋様からスキル化した紋様を考える。

蝋皮紙に掌《てのひら》をかざし、紋様を刻み込む。光が掌を包む。光が消えた時、蝋皮紙に紋様が描かれ、兜割のスキルスクロールが出来上がった。

試しに自分に使ってみると確かに身についた感じがする。

次はヘイトテイカー、そしてシールドバッシュ、作っては自分に試して身につけていく。

次は流星槍、そしてショットランス。

五つのアーツを身につけて、確認のためにステータスのスクロールを使った。

ステータス

キル　人族　１４歳　討伐経験値４１９　討伐レベル４１（９／１０）
ジョブ　職業　中級スクロール職人　レベル８１（５／１０　スクロール作製経験値８０５）
　　　初級剣士　レベル３５（５／１０　剣士討伐経験値３４５）
　　　（中級星なし未開放）
　　　初級盾使い　レベル１５（３／１０　盾使い討伐経験値１４３）
　　　（中級星なし未開放）
　　　初級魔術師、聖職師、槍使い　レベル６（２／１０　三職討伐経験値５２）
ＨＰ　１４８／１４８　：（１００＋１０）×（１４／２０）＋４１＋３０
ＭＰ　１４８／２６８　：（１００＋１０）×（１４／２０）＋４１＋１５０
ＥＰ　１４８／２６８　：（１００＋１０）×（１４／２０）＋４１＋１５０
回復能力（ＨＰ、ＭＰ、ＥＰ）休憩　毎時１／５　睡眠　５時間で完全回復
攻撃力　１４１：１００×（１４／２０）＋４１＋３０
防御力　１４１：１００×（１４／２０）＋４１＋３０
腕力　１４１：１００×（１４／２０）＋４１＋３０
知力　２４１：１００×（１４／２０）＋４１＋１３０
器用さ　３３１：１００×（１４／２０）＋４１＋２２０

素早さ　１３１：１００×（１４／２０）＋４１＋２０
脚力　１２１：１００×（１４／２０）＋４１＋１０
耐性　物理　レベル１　毒　レベル１
才能（ジョブ）
　スクロール職人星７
　剣士星１、縦使い星１、魔術師星１、聖職師星１、槍使い星１
習得スキル
魔法　クリーン、ストーンショット（土）、ファイアーボム（火）、ヒール（聖）
アーツ　飛剣撃鎌鼬（剣士）、兜割（剣士）、シールドバッシュ（盾使い）
　ヘイトテイカー（盾使い）、流星槍（槍使い）、ショットランス（槍使い）
　索敵、攻撃力強化、防御力強化、腕力強化、素早さ強化

確かにアーツは身についていて、スクロールはちゃんと作れていることが分かった。

それと昼間に使ったファイアーボムの魔法消費量は二十らしいことも分かった。

「良し。五つもアーツを身につけたぞ。これでまた強くなったな」

キルは小さな声で呟いた。自然と笑みがこぼれる。

今は両手剣を使って戦っているから、兜割とヘイトテイカーは使えるはずだ。シールドバッシュは盾がないと使えないし、流星槍とショットランスは槍がないと使えない。いずれ槍と盾を買うことがあったら試してみよう。

兜割は強力な近接戦闘用のアーツだ。これで近接戦闘の強さが跳ね上がったはずだ。

何よりありがたいのがヘイトテイカーだ。これは敵の攻撃目標を強制的に自分に向けさせるアーツだ。クリスとケーナを守りながら戦うのにはもってこいのアーツなのだ。

（よーし！　スクロールを作って経験値を稼ぐぞー！）

キルのやる気が跳ね上がった。今晩は材料も魔法回復薬もたくさんある。キルはもう一つずつスキルスクロールを作ってみた。そこで魔法回復薬を飲み二百の魔力を回復、何を作ろうかと考える。

結局、この五種類のスクロールを作ることにして、その後は魔法回復薬を合計五回飲んでそれぞれ十枚ずつ作った。それにステータスとハイヒールの補充をし、魔力を空にしてスクロール作りを終わりにした。

自分にヒールをかけなかったのでお腹がえらく苦しかったが、成長に対する喜びが勝っていた。

第一〇章　ゴブリン騒動

次の日は荷馬車が借りられるのでライガー狩りに出かける予定だった。朝のギルドは依頼の手続きで賑《にぎ》わっている。キルがギルドでケーナとクリスと待ち合わせていると、ガスがキルを見つけて話しかけてきた。

「よう、キル。昨日は助かった。今日もお互い頑張ろうぜ」

「おはようございます。ガスさん」

「昨日のスクロール代、ハイヒールは一万カーネルするんだろ？」

ガスはキルに金を突き出す。律儀な人だなと微笑《ほほえ》みながらキルは出された大銀貨を素直に受け取っておいた。

「もしスクロールを買う時は俺から買っていただけたらありがたいです。よろしくお願いします」

キルは営業トークをする。

「おう。キルのスクロールは、信頼できるし早速買わせてもらおうか。ハイヒールは持っておいた方が良いかもしれないな。他にお薦めはあるか？」

ガスが聞く。バズもダクも寄ってきた。

「僕が昨日使ったファイアーボムの魔法スクロールも売ってます。あとは各種強化系のスキルスクロールなどがありますね」

「攻撃力強化のスクロールはあるのか？」

盾使いのバズが食い入るように聞いてきた。

「はい、ありますよ。八万カーネルですが、買いますか？」

「くれ」

キルは攻撃力強化のスクロールを渡し、大銀貨八枚を受け取る。

「スクロールに掌《てのひら》をかざして魔力を流そうと念じてみてください。それで発動します」

キルが使い方を解説すると、バズは早速やってみる。光がバズを包んでアーツを身につけたバズが感激している。バズはすぐにアーツを発動させて試したので、強くなっているのが自覚できるようだ。

満足そうに笑顔になる。

「ありがとう、キル。これで俺も守るだけじゃないぞ」

(バズさんには充分な攻撃力が以前からありましたよ)

口には出さず笑顔を向ける。

「パーティー用に、まずはハイヒール三つとヒールを五つ買っておく」

ガスがダクとバズに目で同意を求めると二人は頷《うなず》く。ガスが別の財布から金を渡しキルはスクロールを渡した。

「それから自分用に防御力強化のスクロールを買おうかな」

ガスが続けて八万カーネルをキルに渡した。

キルは防御力強化のスキルスクロールをガスに渡し、ガスはすぐにそのスクロールを発動して光に包まれた。

「おー、すげえな。待ちに待ったアーツが金で買えるとはなあ」

ガスも満足しているようだ。

「じゃあ俺も防御力強化のスクロールを買うことにしよう」

ダクも防御力強化のアーツを身につける。

「おー。欲しかったんだよなあ、これ。強化系のアーツもたくさんあって全部生えるのは時間がかかるものなあ。これは良いかもしれんなあ」

ダクが満足そうに言うとガスが聞いた。

「他にどんな強化系スキルスクロールを持っているんだ？」

「腕力強化、素早さの強化、今はその四種類ですね」

「金を貯《た》めたらまた買うかもしれん。よろしくたのむ」

「こちらこそ、お買い上げありがとうございます。また依頼でご一緒した時はよろしくお願いします」

「そういえば今日、戦力を増やしてこないだのゴブリンの後始末をやるらしいぜ。俺達また呼ばれてるんだ。お前は？」

ダクがキルに聞いた。

「俺はこれからライガー狩りに出かけるんです」

「そうか、お前にもいて欲しかったんだがなあ」

残念そうにダクがキルを見つめる。

「気をつけて行ってきてください。命は大切に」

「妥当な戦力が用意されるかどうかで危険度が違うよなあ、こないだみたいのが何匹かいるとなるとそれより強い奴が頭になっているはず。厳しいようなら依頼を断った方がいいかもな」

バズが思案顔でガスとダクを見た。

「俺も、Bランクがいなかったら厳しいと思うね」

「隣町からも冒険者の援軍を呼ぶべきだな。今この街にいるBランクは限られているからな」

ダクもガスも乗り気がしないようだ。一抹の不安をキルも感じる。

「じゃあな。俺達は討伐計画の話し合いに行くから」

ガスが苦い表情で掌を振った。扉を開けて入ってくるケーナとクリスが視界の端に映る。

「それではまた」

キルも挨拶《あいさつ》をしてその場を離れ、ケーナとクリスと合流する。

「ケーナ、クリス、昨日はよく休めたのか?」

キルがクリスとケーナに話しかけるとケーナは照れ臭そうにペロッと舌を出した。

「昼まで寝てたっす。午後はすることがなくて狩りに行きたくなったっす」

クリスは何も言わず笑って誤魔化《ごまか》す。

「それじゃあ荷馬車を借りてライガー狩りにいこう」

キルは気合いを入れ直すのだった。

今日は狩りの前にスクロールを二十九万五千カーネル売り上げてホクホクのキルは、他の冒険者達と一緒に依頼をこなすとスクロールが売れるんじゃないだろうかと考えていた。

これからは積極的に他の冒険者と行動をともにしよう。ともあれ、キル達は狩場に急いだ。

キルは昨日たくさんのアーツを身につけたのでそれらを試したい気持ちもあったが、今の時点では使えるアーツは装備の関係上、兜割《かぶとわり》とヘイトテイカーが増えているだけである。

ただこの二つが使えることで、近接戦闘が相当強化されている。特にヘイトテイカーができることで、ケーナとクリスにライガーが向かうことを避けられるようになったため、今までよりかなり安心だ。

(今日は群れのライガーの数が多くても、安全にいけるんじゃないか)

いきなり六匹の群れを狩ってみる。

「いくぞ!」

キルの合図でクリスのファイアーボム、ケーナの強射、キルのストーンショット二発が一斉に放たれる。油断していたライガーの群れに突然の奇襲だ。雌四匹がいきなり倒された。残された雄ライガーがキル達に向かってくるが、キルが飛剣撃鎌鼬《かまいたち》を飛ばしながら迎え撃った。クリスとケーナは後方に下がり、キルがライガー二匹と近接戦闘の構えを取る。

だが雌ライガーはキルに辿《たど》り着く前に鎌鼬の連撃により倒れ、傷だらけの雄ライガーもキルに攻撃を入れることさえできなかった。キルの回避力はライガーですら簡単に躱《かわ》せるレベルにまで達していた。キルがタイミングよく一歩横に移動しただけで、ライガーの鋭い爪が空《くう》を引き裂きむなしい軌道を辿る。余裕を持って躱したキルの剣撃は体重が乗ってライガーの体を深々と傷つけていた。

「ガオーン」

大きな悲鳴ともとれる咆哮《ほうこう》とともにキルに向き直ったライガーの頭上には、兜割が炸裂《さくれつ》した。

ライガーを兜割一撃で倒せるようになってとても戦いに余裕ができた。ヘイトテイカーと兜割が使えるキルは、大概の状況でクリスとケーナを守れる自信がある。もう焦って強くなろうとは思っていなかった。特にヘイトテイカーを覚えたことで多数の敵からでも護《まも》れる手段を手に入れた。

次は五匹の群れ、そして、六匹、四匹、五匹の群れと倒して五つの群れで二十六匹のライガーを狩り、荷馬車に積み込むとギルドに卸《おろ》しに向かう。そしていつものようにとって返して、また狩りを繰り返す。五匹、六匹、七匹、と狩り、実際に七匹の群れでも危なげなく狩ることができた。続けて五匹、六匹の群れを狩る。ライガー二十九匹でも荷馬車にまだ積む余裕があることも分かった。群れを選ばずに狩ることにより狩りの時間も短縮された。

そしてこの時、キルに初めてアーツが生えた。いや、生えていることに気づいたといった方が正確だ。生えた時には気づかなかったのだから。なんとなくいつもより何かできそうという予感のような感覚があって、自分にそれを使ってみて分かったのだ。クリスとケーナの頭上に紋様が浮かんで見えた。

『紋様鑑定』というスキルで、スクロール職人に身につくアーツだ。他人のジョブやスキルの紋様を記憶し鑑定することができるというもので、スクロール作りには最高に有用性のあるアーツだ。

基本的には魔法やアーツは経験を積むことによって自然に生えるものだ。練習もその経験に入る。

キルは試しにケーナとクリスにある紋様を鑑定する。

ケーナは『オートターゲット』、クリスは『詠唱省略』のアーツが生えていた。

二人は生えたことに気づいていない。ステータスを調べた時にはなかったのでそれ以降に生えたアーツのはずだ。最近生えたのだろう。

スキルが生えたのに気づかないでいることはよくあることで、一生気づかないことすらある。早く見つけられて良かった。そのことをキルに告げられた二人は、喜んでさっそく次から新しいアーツを使うつもりである。

狩った二十九匹のライガーをギルドに輸送し、もう一度大草原に戻る。さっきと同じように狩りを続け二十七匹のライガーを狩って、またギルドに運んだ。

ギルドには少し不穏な空気が流れているようにも感じたが、効率的に狩りが進んでいるので四回目の狩りをしようと急ぎ引き返す。

四回目の狩りでは二十八匹のライガーを狩れた。もう働きすぎで疲れがピークに達している。キル達はへとへとになりながらギルドに戻ると、いつもより遅い時間帯なのになぜかギルドに人がたくさん残っている。変だと感じつつも気にせず買い取り所に向かいライガーを買い取ってもらった。本日ライガー百十四、四百四十一万カーネルと魔石百十個。稼いだ金を一人百四十七万ずつに分配する。

普通の冒険者であれば一日一万カーネル稼げれば良しとするところ、非常な高給取りと言える。しかし、ライガーも少なくなってきたので別の魔物を狩った方が探す時間が短縮できそうだ。

ギルドに人が残っているわけが分かったのは、怪我《けが》人が担ぎ込まれてきた時だった。担架に乗せられた冒険者の周りを、待っていた冒険者が取り囲み、ヒール持ちが魔法をかけている。

どうやらゴブリンの大型の群れの討伐に向かった冒険者達に大きな被害が出ていたらしい。そのため急遽《きゅうきょ》応援を派遣していたのだとか。

『バーミリオン』の人達はどうなっているのかとキルは心配になる。

そこに残りの冒険者達の一団が引き返してきた。キルは、その中に『バーミリオン』の三人の姿を見つけて安堵《あんど》する。

初めに二十人の冒険者が派遣され、援軍としてさらに二十人の冒険者が派遣されていた。ギルドが想定したゴブリンの群れの戦力が予想よりもかなり高かったせいで大きな被害が出てしまった。

血と汗にまみれ、ぼろぼろの状態だが、『バーミリオン』の三人には大きな怪我はないようだ。応援部隊の活躍で引き揚げてくることができたらしい。しかし、死亡者も多数出ていると、帰ってきた傷だらけの冒険者達の漏れ聞こえる話から判明する。

戻ってきたぼろぼろのガス達を見ながら、キルはクリスとケーナに言った。

「知り合いがいるんだ。話してきても良いかな?」

「私達もご一緒してよろしいですか?」

「いいよ。一緒にいこう」

キルは二人を連れて、『バーミリオン』のところに歩み寄る。

「ガスさん、ダクさん、大変だったみたいですね」

「ああ、キルか、ハイヒール、役に立ったぜ。なかったら死んでたよ。いやー、酷《ひど》いもんだったぜ」

どうやらハイヒールのスクロールを使うはめになっていたようだ。死なずに済んで良かった。

ガスはキルを見るなりそう言ってキルの肩に手を乗せてもたれかかる。横にいるクリスやケーナのことは気にも留めていない。息絶え絶えで余裕がないのだ。横のダクも苦しそうな息遣いでキルに視線を向け言った。

「強化のアーツも買っておいて良かったよ。あれがなかったら俺達は死んでたと思う。本当に助かったよ」

「キングゴブリンがいたんでなあ。逃げるのが精一杯だったぜ」

バズも汗と血にまみれた姿で肩を落とす。

キングゴブリンがいたとなればAランク以上のパーティーがいなければ討伐は厳しい。それに対してCランクのみで構成した二十人の冒険者で討伐に赴いたのだから死者が出ても仕方がない。全滅していても不思議はない状況だっただろう。質でも数でも劣っている。

応援部隊もBランクパーティーが中心で討伐隊を助け出してくるのがやっとだったという。早急になんとかする必要がありそうだ。

だが敵のおおよその戦力と最強戦力が判明したことで、次は的確な対応、適切な戦力投入をすることができるはずだ。新たに討伐隊が組まれるまで森には近づかず、森から溢《あふ》れ出すかもしれないゴブリンに気をつけているしかないだろう。

キルは工房に帰るとゼペック爺《じい》さんに森が危険な状態だから気をつけた方が良いと忠告した。

「キングゴブリンが発見されるとは珍しいのう」

呑気《のんき》なことを言うゼペック爺さんである。まあゴブリンの群れが街までやってきたら大変だが、そうでなければゼペック爺さんに危険はない。呑気にもなろうというところだろう。

キルも気を取り直してスクロール作りを始める。

紋様鑑定、オートターゲット、詠唱省略を早速作った。オートターゲットと詠唱省略のスキルスクロールを試しに使ってみると、アーツが身についたような気がする。

気がする程度の微妙な感覚だけに、二人も気づかなかったのだろう。スキルが生えるのを待ち望んでいる者ならば気づいていただろうに、冒険者を始めたばかりの彼女達は、それほどスキルに飢えていなかったということか。

この二つのアーツは人気が出そうだし売れそうな気がするのでたくさん作っておこう。

その点、紋様鑑定は売れそうにない。

オートターゲット、詠唱省略のスキルスクロールを五枚ずつ作る。これで魔力を二百六十消費したはず。さらに魔力回復薬を飲み追加で五枚ずつと、攻撃力強化と防御力強化のスキルスクロールを十枚ずつ作り、魔力回復薬をここまでで三個消費した。四個目の薬を飲み、また魔力を二百回復する。

これでハイヒールの魔法スクロールを十枚作ろうとする。

ハイヒールを作り出し三枚目のスクロールを作っている時、体が大量の魔力で満たされてゆく感じがした。

この感覚はこの前スクロール職人のレベルが上がった時の感覚と同じだ。上級への進化が起きたのか？　早速ステータスを確認しよう。

ステータス

キル　人族　１４歳　討伐経験値４７９　討伐レベル４７（９／１０）
ジョブ　職業　上級スクロール職人　レベル１０１
（１／１０　スクロール作製経験値１００１）
初級剣士（中級星なし未開放）
レベル４１（５／１０　剣士討伐経験値４０５）
初級盾使い（中級星なし未開放）
レベル２１（３／１０　盾使い討伐経験値２０３）
初級魔術師、聖職師、槍使い（中級星なし未開放）
レベル１２（２／１０　三職討伐経験値１１２）
ＨＰ　　１５４／１５４　：（１００＋１０）×（１４／２０）＋４７＋３０
ＭＰ　１１５４／１２７４　：（１００＋１０）×（１４／２０）＋４７＋１１５０
ＥＰ　１１５４／１２７４　：（１００＋１０）×（１４／２０）＋４７＋１１５０

回復能力（ＨＰ、ＭＰ、ＥＰ）　休憩　毎時１／５　睡眠　５時間で完全回復
攻撃力　１４７：１００×（１４／２０）＋４７＋３０
防御力　１４７：１００×（１４／２０）＋４７＋３０
腕力　１４７：１００×（１４／２０）＋４７＋３０
知力　１２４７：１００×（１４／２０）＋４７＋１１３０
器用さ　２３３７：１００×（１４／２０）＋４７＋２２２０
素早さ　１３７：１００×（１４／２０）＋４７＋２０
脚力　１２７：１００×（１４／２０）＋４７＋１０
耐性　物理　レベル１　毒　レベル１
才能（ジョブ）
　スクロール職人星７
　剣士星１、盾使い星１、魔術師星１、聖職師星１、槍使い星１
習得スキル
　魔法　クリーン、ストーンショット（土）、ファイアーボム（火）、ヒール（聖）
　アーツ　飛剣撃鎌鼬（剣士）、兜割（剣士）、シールドバッシュ（盾使い）
　　ヘイトテイカー（盾使い）、流星槍（槍使い）、ショットランス（槍使い）
　　索敵、攻撃力強化、防御力強化、腕力強化、素早さ強化
　　紋様鑑定、オートターゲット、詠唱省略

やはり上級スクロール職人に進化していた。そしてＭＰとＥＰが１０００ずつアップしている。

（上級と中級ではこれほどまでに違うのか！）

今回の加算量が想定外すぎる。あまりの加算量にいろいろな考えがキルの脳裏を駆け巡る。

（なんということだ！）

これがもし近接戦闘型の戦闘職で、上級になれたならＨＰが千超えだったに違いない。スクロール職人の進化においてはＭＰ、ＥＰ、知力、器用さのステータスにボーナス的加算がされている。たぶん魔法の威力は知力に依存するはず。ということは、現状のステータスならば、キルは剣よりも魔法で戦った方が強いのではないだろうか。

そして上級スクロール職人になったので、ジョブスクロールを作れる可能性がある。

ゼペック爺さんは星１のジョブスクロールしか作れなかったと言っていたが、良い魔石を使えばもっと上のジョブスクロールも作れるかもしれない。試してみるべきだ。だが、今はライガーの魔石より高レベルの魔石は持っていない。

キルは大きく息を吐いた。

そして予定通りハイヒールの残り七つを作る。良い魔石がないのだから仕方がない。

魔力が千増えた分、何かスクロールを作らねば。

多量に魔石の粉を作るのも一苦労だったが、ライガーの魔石を粉にして、ストーンショット、ファイアーボム、ヒール、鎌鼬、兜割のスキルスクロールを十枚ずつ合計五十作って、今晩のスクロール作りを終了させた。

今日は中級スクロール職人の作れるスクロールを２０６０ＭＰ使って百三枚作ったことになる。それにしても、一日で百を超えるスクロールを作れるようになるとは、上級スクロール職人ってすごい。

ゼペック爺さんって上級スクロール職人だよなあと考えながら、彼の方をチラ見する。

まだ14MP残っていたので10を使って作ることのできるステータスの魔法スクロールを作り本当の最後にした。

これまでに作ったスクロールが全部売れればすごいのになあと、在庫の山を見つめて黙り込んだ。

＊　＊　＊　＊　＊

ギルドは朝からざわついていた。キングゴブリンの噂《うわさ》が拡散しているのだ。冒険者達の表情は一様に暗い。いつもより立ち話をしている冒険者が多いような気がした。

昨日一陣二陣合計で四十人の冒険者が討伐に向かったが帰れたのは三十人だったらしい。十人が死んだということだ。

今はキングゴブリンが出た森への出入りは禁止されている。

その森の警戒任務が掲示板に貼られているが逃げ足に自信のある者というのが条件だ。

(この前の変異種のような奴に追いかけられたら逃げ切ることは不可能だろうし。この任務は受けないほうが良い。触らぬ神に祟りなしだ……)

そもそもキル達はいつものように草原で狩りをするつもりだった。

クリスとケーナも不安そうな表情をしている。

「いつもの狩場なら、ゴブリンの出た森から離れているから問題ないさ」

「そうっすよね」

「森のゴブリンは、どうなるのでしょうか?」

「そのうちギルドが何とかするさ。心配しなくても大丈夫だよ。それより俺達はいつも通り狩りをしよう」

キルは荷馬車を借りにいった。

ここのところライガーをたくさん狩ってきたので、ライガーが減りすぎてしまうのも良くないかもしれない。

いつもの大草原ではライガー以外に牛型の魔物ヌーヌー、狼《おおかみ》型のリカオウ、鹿型のレイヨンなどが簡単に見つかる。数も多いのだが、どれも大きな群れで行動している。

狼型のリカオウは通常二十匹前後の群れで行動していて、数の暴力でライガーの獲《と》った獲物を横取りしている。その時、ライガーはすごすごと引き下がるのが常だ。つまり単体ではライガー、群れではリカオウの方が強いということだ。

ヌーヌー、レイヨンは百を超える群れを作って行動している。ヌーヌーなどは時には万単位の群れを作る。大きな群れは、十万を超えることもある。

ただ狩りが始まれば一気に逃げ出してしまうので、一度狩ったあとは次の獲物までかなりの移動を余儀なくされる。

さてどれを獲物に選ぶべきか？　やはりライガーが一番やりやすい。

キルは荷馬車に乗りながら考え込んだ。悩んだ結果、索敵の具合によって臨機応変に狩りをすることにした。まずはライガーを探すことで良いだろう。大変そうなら別の魔物を狩れば良い。

草原に着くとまずいつものようにライガーを狩る。五匹の群れを楽に狩り、次はどうするかだ。近くにヌーヌーの群れがあるので近づいて一斉攻撃するのが良いだろう。ヌーヌーは体長二から二メートル五十、体重二百五十キロ前後、頭部に一対の横に突き出しつつ上を向いて湾曲する大きな角を持った牛型の魔物だ。

「クリス！　ケーナ！　近くのヌーヌーを狩ろう。一頭狩ると全部が走って逃げ出すから、タイミングを合わせて攻撃するぞ。クリスのファイアーボムに合わせて攻撃だ」

一度攻撃すれば、ヌーヌー達は一斉にかなり遠くまで走り去ってしまう。同時に複数狩ることが望ましいのだ。

キルの指示通り三人は一斉に攻撃を行う。ケーナ、クリス、キルの両手の攻撃で四頭のヌーヌーを一気に倒す。近くのヌーヌーとレイヨンの群れが一斉に走り出し遠ざかる。草原にヌーヌー達の蹄《ひづめ》の音が轟音《ごうおん》のように響き渡り、一面が土煙に覆われる。しばらくして煙がはれた草原に四頭のヌーヌーの死体だけが残された。

次にやって来たのはリカオウの群れ二十一匹だ。倒したヌーヌーを横取りして餌にしようと狙っている。狼型の魔物の中でも小型のリカオウは、ライガーのような大型の魔物が獲物を倒すと、数を頼りにヒットアンドアウェイ攻撃を繰り返し、ついにはライガーなどを追い払って獲物を横取りするのだ。キルはにやりと笑った。横取りを生業《なりわい》にしているこいつらが、次の獲物にちょうど良い。

飛んで火にいる夏の虫とはこのことだ。

クリスとケーナは、キルが目で送った合図に黙って頷いた。三人で寄ってきたリカオウに遠距離攻撃を始める。群れを相手にするときは、近づく前にたくさん倒しておかないと不利になる。

ケーナもクリスもアーツのおかげで、連続して攻撃する間隔は短くなっている。

キルも昨日身につけた詠唱省略を試しに使いファイアーボムを連続で撃ち始めた。

「ファイアーボム！　ファイアーボム！　ファイアーボム！　ファイアーボム！」

現れた魔法陣の中で炎が集まり黒い弾丸になって飛び出していく。次々に現れる魔法陣、炎の弾丸がリカオウの群れを襲った。高エネルギーの弾丸が獲物を捉えて爆発する。

ファイアーボムの爆発でリカオウが怖気《おじけ》づいて逃げ腰になってくれればありがたい。

ケーナが三匹、クリスとキルが四匹倒したところで、ケーナのそばまでリカオウが近づいてきていた。やはり爆発の心理的効果なのかケーナの方にリカオウが集中しているようだ。

キルはヘイトテイカーを発動して、ケーナに向かったリカオウを自分の方に引き寄せる。ケーナは下がってリカオウとの距離を取ろうとする。乱戦にはケーナとクリスは巻き込ませない。

キルが背中の剣を抜き前に出て十匹のリカオウの相手をする。刀身にエネルギーを込め、高速で剣を振りぬき、そのエネルギーを剣撃として飛ばす。

『飛剣撃鎌鼬』――キルの攻撃手段の中心になりつつあるアーツ。

ステータスの上昇（特に器用さの高さは圧倒的）に伴って、より高速に飛翔するようになった光の剣撃は、リカオウが躱せるレベルのものではなかった。

キルの剣が光るたび、リカオウがエネルギーの刃《やいば》に切断されていった。

鎌鼬を放つことで、襲ってくるリカオウの間合いに入る前に三匹を倒し、接敵したリカオウの攻撃を躱しながら、すり抜けざまに斬り殺す。器用さの数値がべらぼうに高いキルに攻撃を当てることは、リカオウには難しく、その牙は虚しい音を立て続ける。器用さは攻撃の当たり外れに大きく関わるステータスだ。

キルは身軽にリカオウの攻撃を一寸《いっすん》の見切りで躱していく。そして躱しながら素早い体重移動で攻撃を加える。

リカオウは襲い掛かるたびに、その数を減らし、最後の一匹は鎌鼬で斬り殺された。完勝である。

戦いが終わり止《とど》めを刺しながらリカオウとヌーヌーを荷馬車に積む。荷馬車の中にライガー五匹、ヌーヌー四頭、リカオウ二十一匹が積み込まれる。

リカオウは中型犬程度の大きさだ。ライガーやヌーヌーと比べれば小さくたくさん積むことができる。なんとか全部積み終わり、ギルドに運ぶことができた。

だいたいライガーが四万、ヌーヌーが三万、リカオウが二万で買い取ってもらえたので七十六万カーネルの値がついた。ライガーの魔石五個は買い取りに含めないでだ。

取って返す荷馬車の中でケーナがキルに聞く。

「キル先輩、ファイアーボムも覚えていたんっすね」

「ああ、作ったスキルスクロールを試す時に覚えるからな」

「スクロール職人って何気にすごいっすね」

「そうでもないさ。ＨＰとか近接系のステータスは伸びが悪いしな」

「それは魔法職系も一緒です」

「まあそうだな。魔術師とは通じるところがあるかも。ただスクロールを作るために魔力を使うから戦闘では使いたくないってのが本音なんだ。いざとなったら魔法も使うってとこかな」

「それで、剣で狩りをしているのですね。余力を残してこの強さってすごいですよ！」

クリスが嬉しそうに納得し、頷いた。

「ありがとう」

「ところで自分に向かってきたリカオウが急にキル先輩にいったたっすけど、何かしたんすか？」

ケーナが不思議そうにキルをラテ色も瞳でじっと見つめる。

「ああ、あれか。あれはヘイトテイカーというスキルを使ったんだ。敵の攻撃を俺に集める盾使いのアーツだな」

「そんなこともできるのですか？　ということはそういうスクロールが作れるのですね」

「作れるぞ。売れないがな」

キルは苦笑いをする。実際スクロールは在庫の山なのだ。

「キル先輩、また腕をあげたっすね！」

「本当にスクロール職人ってすごいのですね」

クリスとケーナがキルを憧れるような熱い視線で見つめる。

そうこうするうちに再び狩場に到着。ライガーを探す。また同じことの繰り返しだ。

ライガー六匹の群れに攻撃を仕掛ける『緑の草原』。その後は近くのヌーヌーに目標を移す。

周りにリカオウの群れがいるのでコイツらは横取り狙いなのだろう。ヌーヌーを三人が一斉攻撃してさっきのように四頭を倒すとヌーヌーの群れは逃げていく。そして横取り狙いのリカオウがやってくる。横取りに来たリカオウを次の獲物にするのは想定通りである。次々にリカオウを狩って、二十二匹のリカオウを倒し、二度目の狩りが終了。荷馬車に獲物を積み込んで移動開始だ。

このパターンもできてきたなあとキルは満足した。

このパターンの難点は、リカオウが襲ってきてくれないと、かえって時間がかかるということだ。

今回の狩りは、買い取り額で八十一万カーネルと、ライガーの魔石六個。

三度目の狩りに向かい、今日はこの繰り返しで四度の狩りをこなして、三度目が八十一万と六個の魔石、ついで四度目が八十三万と六個の魔石を手に入れた。

帰り際、明日の荷馬車の空きを確認すると、ケイトが指名依頼の話を持ちかけてきた。

「キルさん、実は明日ゴブリンの討伐隊が編成されるのですが、キルさんに参加して欲しいのです」

「え！　俺はDランクの冒険者ですよ。キングゴブリンがいるという話を耳にしています。俺では足手まといになるだけでは？」

「いえ、キルさんなら大丈夫という声を耳にしています。もうCランクの実力を備えていると何人かの冒険者の証言がありますし。今は少しでも戦力が欲しい時なのです。ご協力をお願いします」

何人かの冒険者って、『バーミリオン』の三人に決まっている。まったく迷惑な話だ。おかげでこんな面倒ごとを押し付けられようとしている。

「何とか協力していただけませんか？　お願いします」

冒険者ギルド一の美人受付嬢ケイトが真剣な表情でキルを落としにかかる。

ずいと近づけられたケイトの顔にキルは釘付《くぎづ》けになり、自然と頬は赤らみ口が勝手に動いていた。

「参加します……」

キルは初心《うぶ》で奥手な十四歳の少年だ。ケイトのお色気攻撃に抵抗できないのは仕方がない。キルの顔はもう真っ赤だ。キルは口にしてから、ハッと大事なことに気づく。クリスとケーナを危ない目に遭わせてはいけない。彼女達にはこの依頼はまだ早い。

「俺だけで良いんですよね？　クリスとケーナは参加させるわけにはいきませんよ」

「はい。キルさんだけです」

ケイトが満足そうな微笑みを浮かべている。

「わかりました。なら、明日の討伐隊に参加します」

「明日は近隣の街から応援の冒険者が参加します。BランクとAランクも少数ですが加わりますので、ゴブリンの殲滅《せんめつ》には十分な戦力が集まると思います」

「はい。分かりました」

キルは横で聞いていたケーナとクリスにすまなそうな視線を向ける。明日、討伐隊に参加すれば二人と一緒に狩りには行けない。依頼を勝手に受けてしまったキルは、なんて言ったら良いのか分からず言葉が出ない。

キルの様子を見てクリスはくすりと微笑んでから表情を変え心配そうに口を開いた。

「私達は大丈夫ですよ。キルさんこそ、気をつけて行ってきてくださいね。無理はしないでください」

「自分ら、休み大好きっすから、キル先輩は自分らのことは気にせず、お役目を果たしてきてくださいっす」

とてもお気軽で明るい笑顔のケーナは心の底から休みが嬉しいのだ。

「すまんな。明日は休みってことで。自由にしてくれ」

もう二人で行っても人並み以上に狩りができるだろうが、二人は休みの方が良いに違いなかった。

二人の言葉で、キルはほっと胸をなでおろした。

ギルドハウスに見慣れぬ顔がちらほらいるところを見ると隣町からの応援冒険者だろうか？

キルは紋様鑑定を使って周りの人の紋様を見て回る。変わった紋様は目に焼き付ける。たくさんの紋様を持つ者もいる。きっとランクの高い冒険者に違いない。

魔術師風の服装の冒険者にとてもたくさんの紋様持ちがいて、おそらく多くの魔法が使えるということだろう。眼福だ。これは今晩、スクロール作りが捗《はかど》るぞ。

上級スクロール職人になったので、もっと高級なスクロールが作れるはず。

ゼペック爺さんは、高級なスクロールを作る際はハイオークの魔石を使っていると言っていたので、ハイオークとその上位種オークジェネラルの魔石を買っていくことにした。

冒険者ギルドで二人と別れ、商業ギルドの直営店に寄る。

ハイオークの魔石は、一つ二万カーネル、オークジェネラルの魔石は一つ十万カーネルした。正直高すぎる。できれば狩りで入手したいものだ。まずは試しにハイオークの魔石五個とオークジェネラルの魔石一個を買って金貨二枚を払った。また懐が淋《さび》しくなるが、あまり深く考えない性格なので気にしない。

工房に戻って魔石の粉を作っていると、ゼペック爺さんが覗《のぞ》き込む。

「また気張ったのう。オークジェネラルの魔石か……十万カーネルじゃぞ！　ワシも使ったことがないのう」

「気張っちゃいました。上手《うま》くいけば良いんですけどね。魔石一つでスクロール四つ作れるとして、一つ二万五千カーネルです。失敗はできませんよね。アハハハ！」

どうとでもなれと思うキルである。

キルはジョブスクロールを今までに五種類見ている。そのジョブスクロールは、剣士星1、盾使い星1、魔術師星1、聖職師星1、槍使い星1の五つだ。

オークジェネラルの魔石の粉を使ってジョブスクロールを作る。チャレンジだ。

掌をかざし剣士星1の紋様を思い浮かべて魔力を込める。強い光とともに魔力が減っていくのがわかった。魔石に吸い込まれているのだ。光に包まれたスクロールのその光が消えた時、スクロールに紋様が刻まれていた。刻まれた紋様が間違っていなければ完成のはずだが、大丈夫か？

同じものを作れたと思うが、使ってみなければ成功かどうかは分からない。だが剣士のジョブは持っているので、キルが使っても分からない。

「できているようじゃが、念のために生産者ギルドで鑑定してもらうんじゃな。そうすればできているかどうか確認できるぞえ」

ゼペック爺さんが教えてくれた。

「生産者ギルドで鑑定をしてもらえば、ちゃんとできているか分かるんですね」

キルは真剣にゼペック爺さんの顔を見つめていた。ゼペック爺さんは頷いた。

誰かに使ってもらうしかないかと思っていたが、それなら無駄に使わずに済む。良かった。

キルは次々にチャレンジして、盾使い星1、槍使い星1、魔術師星1を作ってみた。紋様は描き込めている。作ったジョブスクロールはギルドで鑑定してもらうつもりだ。オークジェネラルの魔石は使い切った。魔力もだいぶ吸われた気がする。だが一千を超えるMPを持つキルには、まだまだMPが残っている。

昼間魔法を使っているので計算通りなら三百二十MPほど残っているはず。

残りの魔力で素早さ強化のスキルスクロールを作る。八枚作ることができた。


ハイオークの魔石を使って中級魔法のスキルスクロールを作れると、ゼペック爺さんが教えてくれた。今日いろいろな紋様を見てきたが、その中に魔法の紋様が多くあった。

上級魔法のアイストルネードと瞬間移動は魔石のレベルに不安があるので後回し、初級魔法アイスランスとサンダーは今はいらないとして、買ってきたハイオークの魔石で作れる十二種類の中級魔法のスキルスクロールを作ることにする。

アイスマシンガン、アイスシールド、アイスサイランダー（地面から氷のとがった円錐状の柱が生えて攻撃する）、ステルス（自分の姿を消す）、フライ（空を飛ぶ）、超加速、ムーブ（物を思い通りに動かす）、サンダーボルト、ハイヒール、重力追加（敵にかかる重力が重くなる）、ヘルファイアー（地獄の炎で敵を焼く）、ファイアーポール（炎の柱がたくさん立ち上る）の十二種類。

そして自分に使ってそれらを試す。スクロールが光り、体に入っていく。スクロール作りは成功していた。つまりそれらの魔法を身につけたのだ。使える魔法の種類が大幅に増えた。優秀な中級魔術師並みの魔法を覚えたと言って良いだろう。普通中級魔術師と言ってもこれほどたくさんの魔法は使えないものだ。

上級魔術師から紋様を覚えたためにこれほどの数を手に入れたのだ。レパートリー的には上級並みと言えるかもしれない。そしてこれらを作るのに上級魔力回復薬を三つ使った。つまり一つ作るのに百MP使ったということだ。最後に魔法練習のために魔力回復薬を飲む。

新しく身につけた魔法を試すために外に出て、まずフライで空を飛ぶ練習。そしてステルスで消える。超加速や攻撃魔法を試してもさわりのない場所を選んでやってみた。

「うーむ。すごいぞ、これ」

思わず声が出ていた。キルは新しく身につけた魔法を一通り試してから工房に戻った。

明日はたくさん魔法使っちゃおうかな⁉ なんて、わくわくして笑顔になるキルである。

魔力が余ったのでステータスのスクロールで現状を確認する。

ステータス

キル　人族　14歳　討伐経験値574　討伐レベル57（4／10）

ジョブ　　職業　上級スクロール職人

レベル138（3／10　スクロール作製経験値1373）

初級剣士（中級星なし未開放）

レベル51（0／10　剣士討伐経験値500）

初級盾使い（中級星なし未開放）
　レベル３０（８／１０　盾使い討伐経験値２９８）
初級魔術師、聖職師、槍使い（中級星なし未開放）
　レベル２１（７／１０　三職討伐経験値２０７）
ＨＰ　１６４／１６４：（１００＋１０）×（１４／２０）＋５７＋３０
ＭＰ　１４／１２８４：（１００＋１０）×（１４／２０）＋５７＋１１５０
ＥＰ　１４／１２８４：（１００＋１０）×（１４／２０）＋５７＋１１５０
回復能力（ＨＰ、ＭＰ、ＥＰ）休憩　毎時１／５　睡眠　５時間で完全回復
攻撃力　１５７：１００×（１４／２０）＋５７＋３０
防御力　１５７：１００×（１４／２０）＋５７＋３０
腕力　１５７：１００×（１４／２０）＋５７＋３０
知力　１２５７：１００×（１４／２０）＋５７＋１１３０
器用さ　２３４７：１００×（１４／２０）＋５７＋２２２０
素早さ　１４７：１００×（１４／２０）＋５７＋２０
脚力　１３７：１００×（１４／２０）＋５７＋１０
耐性　物理　レベル１　毒　レベル１
才能（ジョブ）
　スクロール職人星７
　剣士星１、盾使い星１、魔術師星１、聖職師星１、槍使い星１
習得スキル

初級魔法　クリーン、ストーンショット（土）、ファイアーボム（火）、ヒール（聖）
中級魔法　アイスマシンガン（氷）、アイスシールド（氷）、アイスサイランダー（氷）
　　　　　ステルス、フライ、超加速、ムーブ、サンダーボルト（電）、ハイヒール（聖）
　　　　　重力追加、ヘルファイアー（火）、ファイアーポール（火）
アーツ　　飛剣撃鎌鼬（剣士）、兜割（剣士）、シールドバッシュ（盾使い）
　　　　　ヘイトテイカー（盾使い）、流星槍（槍使い）、ショットランス（槍使い）
　　　　　索敵、攻撃力強化、防御力強化、腕力強化、素早さ強化
　　　　　紋様鑑定、オートターゲット、詠唱省略

＊　＊　＊　＊　＊

ゴブリン討伐の当日、ギルドの前に集まった者の中には、見慣れぬ顔の冒険者が多数混じっていた。いつもよりかなりたくさんの冒険者が集まっている。

ゴブリン討伐に集められた冒険者には、隣の都市リオンの冒険者ギルドからも多くの応援冒険者が参加している。討伐に参加する冒険者の数はどんどん増えてギルド前の道を埋め尽くし、一般人の通行を妨げているほどだ。ここまで大規模なレイド戦を見るのは初めてだった。

キルが驚きながら呆《ほう》けていると、『バーミリオン』の三人がキルを見つけて声をかけてきた。

「やあ！　キル、君も討伐隊に参加するのかい？」

「はい。昨日ギルドに依頼されまして」

「周りの街からも応援が集まっているようだぜ」

なるほどと思いながらキルは見慣れぬ冒険者の紋様をチェックして目に焼き付ける。

「ゴブリンの集団だけれど、百を超えるものが十はあってそれをキングゴブリンが仕切っているようだったぜ」

「こっちも冒険者を二百人は集めているようだ。今度こそ一掃しなければな」

「Aランク、Bランクの冒険者も多数集まってもらえたようですね」

キルは紋様や装備から判断してそう言った。

「そうらしいな。大多数はCランクの冒険者だがな」

「キングゴブリンとゴブリンジェネラル、変異種は合わせて十数匹だ。あとはただのゴブリン。ただのゴブリンなんて数が多くてもCランク冒険者の相手にならないからな」

ガスが今度こそは勝てるという表情で笑う。

「問題は強い十数匹のゴブリンだ。A、Bランク冒険者がこれを倒せるかが鍵だな」

腕組みをするバズ。

「俺達は雑魚《ざこ》ゴブリンを引き受けて早めに十数匹の上位種だけにしてしまうことだな。そうすれば、A、Bランク冒険者が戦いやすくなるだろう」

ダクが物知り顔で要点を解説した。

「わかりました。それまで彼らを温存ですね」

「たぶんそうなるだろうな。いつものことさ。ゴブリンやコボルトの群れ相手のこういう大規模レイド戦じゃあな」

ガスが笑う。Cランクの冒険者ともなると、こういう大規模レイド戦は何度も経験しているようだ。

実際Aランク冒険者が、今リーダーとして壇上でダクが言ったような話をしている。

「お！　移動が始まったぞ。俺達もついていこうか」

バズは歩き始めた。

キルは『バーミリオン』と一緒に行動することにした。討伐隊はゴブリンのいる森に向かう。

森の奥に分け入ってゴブリンの群れを発見し次第潰していく。怒号が聞こえているところをみると、前方でゴブリン狩りが始まったようだ。キルと『バーミリオン』は後ろの方からついていっているので今はまだ様子見だ。

最初の大きな群れには上位種はいなかったらしく、出だしは順調に討伐が進んだ。百匹程度の群れに二百人のCランク冒険者が相手だったので、手前の五十人くらいの冒険者がゴブリン達を全滅させてしまった。

戦った冒険者は倒したゴブリンの魔石と耳を剥《は》ぎ取ることになるので、その間に戦わなかった冒険者が前に進むことになる。魔石と耳を剥ぎ取っている冒険者達をしり目に、『バーミリオン』も前に進んだ。一度剥ぎ取りに回った冒険者は最後尾に並ぶのは冒険者達の不文律のようなものだ。それを守らずにその場から前に進み出す冒険者達もいるが、別にそれでも構わない。

『バーミリオン』は次の群れに対する戦闘に参加してみようかと話しながら流れに身を任せる。すぐに次の群れを見つけて戦いが始まった。

「この前より成長したところを見せますよ」

キルが『バーミリオン』の三人に宣言する。みんなが強化系のアーツを発動し魔法陣が足元に展開する。キルもフライの魔法陣を展開してふわりと浮き上がると徐々に高度を上げる。

「おおーい」

『バーミリオン』の三人が驚いて浮き上がったキルを見上げた。

「お先に！」

キルは空を飛び最前線を眼下に望む。冒険者達がゴブリンの群れを蹂躙《じゅうりん》している。そのまま上空から魔法攻撃でゴブリンの群れの中央に攻撃をかける。冒険者に攻撃を当てないための配慮だ。

「アイスマシンガン！」

詠唱省略で即座にアイスマシンガンの魔法陣が展開する。展開した魔法陣の中で次々に生成された氷の弾丸がマシンガンのように連射された。

ガガガガガガ！

着弾する音が響き渡ると、群れの中央から後ろにかけて、氷弾に撃ち抜かれたゴブリン達がまるでドミノ倒しのようにバタバタと倒れていった。ゴブリン達が上を見上げ石などを投げてくるが、キルは届かない高度にまで昇っている。最後尾にフルプレートの鎧《よろい》を着たゴブリンジェネラルが見えた。

キルはアイスマシンガンを連射した。

ガガガガガガ！

銀色の鎧に氷の弾丸が次々にぶつかって煌《きら》びやかに輝く。剣を振り回して氷弾を弾《はじ》いているが弾ききれていない。

ガガガガガガ！

氷の弾丸を初めは弾き返していた鎧だったが、確実に変形し弾丸の跡が凹んでいく。ついには鎧に穴があき、その穴から血が噴き出した。

ガガガガガガ！

「ガオア！」

ゴブリンジェネラルが手に持つ大剣を投げつけた。

ビュン！

ジェネラルの投げつけた大剣がグルグル回転しながらすごい速さでキルを襲う。

「おっと！　あぶねー」

キルはすんでのところで大剣を躱した。

ガガガガガガ！

キルは攻撃を再開する。氷弾を弾く剣はもう手にしていない。腕で防御しても意味はない。

連射の末にゴブリンジェネラルは、銀の鎧を緑に塗りつぶし、前のめりにズシンという音を立てて倒れこんだ。

周りの雑魚達も他の冒険者達に討たれ続けている。

キルは地に降り立つとジェネラルの魔石と耳の剥ぎ取りを行った。

「オイオイ！　やるなあ、兄ちゃん」

見知らぬ冒険者に声をかけられる。

「この分なら楽勝だな」

横でそんな声が聞こえてくる。

『バーミリオン』が寄ってきてキルに声をかける。

「オイオイ、数日のうちにだいぶ強くなっているなあ！」

「スクロールで覚えたのか？」

「はい。まあ……そういうことです」

「ＭＰだいぶ使うんじゃないのか？」

「スクロール職人はＭＰが多いですから。それに俺、上級ですし」

「上級なのか？　そいつはすげーな」

『バーミリオン』の三人がまん丸まなこでキルを見据える。信じられないという表情だ。上級といえば全体の一割しかいない貴重な存在。この若さで上級スクロール職人に成っているとは信じ難《がた》いのも当たり前だ。

倒したゴブリンの剥ぎ取りをしているうちに後ろに回っていたキル達。前方ではまた次の群れとの戦いが始まっているようだ。『車がかりの陣』という戦闘陣形があるが、戦った冒険者達が剥ぎ取りをしている間に後ろに控えていた冒険者達が前に出るというように、自然に『車がかりの陣』になっている。

まだまだ余裕でゴブリンの群れを狩り続ける討伐隊。

剥ぎ取りが終わり、もう一度上空から参戦しようと再びフライを使う。群れの最後方にまたしてもゴブリンジェネラルを発見して、今度はヘルファイアーを試してみる。

「ヘルファイアー」

ゴブリンジェネラルの足元に大きな魔法陣が現れて、そこから五本の炎が渦を巻いて立ち昇り、猛《たけ》り狂う魔物の体を包み込む。ゴブリンジェネラルは、炎に呑《の》まれて黒い影しか見えなくなる。

「ギャギャギャー！」

苦しそうな悲鳴が響き渡る。ゴブリンジェネラルは強力な炎魔法に焼かれて魔石だけを残した。

続いてキルは周りの雑魚達を薙《な》ぎ払うようにアイスマシンガンを連射し始める。撃ち抜かれて倒れるもの、逃げ惑うもの、雑魚ゴブリンは混乱の極みだ。

討伐隊が波のように、右往左往するゴブリンの群れを呑み込んでいった。

その様子を上空からやり過ごし、地上に降りたキルはジェネラルの魔石を拾う。もうゴブリンの群れを三つは潰したはずだ。楽勝の雰囲気である。

前方ではまた次の群れと遭遇したようだ。

Cランクの冒険者が、ただのゴブリンに後《おく》れを取ることは考えづらい。どんどんゴブリンの数が減っているのが索敵で分かった。

しばらくするともう一つの群れが戦いに加わった。そしてその後にいる次の群れもすぐに戦いに加わろうとしていた。四つ目の群れと闘う冒険者達に、五つ目、六つ目の群れが次々と襲いかかっていく。

群れが次々と参戦して数の暴力を奮い出し、最前線の冒険者達が押し込まれつつあった。

（このままではまずい）

キルはもう一度ゴブリンの後続を叩《たた》くために空に揚がった。

そしてゴブリンの群れの中に、ファイアーポールを一直線に並べた炎の柱で壁を建て、押し寄せるゴブリンの勢いを削いだ。炎の格子を抜けようとしてもその熱さで立ち止まる。とても間を潜れるものではない。炎の壁に分断されたゴブリンの前衛集団が数の有利を失い、冒険者達が再び優勢に戦い始める。冒険者達の怒号が飛び交い、ゴブリンの悲鳴が響き渡った。分断され炎を背に、取り残されたゴブリンの前衛集団が殲滅されていく。

炎で分断された後続のゴブリンに、キルはなおかつサンダーボルトで雷撃を加えながら飛びまわる。

炎が消えると待っていたように冒険者達は後続のゴブリン達に突っ込んでいく。

ゴブリンの群れは次々と押し寄せてきたが、もう半分のゴブリンは倒していた。あと五百から六百のゴブリンを倒せば片が付く。雑魚を倒すのは俺の役目！　とばかりにキルは魔法を撃ち続けた。

アイスマシンガンはこういう時には有効のようだ。詠唱省略で続け様に撃たれる弾丸はゴブリン達を薙ぎ払うように倒していく。周りに味方がいないところの方が気にせず撃ちまくれるので、キルはゴブリンの後方部隊を攻めまくった。キルのMPは、千二百八十以上だ。上級魔術師（≒Bランク）のそれに匹敵する。キルはガンガンに魔法を撃ちまくる。雑魚ゴブリン相手に撃ちまくるとゴブリン達は総崩れになった。崩れたゴブリン集団に冒険者達が攻め込む。そもそも圧倒的数の優位がなければただのゴブリンなどCランク冒険者の相手ではない。

　残り三つの群れが三方から総攻撃をかけてくる。最後のあがきか？　再び数の暴力を奮い始めるゴブリン。しかも索敵によればそれぞれに上位種の影が見て取れる。ここが踏ん張りどころだ。

　乱戦状態で味方が邪魔し、上空からの攻撃がやりづらい。キルは地上に降りて近接戦闘をせざるをえなかった。大剣を振り回し近づくゴブリンを薙ぎ払う。うじゃうじゃと寄ってくるゴブリンはきりがない。

　眼前に変異種が現れ偏執的な笑いで目と口の端を吊《つ》り上げている。この前倒したスピード特化型だ。両隣に背ほどの魔杖《まじょう》を持った個体を付き従えていた。

（こいつら、魔法が撃てるのか！）

　メイジのような服を着ているわけではなく身につけているのは腰布だけだ。

（それとも、あの杖は殴打用か？　いずれにしても先に倒しておこう）

　キルは飛剣撃鎌鼬を放つと三匹に突っ込んでいく。通常のゴブリンなら避けられないだろう鎌鼬を三匹は飛《と》び退《の》いて避ける。

（お付きの二匹もかなりやる！）

　キルは風のように近づき、その動きに警戒を強めながら片方の杖持ちに斬りかかる。

「兜割！」

大剣が飛び退く一匹を二つに切断した。ゴブリンの緑の血が飛び散る。

キルはすぐ後ろにスピード特化変異種の気配を感じ、大剣を横に薙いで敵の攻撃を避ける。変異種が飛び退きキルの間合いから逃れる。杖を向けるゴブリンを警戒しつつキルは『超加速』を詠唱省略で唱える。スピードにはスピードで対抗だ。足元に魔法陣が現れキルは光に包まれる。

次の瞬間キルはその場から杖を向けるゴブリンの後ろに移動していた。すり抜けざまの斬撃で、ゴブリンの首が宙に飛ぶ。

変異種の額に冷や汗が光っているが不気味な笑顔は崩れていない。右手のナイフを舌で舐《な》める。

キルと変異種の剣撃音が響き続けた。

この前圧倒されていた変異種に引けを取らないスピードでキルが攻め続ける。パワーはキルの方が上回っている。二本のナイフを弾き飛ばし最後には変異種を両断した。

周囲では冒険者とゴブリン達の戦いが拮抗《きっこう》していた。キルは残った上位種の方に向かう。

「ステルス」

キルの足元に光の魔法陣が現れ、その姿が消えていった。

見えないキルの進むあとに血飛沫《ちしぶき》を上げるゴブリンの道ができていく。その道の進む先でフルプレートに身を包んだゴブリンジェネラルが両手に斧《おの》を持って暴れていた。

ガキーン
ゴブリンジェネラルの攻撃を盾で受けた冒険者が弾き飛ばされた。

ゴブリンジェネラルが血飛沫を上げて迫ってくる道に視線を向けた時、その足元が輝いた。光の魔法陣が出現し、五本の炎が渦を巻く。

「ギャギャー」

ジェネラルは、悲鳴を上げながら地獄の業火に飲み込まれた。

魔石だけがその場に残る。その魔石が宙に浮き、キルの姿が色づいていく。右手に持った大剣を担ぎ、左手の魔石を一瞥《いちべつ》して懐にしまった。そして周りのゴブリンに斬りかかる。

戦いは、冒険者側が押し始め、ほぼほぼ雑魚が狩られた頃、キングゴブリンとその親衛隊が姿を現した。

キングゴブリンはA、Bランクの冒険者が相手をする手筈《てはず》だ。

キル達は邪魔な雑魚ゴブリンの排除に努める。

キングゴブリンとその親衛隊、変異種二匹とゴブリンジェネラル四匹の合計七匹がおぞましいオーラを醸していた。こちらはAランクの冒険者一人とそのパーティーメンバーBランク三人の最強部隊。それに選りすぐりのBランクの冒険者四人のパーティーが一つと三人のパーティーが二つ。

キルやCランクの冒険者は足手まといになりかねないので遠巻きに戦いを見守る。

ジェネラルとかなら囲めばCランクの冒険者でも倒せるだろうがBランクの冒険者に任せれば間違いない。A、Bランク冒険者達の戦いは観ていても余裕があった。

まず四体のジェネラルの壁に四つのパーティーが突っ込んでいく。一人の冒険者がいち早く踏み込みながらの上段切りで、立ちふさがるジェネラルを一瞬のうちに真っ二つに切り落とした。この男こそAランクの冒険者で特級剣士のグラ、先ほど全員の前で話をしていた人物だ。つまりこのレイドのリーダーを任された男。バランスの取れた筋肉質の体。藍青《らんせい》色の髪にサファイアブルーの瞳、優しそうな笑顔の正統派イケメンでAランクパーティー『天剣のキラメキ』のリーダーだ。

そのままAランクパーティーは先に進んだ。周りでは残った三匹のジェネラルと三つのパーティーが戦いを続けている。

Ａランク冒険者の前に二体の変異種が立ちはだかる。スピード特化の個体だ。不敵な笑みで口の端を吊り上げる変異種に、腰をかがめて溜《た》めを作りながら右足を強く踏み込み、横薙ぎ一閃《いっせん》。エネルギーが込められ、光を纏《まと》った剣身から光の斬撃が伸びる。

二体の変異種の不気味に笑った頭が宙を舞った。二体まとめて瞬殺である。

残されたキングゴブリンが緑の顔を引きつらせる。

「ちょっと、私にもやらせてよ！」

黒い魔術師服を着た美女が文句を言いながらグラの傍《かたわ》らに歩み寄る。真っ赤に熟《う》れたトマト色の長い髪で、炎のように輝く赤い瞳の彼女は、上級魔術師のサキだ。グラの隣に彼の仲間が並び立つ。

グラの冒険者パーティー『天剣のキラメキ』の四人が、キングゴブリンと対峙した。

「ごめん、こいつは四人で倒そう。さっきまでのは、弱すぎて君の手を煩わせるほどではなかっただろう」

「まあ、そうだけど」

サキは手にした小さな魔杖をキングゴブリンに向けた。

「重力追加！」

キングゴブリンの体に重力が加わり、押しつけられて手足を上げることも苦しそうだ。それでもキングゴブリンは剣を振り上げた。動きの鈍ったターゲットに三人の男たちが攻めかかる。

「ヘイトテイカー！」

大盾を構えたフルプレートの大男がキングゴブリンの正面から特攻をかけた。

「シールドバッシュ！」

振り下ろされたキングゴブリンの剛剣を受け止め弾き返す。

シールドバッシュは盾を使って相手の攻撃を弾き返して、受けた攻撃と同等の攻撃力を自分の攻撃に加算して反射攻撃を行うアーツだ。

キングゴブリンの攻撃を受け止めた亜麻《あま》色の肌を持つ彫りの深い無骨な男は、上級盾使いのロム。伽羅《きゃら》色の瞳に錆《さび》色の髪、見た目に反し、物知りで冷静な判断力を持つグラの良き相談役。

キングゴブリンはロムのシールドバッシュで後退《あとずさ》り、たたらを踏む。

右後方に回り込んでいた背の高い細面《ほそおもて》のイケメンが切りかかった。

「斬鋼《ざんこう》!」

鋼《はがね》をも寸断する必殺のアーツだ。

受け止めたキングゴブリンの剣を見事に斬り飛ばした男の持つ片刃の剣は、さらにキングゴブリンを鎧ごと切り裂き、血飛沫を飛ばす。

漆黒の髪に紫黒の瞳、黄色がかった鳥の子色の肌、東方人の特徴を持つこの男は上級剣士ホド、彼の持つ片刃の剣は、『刀《かたな》』と呼ばれる東方の武器だ。

「兜割!」

後方に回り込んだグラがキングゴブリンの頭上から剣を振り下ろす。

一方的に攻めまくられ、兜ごと頭を割られたキングゴブリンは、膝をつき息絶えた。

さすがは高レベルの冒険者達だ。危なげない戦いだった。

リーダーの特級剣士のＨＰは一万を超えているはず。その他の冒険者は上級職で近接戦闘職なら千を超えるＨＰだろう。その他のステータスも推して知るべしだ。

キングゴブリンを『天剣のキラメキ』が圧倒し、案ずることもなく戦いは終わった。キングゴブリン自体は危険度Aランクの魔物といえどもAランクの中では弱い部類に入るので、たぶんリーダーのグラ一人でも倒せただろう。これでゴブリン騒動は解決ということだ。

キルはAランク、Bランクの持つ紋様をその目に刻みつけ、その戦い、強さに感心するのだった。

この戦いで、キルは上位種の魔石四つと雑魚ゴブリンの耳と魔石を四十七ほど手に入れた。

おそらく剥ぎ取ったものの質と量を総合的に比べれば、冒険者中でもトップクラスに剥ぎ取ったのではないだろうか。冒険者達は戦いが勝利に終わり、重責から解き放たれた喜びをその笑顔で表し、和気あいあいと帰途に就く。

その途中、キルはAランク冒険者のグラに呼び止められた。

「空から魔法を放って大活躍だったのは君かい？」

Aランク冒険者が問いただす。

「はい。俺だと思います」

「俺はAランク冒険者のグラという。よろしくね。君はBランクの冒険者かい？」

リオン冒険者ギルド所属、Aランク冒険者、特級剣士のグラ。身長はキルより十五センチくらい高いだろうか。若くしてAランクパーティー『天剣のキラメキ』のリーダーで、地域冒険者のレイド戦でリーダーを何度も務めている実力者だ。

「いいえ、Dランクの冒険者でスクロール職人のキルです」

グラの質問にキルが答える。なぜAランク冒険者が声をかけてきたのかと訝《いぶか》しげな顔をする。

「Dランク！　それもスクロール職人？　あれでDランクの非戦闘職だって！　信じられん」

「スクロール職人はMP多めだし、スクロールでいろいろなスキルを身につけられますから、それで飛んだりできるんですよ」

恥ずかしそうに答えるキル。

「そういうものか？　スクロール職人というジョブは珍しいから知らなかったよ。でもあの魔力量は上級かい？」

驚き冷めやらぬ表情でグラが尋ねる。

「そうです。なり立てですけどね」

「その若さならなり立てでも、進化はとても早いといえるよ！」

「そうですかね」

「実は君をスカウトしようと思っていたんだが、どうだい？　俺のパーティーに入らないか？」

「いえ、ありがたいのですが、師匠の面倒を見ているのと、自分にもパーティーがあるのでメンバーを捨てることはできません」

キルは間髪入れずに答えた。グラは誠実そうだし『天剣のキラメキ』に嫌なところは何一つないが、クリスやケーナとはついこのあいだ組んだばかりだし、二人の新人を捨てて他のパーティーに入るつもりはない。

「残念だが仕方ないな。またの機会を待つとしよう。それじゃあね」

キルの答えを聞くと、グラは一瞬驚いたような表情をしたが、すぐ悪びれもせずそう言って去っていった。

「おー、もったいねー。せっかくのAランクパーティーのお誘いを断っちまうとはなあ」

ガスが寄ってきてキルをからかった。

「そうですよねー」

今更ながらにもったいなかったかと思うキルだった。だが別に惜しいとは思っていない。仲間に捨てられる辛《つら》さは、キル自身がよく分かっている。

「そんなことないぜ。自分のペースってもんが大事なのさ」

遠くを見ながらダクが言う。

「たまにはダクも、良いこと言うんだなあ」

チャチャを入れるバズ。

「だろう」

したり顔で切り返すダクだった。


キルのもとを去ったグラは自分のパーティー『天剣のキラメキ』のメンバーにキルの勧誘が失敗に終わったことを告げる。

「断られたよ。それも即答だ」

「そうか、残念なことをしたな。いきなりではそう上手くはいかんじゃろう」

グラより少し背の高いゴリマッチョのロムが言った。

「しょうがないわねー。グラったら勧誘一つできないんだから」

キルくらいの背丈で透き通るような白い肌、パーティーの紅一点、鋭い目つきのサキがグラを揶揄《やゆ》する。

「すまなかったな。なら君がもう一度勧誘してくるかい」

「いやよ。どうして私がグラの尻拭いをしなくちゃいけないのよ。でもあの子、まだ若そうなのにすごい魔術師だったわね」

「それが魔術師ではなかったよ。スクロール職人だそうだ」

「なにそれ！　珍しいジョブ持っていたのね。何級なの」

「上級だ」

「だからＭＰがあんなにあったのね。面白そうな子！」

「……」

　黙って話を聞いている無口なイケメンは、ホド。彼はいつも引き締まった顔をして、あまり笑ったことがない、ロムと同じくらいの背丈の細マッチョだ。

「縁があればまた会うじゃろう。その時にまた勧誘してみれば良かろうよ」

　ロムがグラに視線を送る。この『天剣のキラメキ』の四人がキルと強い縁で結ばれていることをまだ誰も知らない。

＊　＊　＊　＊　＊

　キルはギルドで精算を済ませると晩ご飯を買って工房に向かう。

　ジョブスクロールがちゃんとできているか生産者ギルドで鑑定してもらうため、急いで工房にスクロールを取りに戻ったのだ。

　最近では在庫が多いため、その日に使わなそうなスクロールは工房に置いている。

　生産者ギルドに行くとこの前の頭の禿《は》げた小太りのオッサン職員がキルを見て声をかけた。

「オヤ、この前のスクロール職人君だね！　今日は何か欲しいものがあるのかい？」

「いえ、どちらかと言えば何か買ってもらえるものがあったら――。ではなくて、作ったスクロールがちゃんとできているか鑑定してもらえるって聞いて来ました」

キルがおどおどしながら答えた。

「ああ、いいよ。見せてごらん。ちゃんとできているかな？」

オッサンは後ろを振り返り奥の職員に声をかける。

「スクロール鑑定機持ってきてくれ」

キルは星１のジョブスクロールを四枚取り出してオッサン職員に渡した。

「これなんですけど……」

「フムフム、どれどれ！　これ!?　まあ鑑定が先だな」

オッサンがハッとした顔をしてキルを一瞬見つめてからスクロールを鑑定機にかけはじめた。

「ウソだろ！　ちゃんとできているじゃないか！　まじか！」

キルの方を二度見するオッサン。

「君、何君だっけ？　これは君が作ったの？」

「はい。キルといいます。それを作ったのは俺です」

「すごいぞ、ゼペックの爺《じじい》にも作れなかったやつだ。この前売ったのとは違うもんなあ。で、これを売りたいのか？」

「買ってもらえますか？」

恐る恐る聞くキルである。

「在庫はないんだけれどもなあー、これ一つ五十万カーネルだよなあ。うーん」

「ダメですかねー」

「星１のジョブスクロールかー、こういうものは貴族様とかでないと買わんからなあ？」

恨めしそうにキルを見る禿げのオッサン。

「王都にでも行かねば売れんのだよ！　こういうものは！」

「王都の商業ギルドとかなら買ってくれるんですかね？」

「知らんな。悪いがうちでは高級品すぎて買ってやれんな」

オッサンがきっぱりと言う。

「そうですか……」

キルはガッカリして肩を落とす。この前キルが星1のジョブスクロールを買った時、このオッサンがすごく喜んでいたので、星1のジョブスクロールが高価すぎる不良在庫なのは想像できた。

(この街の商業ギルドなら買ってくれるかな？　多分無理だよなー)

「他で何か買ってもらえるスクロールはありませんかね？」

「回復系のスクロールはそれなりになあ」

「ハイヒールとかどうですか？」

「良いぞ。いくつあるんだ？」

「七十あります」

「作ったなー。そんなに買えんぞ。二十個買ってやろう。一つ五千カーネルだから二十個で十万カーネルだ。十万カーネル？　うん、十万カーネルだな。買ってやるぞ。これからも頑張って作ってくれよ」

オッサンは機嫌よさそうに言うと金貨を一枚取り出した。

キルはハイヒールの魔法スクロールをオッサンに渡す。

「この金で、レベルの高い魔物の魔石が買えませんか？」

生産者ギルドでは、生産者が材料として使う魔石も多少は売っている。その他にもいろいろな生産者が使う材料を取り揃えて売っているのだ。

「あるぞ！　何が欲しい？」

オッサン職員が魔石の入った小箱を持ってきてあけてみせた。

キルはその中からハイオークの魔石を五個買って金貨を返した。

「ありがとうございます。また買ってくださいね」

キルは愛想笑いをしてギルドを出た。

商業ギルドに行って、星1ジョブスクロールを買ってもらえるか確かめてみたが、やはり買ってもらえなかった。仕方なく工房に戻る。売れなかったが、ジョブスクロールがちゃんとできていたことは嬉しい。

食事のあとは日課のスクロール作りだ。

ゴブリンジェネラルの魔石も二個粉にして、これでもジョブスクロールが作れるか試してみる。

実験は成功して拳闘士のジョブを身につけた。今までに紋様鑑定を使って覚えてきたいろいろな冒険者のジョブの紋様がまだまだある。続いて斥候、騎兵、聖騎士、アサシン、召喚師、モンスターテイマー、錬金術師のジョブスクロールを作り身につける。ゴブリンジェネラルの魔石の粉も使い切り八つのジョブを身につけた。

一つ作るのにMPは二百必要だったので上級魔力回復薬四個を必要とした。

二百人もの冒険者が集まったため珍しいジョブを持つ冒険者もいたらしく、多くのジョブの紋様を見ることができたのだ。

星2の紋様も見てきたし、それ以上にA、Bランクの冒険者の持つ紋様を見られたのが素晴らしい。

あとで作製を試みようと思う。

強力な魔物の魔石を使えば星2のジョブスクロールをも作れるのではないかと期待している。

「キルさんや、ジョブスクロールをこんなにもいろいろ作れるようになるとはすごいのう。おかげでワシも作れる気がするわい。魔石が問題だったんじゃな。しかし作って売れないと材料費がかさむから難しいのう。魔石は高価なものを使わにゃならんとは」

ゼペック爺さんの顔が悪徳商人のそれになっていた。きっと売れた時のことを想像しているに違いない。

「貴族様とかでないと買ってくれないだろうって、ギルドのオッサンが言ってましたよ」

「お貴族様か……そこじゃな！　ポイントはお貴族様じゃ」

爺さんの顔がますます欲深い顔になる。何を企《たくら》んでいるのだろうと思うキルだった。

書き下ろし番外編

クリス（ルビーノガルツ・クリスチーナ）の生い立ち

「旦那様、おめでとうございます。元気な女の子にございます」

「おう、それでエルは大丈夫なのであろうな？」

ルビーノガルツ侯爵クリーブランドは立ち上がった。

「はい。母子ともになんの問題もなく」

さっきまでイライラしていたクリーブランドの顔に安堵《あんど》の色が浮かぶ。

「会うことはできそうか？」

「おいでください。ご案内します」

クリーブランドはメイド長の案内についていった。

元気な赤児の声が聞こえてくる。

「おお、泣いておるわ。良い良い」

「どうぞこちらです」

メイド長が扉を開け、入室をうながす。

男子禁制の部屋のベッドに彼の権妻《ごんさい》エレオノーラが横になっていた。彼女の横には小さな赤児が元気に泣き声を上げている。エレオノーラはクリーブランドに笑顔を向ける。

「お抱きになりますか？」

「よい、潰してしまいそうで怖いからな」

あまりにか弱い生き物を触るのは、彼には憚《はばか》られた。クリーブランドは、ベッドに食いつくように赤児に顔を寄せる。

窓から明るい陽射《ひざ》しが差し込んでいる。

「目は大きい方かな？　鼻も高くなりそうだ。瞳は赤……」

瞳の色と髪の色が赤いことに気づいて、クリーブランドはエレオノーラの顔を見つめる。

「ダブルレッド……」

「はい。私の母と同じですね」

ダブルレッド、赤髪赤眼白い肌、それは強力な魔女を数多く輩出した旧赤魔国人の特徴だ。

エレオノーラは父親似の金髪碧眼《へきがん》である。

「この子のジョブは魔術師に違いないね」

「そうだろうと思います」

エレオノーラも頷《うなず》く。ダブルレッドは魔女の印と言われている。

エレオノーラの母エリーナも星４の特級魔術師で、稀《まれ》に見る天才魔術師冒険者として知られていた。

そして上級剣士のキタリスと結婚してエレオノーラを産んだ。

冒険者としてルビーノガルツ侯爵家の指名依頼を専属的に受け持っていた二人は、先代ルビーノガルツ侯爵との個人的な交流もあったためエレオノーラがクリーブランドに見初められ権妻になったのだった。

クリーブランドの正妻は貴族出身だ。長女エカテリーナ、次女リリアーナは正妻の子だった。

クリスチーナはルビーノガルツ侯爵クリーブランドの三女として生まれてきたのだ。

「きっと君の母親に似て優秀な魔術師になるのだろうね。そうだ魔術師の先生は君の母親になってもらおう。そうすれば孫との時間もたくさん作れる」

「そうですね。母も父も喜ぶでしょう」

エレオノーラは天女のように微笑《ほほえ》んでクリスを見つめる。

クリスは権妻邸で母、祖父祖母《じじばば》と一緒に暮らすことになった。権妻邸は侯爵邸の敷地内別邸だ。正妻とその娘達は侯爵邸で暮らしている。

一夫多妻制のこの世界では正妻と権妻の仲が悪いということは特にない。正妻には侯爵家に関するいっさいの差配権があり、権妻にはそれがないのだ。

また女性には一生一人の男性と添い遂げるべきという概念もない。だから夫との死別、あるいは上位者によって強制的に別れさせられるような場合でも、その後、他の者に嫁ぐことなど珍しくもなく、一生のうちに何人もの夫を持つことに対する躊躇《ためら》いなどは微塵《みじん》もない。ここはそういう世界である。

＊　＊　＊

クリスが八歳になった時、エカテリーナが十二歳となり、成人の儀を受けるため、クリーブランドはリリアーナ十歳とクリスの後に生まれた長男ライトランドを伴って、エカテリーナと一緒に教会を訪れていた。クリスも姉の成人の儀を祝うため、エレオノーラと共に教会に赴いた。

成人の儀は厳《おごそ》かに行われ、神父の聖なる祈りのなかエカテリーナの身体を光が包み神からのギフトが与えられたのだった。

その光景はあまりにも神々しく神聖なもののように幼いクリスの目には映った。

「お母様、私も神様から祝福してもらえるのかしら？」

「そうよ、神様は皆に等しく祝福を授けてくださるわ」

エレオノーラは期待に胸を膨らますクリスに優しく答える。

儀式は無事に終了しクリーブランド達は侯爵邸に戻り、クリス達は権妻邸に戻る。

八歳のクリスには儀式での細かい経緯は教えられなかったが、エカテリーナは薬師星1のジョブをいただいたと聞いた。

そのジョブは決して悪いものではない。しかし貴族の子孫を産む立場の人間としては戦闘職のジョブを持っていて欲しいというのが一般的な貴族の願いだった。

要するに、戦闘職のジョブを持っているかいないかは、婚約の時に評価の対象にされる。戦闘職でレベルの高いギフトを持っている人の方が評価が高い。もちろんそれだけで決まるものではないのだが、本人や両親にすればギフトが戦闘職でないことは多少は気落ちするものだった。

＊　＊　＊

クリスが十歳になった頃、彼女は魔法の才能を開花させていた。

炎を生み出すことができるようになったクリスは水、風、火の三系統もの魔法が使えるトリプルジャンルマジシャンとして父母祖父母から大きな期待をかけられるようになっていたのだ。

クリスのギフトは魔術師に違いないと周囲の誰もが確信していたし、星の数への期待も高まっていった。魔法の師匠たる祖母エリーナもやはり期待の目でクリスを見るのだった。エリーナは四系統（土、水、風、火）の魔法を使える特級魔術師でありAランク冒険者だ。クリスに自分の冒険者時代の話をよくしたし、そうすることでクリスの魔法への意欲が高まるとも思っていた。

彼女の冒険者時代の話、それは祖父キタリスとの冒険と恋愛の話でもあった。クリスはその話を聞きながら冒険者の自由な恋愛に心惹《ひ》かれていくのだった。


一方十四歳になったエカテリーナは、とある侯爵家の嫡男との婚約が決まった。貴族の娘が会ったこともない人と婚約することなど当然のことだったし、相手が有力な貴族の嫡男ともなれば当然歓迎される出来事だ。

クリーブランドも当のエカテリーナも喜んでいたが、エリーナの話を聞き続けていたクリスにとって、それは信じられなかった。

貴族の結婚には、憧れる出会いも、告白も、デートもなかったのだから。もちろんクリスもエカテリーナの婚約を祝福してはいた。だが、自分もこういう形で婚約することには拒否感を抱いてしまうのを否定できなかった。

(お祖母様のように、素敵な出会いをして、恋愛をして……そして結婚したいな……)

その思いはエカテリーナの婚約者を目にした時に更に強まった。彼は尊大で鼻持ちならない男のように見えたからだ。

そしてクリスは貴族を辞めて冒険者になりたいと思うようになっていった。

＊　＊　＊

十二歳になってクリスの成人の儀が執り行われることとなる。

教会を借りきり一族の見守る中、儀式は進んでいく。

クリスの成人の儀は厳かに行われ神父の聖なる祈りのなか、クリスの身体を光が包み神からのギフトが与えられたのだった。

与えられたギフトは魔術師星1。

クリスは魔術師のジョブをいただけたことに喜んだ。

だが周囲の大人の反応は複雑だった。

一瞬間を置いてからの笑顔、それが意味するものは期待が外れたための失望と、それでも星1の魔術師という良いジョブをいただけたことへの気持ちの切り替えだ。

「お祖母様、魔術師星1をいただきました」

嬉《うれ》しそうに報告するクリスを見て祖母エリーナは思う。

(期待しすぎていたようだ……。この子はもうトリプルジャンルマジシャンになっているじゃないの。とても頑張っていたんだわ、才能以上の結果を出していたのね……)

「良かったわね、やっぱりクリスチーナは魔術師だったわね」

エリーナは笑顔で答える。

(この子は本当に喜んでいるんだ。星の数の意味するところはまだ何も知らないで……。いずれ壁に当たって苦しんでもそれはその時のこと、過度な期待をかけなければこの子が苦しむこともないかもしれない……)

エリーナは今まで自分がクリスに期待をかけすぎていたことを反省する。

「おうちに帰ったら、美味《おい》しいものを食べてお祝いしなくちゃね！」

「はい。紅茶とケーキでお祝いをしましょう、お祖母様」

無邪気に笑うクリスを見て自分の失望を悟られないようにしようとするエリーナだった。

（そう普通の魔術師にはなれるのだから……何もすごい魔術師になれなくても良いじゃない。いえ、今でもたくさんの魔法が使えるすごい魔術師だわ。ジョブとスキルは別物だもの）

＊　＊　＊

「ギルバート！」

「はい。お嬢様、いかがいたしましたか？」

クリスに呼ばれてギルバートはすぐに返事をした。

ギルバートはクリス専属の執事でありボディーガードだ。元々ルビーノガルツ騎士団の副団長だったものをクリーブランドに認められてルビーノガルツ家の執事となった。そしてその戦闘力と人間性を買われ、今はこの仕事をしている。

「私、街に行きたいの」

最近クリスは街に行きたがる。街でショッピングを楽しみながら何かを計画しているようであった。

ギルバートにはクリスがただショッピングを楽しんでいるとしか見えなかったのだが。

「街でございますか？　かしこまりました。お供いたします」

「今日はお祖母様に冒険者ギルドを見せてもらうの。お祖母様を呼びに行きましょう」

ニコリと笑うクリスの笑顔に忠誠心と保護欲を掻《か》き立てられる。

エリーナは冒険者の服装に着替えているところだった。

「少し待ってね、クリスチーナ。久しぶりにギルドに行くんだもの、少しはそれらしい身なりをしていかないとね」

少し待たされた後でクリスの前に魔術師姿のエリーナが現れる。

「かっこいいですわ～」

黒いワンピースに黒いマント、白すぎる肌が見え隠れして赤いロングヘアーは首周りにレイヤーを入れている。

「こんなお婆ちゃんになに言ってるの」

エリーナの赤い瞳が微笑む。

その姿は決して老人には見えなかった。まさに美魔女だ。

「さあ、出かけましょうか」

エリーナは黒いウィッチハットをかぶる。

街に着き繁華街を歩く三人。クリスはエリーナの衣装が気になっていた。

「お祖母様、わたくしお祖母様のような魔法使いの黒い衣装を着てみたいわ」

クリスは知らないが、黒の魔術着と黒帽子は旧赤魔国人魔女のトレードマークのようなものだ。

「そうねえ、クリスに似合いそうな魔術着を買っていきましょうかね」

エリーナが微笑む。

「はい」

三人は冒険者ギルドの見学の前にクリスの魔術着を探して歩いた。

クリスは若々しいスタイルの黒い魔術着を見つけて購入し、ご機嫌だ。

そして冒険者ギルドというものを初めて見学する。

エリーナはルビーノガルツ冒険者ギルドでは有名な冒険者だった。

彼女を見かけたベテラン冒険者の中には、声をかけてくる者も少なくない。助けられた時の話を懐かしそうに感謝を込めて語る冒険者達を、クリスは素敵な関係だなあ……と思いながら見つめる。

(貴族を辞めて冒険者になろう！)

クリスは決心した。いや、前々からそうしようと思っていたのだ。そのために何度も街に出て世間の情報や知識を集めていた。十三歳になれば冒険者登録ができる。近くのパリスという街にも冒険者ギルドは存在する。ルビーノガルツでは見つかってすぐに連れ戻されてしまうに違いないがパリスに逃げれば冒険者になれるかもしれない。クリスは改めてそう決心するのだった。

＊　＊　＊

十三歳の春がきた。ルビーノガルツの街には新人冒険者が溢《あふ》れている。

「とうとう計画を実行に移す時がきたのね……」

クリスはそこはかとない不安に包まれていた。

(計画は完璧かしら？　ギルバートといつものように街に行き、彼を撒《ま》いてパリスに逃げる。そして冒険者としてやっていく……ただそれだけ)

ギルバートには悪いけれど、家を抜け出すのではパリスに到着する前に連れ戻されてしまう。やはりルビーノガルツの街まで行ってから駅馬車に乗ってしまうのが無難なやり方だ。

「大丈夫」

これまで何度も気晴らしと称して街に出かけてきたし、魔術着で出かけても不自然に思われないようにならしてきた。お店で試着をした時にギルバートがついてこれないのを利用して脱出するルートも見つけてある。

「よし、準備は整っているわ」

クリスはギルバートを呼んだ。いつもと同じように。

「ギルバート！　街に行きたいの」

「はい。お嬢様、街でございますね」

馬車に乗り、ルビーノガルツの繁華街を目指す。

クリスは見納めになるだろう住みなれた家をその目に焼き付ける。

ルビーノガルツの繁華街を見て歩き、いつもの気晴らしのように振る舞うクリス。そしてギルバートを撒くために目をつけていた服屋に入った。ここだ。この店ならギルバートに気づかれずに裏口から外に逃げ出すことができる。ここがこの計画の最重要ポイントだ。

「ギルバート、わたくし、試着してまいりますわ」

「はっ！」

ギルバートはいつものように店舗の中でクリスを待った。

クリスは店の奥にある試着室に入っていく。そこからならギルバートに見られず裏口から外に出られる。

試着室に入ると持ってきた服は置き、その上に手紙を置く。そしてそっと裏口から外に出た。急いで駅に走り馬車に乗る。ここまでくれば大丈夫。ギルバートは、クリスがまだ試着室にいると思っているはずだ。

駅馬車はパリスに向けて出発した。

あとがき

　この度は、『異世界スクロール職人はジョブを極めて無双する』をお手に取ってくださり、ありがとうございます。初めまして、米糠と申します。ウェブサイトから読んでいただいている読者の皆様、お待たせいたしました。一巻をやっとお届けすることができました。ウェブサイト版より、少しでも良くなっていると思っていただけると幸いです。

　本書は、私にとって初めての書籍化作品となります。作品をウェブサイトに投稿し始めて三作目です。小説投稿サイトなるものを知り、自分も投稿してみようと思ったのは、実は『コロナウィルスの流行』のせいで仕事が暇になったからでした。『人間万事塞翁が馬』ですね。それまでは、そうする時間も体力もなかったですから。

　本作に目を止めていただき、お声がけいただいた皆様、本作を評価していただいて本当にありがとうございます。そして出版にあたっては、一迅社の担当者様のご尽力、心から感謝しております。可愛いイラストを描いてくださった沖しろ様、とてもとても気に入って、いつも眺めてニヤニヤしています。ありがとうございます。

　最後に本作がそれなりに売れることをお祈りして締めとさせていただきます。読者に幸あれ。

２０２４年６月　米糠

異《い》世《せ》界《かい》スクロール職《しょく》人《にん》は
ジョブを極《きわ》めて無《む》双《そう》する

初出……「異世界スクロール職人はジョブを極めて無双する」
小説投稿サイト「小説家になろう」で掲載

2024年10月5日　初版発行

【　著　　者　】米糠《こめぬか》
【イラスト】冲《おき》しろ

【　発　行　者　】野内雅宏

【　発　行　所　】株式会社一迅社
〒160-0022
東京都新宿区新宿3-1-13　京王新宿追分ビル5F
電話　03-5312-7432（編集）
電話　03-5312-6150（販売）

発売元：株式会社講談社（講談社・一迅社）

【印刷所・製本】大日本印刷株式会社
【　D　T　P　】株式会社三協美術

【　装　　幀　】AFTERGLOW

ISBN 978-4-7580-9667-6
©米糠／一迅社2024

Printed in JAPAN

おたよりの宛先
〒160-0022
東京都新宿区新宿3-1-13　京王新宿追分ビル5F
株式会社一迅社　ノベル編集部
米糠先生・冲しろ先生

●この作品はフィクションです。実際の人物・団体・事件などには関係ありません。

※落丁・乱丁本は株式会社一迅社販売部までお送りください。送料小社負担にてお取替えいたします。
※定価はカバーに表示してあります。
※本書のコピー、スキャン、デジタル化などの無断複製は、著作権法上の例外を除き禁じられています。
本書を代行業者などの第三者に依頼してスキャンやデジタル化をすることは、
個人や家庭内の利用に限るものであっても著作権法上認められておりません。